新潮文庫

熱　球

重松　清著

熱球

第一章

1

五日、寝込んだ。最初の一日はひどい二日酔い、翌日はふて寝、今日からがんばらなくちゃなと自分に言い聞かせていた三日目に熱が出て、トイレ以外には布団《ふとん》から起き上がれなくなってしまった。

この数カ月間の疲れが、いっぺんに出た。東京にいた頃は忙しさに紛れて気づかずにいたが、やはり疲れきっていたのだろう。

六日目の朝、明け方の肌寒さに目を覚ました。一瞬、自分がどこにいるのかわからず、仰向けに寝ころんだまま周囲を見まわした。窓の位置が違う。家具がない。がらんとした部屋の真ん中で、ベッドではなく、床に布団を敷いて眠っていた。

「ああ、そうか……」

声に出してつぶやき、苦笑して、ひとつ息をついた。頭の中でカウントをとって、エイトで体を起こす。ファイティングポーズをとるほどの元気はないが、熱は下がったようだ。ランニングシャツの背中が汗に濡《ぬ》れ、パジャマもじっとりと重い。

ドアの脇《わき》にスーツケースと、宅配便で届けられた段ボール箱が三つ。梱包《こんぽう》を解いた箱に、着替えが入っているはずだ。

足元をふらつかせながら立ち上がる。パジャマとシャツを脱ぎ捨てて、ぶるっと身震いして、上半身裸のまま窓辺に立った。カーテンをまだ取り付けていない窓は白く曇って、その向こうに、東京よりも三十分遅い朝を迎えようとする空が広がっている。

クレセントをはずして窓を開ける。

ふるさとが、あった。

山並みがあり、街があり、港があり、海がある。

東京からは飛行機で帰郷した。山を切り拓《ひら》いてつくった空港からリムジンバスで街に出て、タクシーで我が家に着いたのは、もう陽の暮れた頃だった。荷物を部屋に置くと、窓を開けて景色を眺める間もなく、訪ねてきた正雄叔父と酒になり、言い争いになり、胸ぐらをつかみあう寸前までいったすえ、酔いつぶれて泥のように眠り込んで、今朝に至る。

「帰ったぞ」

ふるさとの街に、遅ればせながらの挨拶《あいさつ》をした。「帰ってきてやったぞ」とつづける声は少し嗄《しゃが》れて、もう一言、「これでいいんだろ?」と付け加えようとしたら、くしゃみで声が吹き飛んだ。

服を着替え、スーツケースからノートパソコンを取り出した。鴨居《かもい》に掛かったジャケットのポケットからは、携帯電話。メールチェックは約一週間ぶりということになる。こんなに長いブランクはひさしぶり……もしかしたら、初めてかもしれない。

携帯電話には、メールはほとんど入っていないはずだ。東京を発《た》つ直前に番号を変えた。個人的な付き合いの、それもごく絞り込んだ友人や知人にしか新しい番号を伝えなかった。

着信メールは、三件。

〈がんばれよ——和美さんからも事情は聞きました。よけいなことは何も言えないけど、とにかく体に気をつけてがんばって。落ち着いたらメールください〉

大学時代から付き合ってきた谷川からだった。

二件目は、東京の会社でいちばん世話になった先輩の桑原さん。

〈君に刺激されて、小生も来月いっぱいでの退社を決意しました。独立します。君を

迷わせるつもりはありませんが、事務所をかまえたら連絡します。またコンビを組んで暴れられたら、と念じています〉

谷川の顔、桑原さんの顔、それぞれを思いだして、ほんの一週間ほどの間に東京での暮らしが意外なほど遠くなっていることに気づいて、なんだかなあ、と首をひねる。

三件目は、妻の和美から。

〈心配しています——美奈子からメールが来ました。初日からマサオさんと大ゲンカとのこと。気持ちはわかりますが、先は長いのですから、カリカリしないように。カルシウムを服《の》んでください〉

送信日時は、ゆうべの深夜だった。ボストンとの時差を計算しかけて、十四時間を足すんだっけ引くんだっけと迷って、まあいいや、と待ち受け画面に戻した。

次はノートパソコン。こちらの着信数は二百を超えていた。一日平均三十件。会社のアドレスは退職と同時に抹消《まっしょう》されたので、ここに来ているのはすべて個人で持っているアドレスへのメールだった。仕事のメールもかなりあったが、どれも件名をざっと見ただけで削除した。定期的に配信されるメールマガジンやニュースの類は、ひとつずつチェックして、すべて配信中止の手続きをとった。

ブラウザに残されたメールは一件だけになった。和美からのメール。僕と美奈子が東京を発った日に送信された、少し長いメールだった。

件名は〈美奈子のことをよろしくお願いします〉。

〈もう飛行機に乗っている頃でしょうか。こちらは連日冷たい雨が降っています。まだ十月なのに、ゆうべは零下になりました。真冬はどうなるんだろうと思うと、いまからぞっとしています。／あなたから引っ越しのことを知らされて一カ月、いろんなことを考えてきました。正直に言って、会社を辞めることや美奈子の学校のことも含めて、「だいじょうぶなのかなあ……」と心配になる部分もないわけではないのですが、こっちもワガママな嫁なのかもしれないから、おあいこですね。／美奈子があなたについていくと決めたのはけっこうショックでしたが、あの子も自分なりに考えたすえの決心だと思うので、もうなにも言いません。田舎で暮らして、生野菜と尾頭付きの魚が食べられるようになったら、ラッキーだし（笑）。／田舎での生活のこと、あなたのこれからの仕事のこと、ちょっとしたことでもいいから、たくさんメールをくださいい。ときには電話もかけてください。私からもメールや電話をたくさん送るつもりです。／一年前には思いもよらなかった状況になってしまいましたが、まあ、これも人生というものなのでしょうね。生活の場は離ればなれになっても、気持ちは通じ合うんだと信じています。／わたしは、ね。／では、また〉

保存ファイルに入れた。

たしかに、これも人生というものなのだろう。

僕たちは大学の同級生だった。十八歳で出会って、二十五歳で結婚して、いま三十八歳。お互いに「人生」という言葉をすんなりとつかえるようになった、そのことに、少しくすぐったいような、寂しいような、奇妙な気分になる。

あと数年もすれば、今度は「青春」あたりの言葉をてらいなく口にできるようになるのだろう。百パーセントの懐《なつ》かしさをこめて、勝手に思い出を美化したりなんかして。

おじさんとおばさんのできあがりだ。これも、人生というものなのだろう。

和美に返事を書いた。思っていたより長い文面になってしまった。

〈メール拝受。ケータイのほうのメールも受け取りました。／正雄叔父のことは、だいじょうぶです。いつものように悪酔いして、からんできただけのこと。ガキの頃から、とにかく僕のことが気に入らなかったひとなので……。／退職や引っ越しなど、この何カ月間かのもろもろの疲れがドッと出て、しばらく寝込んでいましたが、今日から社会復帰するつもりです。美奈子も新しい小学校に連れていきます。あいつは順応性があるので、まあ、だいじょうぶでしょう。／親父はかなり老《ふ》け込みました。皺《しわ》とか白髪とか、そういうものはもちろんですが、話をしていても、なにか反応が鈍くなってしまった感じで、もう、半分おふくろの世界に足をつっこんでいるのかもしれません。なんちゃって。／こちらのことは心配しないでください。仕事のほうも、退職金や失業保険もあるので、しばらくはのんびりかまえておこうと思っています。なんというか、人生の昼休みをもらったような気分です。その譬《たと》えで言うなら、和美は昼休みに図書館で本を読んでいるようなものなのかなと、ふと思いつきました。新生活で苦労が多いのは、きっと和美のほうだと思うので、ほんとうに無理しないように。来年の夏、お互いの仕事がどうなっているかわかりませんが、まあ、あまり先のことを考えていてもしょうがないので、いまは目の前の暮らしに集中することにします。／谷川と桑原さんからもメールもらいました。桑原さん、来月で独立するとのこと。この不況のなか、どうなのかな、と少し心配ですが、みんな、それぞれの人生のページをめくったということなのでしょうね。／ボストンの晩秋も寒そうですが、こちらもけっこう寒いです。紅葉はもうすぐ終わり。あと二週間もすれば初雪になるでしょう。／ではまた〉

読み返さず、〈送信〉のラジオボタンをクリックした。

地球の裏側に向かってメッセージが飛んでいく。

夏から、何回……何十回、この操作を繰り返してきただろう。和美がボストンに発ったのは七月。三カ月半、一度も顔を合わせなかった。会社を辞めることも、東京のマンションを引き払って帰郷することも、すべてメールと国際電話のやりとりですませてきた。和美は終始冷静だった。話を切りだしたのは僕で、結論を出したのも僕なのに、ほんとうの主導権は和美が最初から最後まで握っていたような気がする。

和美は、来年の夏まで、ボストンの大学でアメリカ移民史を研究する。勤務先の私立の女子大から、特別研究員として派遣された。本人の言葉を借りれば「かぎりなく休暇に近い研究費付きの留学」だ。帰国して論文を提出すれば、助教授から教授へと格上げされる。そのときの「我が家」がどこになるのか、いまはまだわからない。

ノートパソコンを閉じて、スーツケースと段ボール箱の荷物の整理にとりかかった。東京で使っていた家具や生活用品は、ほとんどトランクルームに預けてある。帰郷した夜に、悪酔いした正雄叔父にからまれたのは、そこだ。

「しょせんは腰掛けなんじゃろうが」と濁った声で言われた。「ちいと跡取りらしゅう親孝行の真似事《まねごと》をしたら、また東京に帰るんじゃろうが」――図星だと言えないこともなかった。

父は黙って、冷やの日本酒を啜《すす》るように飲んでいた。正雄叔父の言葉に賛成しているようには見えなかったが、といって止めるそぶりもなく、ただ黙って、ぼんやりとテレビを観《み》ながら酒を飲んでいたのだった。

荷物の整理があらかた終わった頃、ドアがノックされた。振り向いて返事をする前に、美奈子が顔を覗《のぞ》かせる。

「お父さん、熱下がったの？」

「ああ、もうだいじょうぶだ。心配いらないから」

「べつに心配とかしてないけど、あのさあ、知ってる？　お父さん、うわごとでお母さんの名前ずーっと呼んでたんだよ。カズミィ、カズミィ……帰ってきてくれよぉ……って」

「ばーか」

「マジだってばあ、ほんと」

「うるさいよ、おまえ。それより荷物の片づけすんだのか？」

「とっくに」

「なにか足りないものとかなかったか？」

「あったよ」

美奈子はあっさりと答え、芝居がかった声としぐさで、「は、は、母の愛が欲しい……」と言った。

僕は段ボール箱から剝《は》がして丸めておいたガムテープを美奈子にぶつける。美奈子は「ひゃっ」と後ろにジャンプしたが、テープは花の刺繡《ししゅう》をした七分丈のパンツの裾《すそ》にあたり、そのままくっついた。

「今日、買い物に行くからな、足りないものチェックしとけよ」

「新しい学校には？」

「買い物の前に寄るから。挨拶して、教科書ももらわないといけないしな」

「うーっ、緊張っ」

身震いのポーズをとって、きゃははっ、と笑う。陽気な女の子だ。小学五年生。びっくりするほどおとなびたことを言うかと思えば、肩から力が抜けてしまうような幼さを覗かせることもある。この数カ月は親の迷いや動揺をまともに受けてしまって、ふさぎ込む日も多かったが、いったん決めてしまえば肚《はら》をくくって前向きになる。そういうところは和美によく似ている。

「おじいちゃんと少しは仲良くなったか？」

「まあ、ね。でも方言だから、なに言ってるのか、あんまりよくわからないんだけど」

「てきとうに『うん、うん』って言ってればいいんだ」

「ひっどーい」

軽くにらんで、ガムテープをぶつけ返してくる。セーターの背中、右手でも左手でも届かないぎりぎりの位置にくっついた。

「ねえ、お母さんからメール来た？」

「来たけど、美奈子、おまえよけいなこと書くなよ。お母さん心配しちゃうだろう」

「叔父さんのこと？だってしょうがないじゃん、あたしだってむかついたんだから。もう、これだよ、これ」

右手の肘《ひじ》を曲げて腕を立て、甲をこっちに向けて中指だけピンと伸ばし、肘の内側の少し上を左手の人差し指と中指でシッペのように叩《たた》く。「ファッキン！」のポーズ。K－1とヒップホップの大好きな女の子でもある。

「でもさあ、だいじょうぶだよ。教えたらヤバいことは書いてないから」

「ヤバいって？」

「だから、ほら、あの酔っぱらい、お母さんのこともグチャグチャ言ってたじゃん」

「……ああ」

正雄叔父は、僕のやることなすことが気に入らない。昔からそうだった。地元の国立大学ではなく東京の私大に進んだことから始まって、東京の出版社に就職したこと、一言の相談もなく和美と結婚したこと、結婚後も和美が仕事を辞めなかったこと、和美が仕事のときに旧姓をつかいつづけたこと、美奈子を産んでも和美が仕事を辞めなかったこと、子どもは一人でいいと決めていたこと、跡取りなんて意味がないと考えていたこと、美奈子をミッション系の私立小学校に入れたこと、和美が夫婦別姓運動に賛成するコメントを新聞で発表したこと、僕の編集していた雑誌がふるさとの県から選出された与党代議士のスキャンダルを暴《あば》いたこと、和美がボストンに留学したこと、僕がそれを認めたこと……。

正雄叔父は母の弟だ。酔ってからんでくるときの言葉のトゲは、母の本音でもあった。叔父の口癖だった「お母ちゃんの気持ちも考えんか」が、あの夜は「お母ちゃんも天国で泣きよるわい」に変わっていた。その一言をぶつけられてから、酔いがいっぺんにまわった気がする。

「叔父さんの感覚だとわかんないんだよ。おまえもあんまり気にするなって、ほっとけばいいんだから」

僕は背中に手をまわしてテープを探りながら言った。

「でも、ゆうべもおじいちゃんに電話かかってきてたよ」

「いいんだよ、ほっとけ。それより背中のテープ取ってくれよ。ぜんぜん届かないんだよ」

無理をすると、首筋が攣《つ》ってしまいそうだ。

美奈子は、しょうがないなあ、とテープを取ってくれた。

「お父さん、また体が固くなっちゃったんじゃないの？」

「しょうがないだろ、もう四十近いんだから」

「あーあ、おっさんになっちゃってさあ」

あきれて笑った美奈子の顔が、ふとこわばった。なにかを思いだした顔だ。嫌なことを思いだしてしまった顔でも、ある。

「野球部のこと、あたし、初めて知った」

「うん……」

僕は目をそらす。うつむいたせいで、声がくぐもってしまう。

「なんで教えてくれなかったの？　いままで」

「あんまり面白い話じゃないからな」

「面白くなくても大事な話じゃん」

そのとおりだと僕も思う。おしゃべりな正雄叔父を恨むのも筋違いだと認めた。美奈子がものごころついてからずっと、僕が頼んだわけではないのに、父と母が一言もそのことを話さなかった重みのほうを受け容《い》れた。

「準優勝っていっても、まともな準優勝じゃなかったんだね」

「……まあな」

「あたし、ずーっと友だちに自慢してたんだけど。お父さんってあと一歩で甲子園に行けたんだよ、って」

「あと一歩はあと一歩だったんだけどな」

無理に笑って見せたが、かえって自嘲《じちょう》めいた笑顔になってしまったかもしれない。

少し間をおいて、美奈子は言った。

「新しい学校では、そのことしゃべらないほうがいい?」

僕は黙ってうなずいた。

「叔父さん、こないだお父さんが寝てから言ってたよ、もしヨージが甲子園に行ってれば人生変わってた、って。お父さんもそう思ってる?」

今度は黙ってかぶりを振り、空になった段ボール箱を乱暴に折り畳んだ。

「東京になんか出ていくことはなかった、って……ひどい言い方だよね。だったらお母さんにも会ってないし、あたしだって生まれてないんだしね。ほんと、あの叔父さん、サイテー」

話しているうちに腹が立ってきたのか、美奈子はまたガムテープを僕の背中にぶつけて部屋を出ていった。今度も、みごとに、手の屈かないど真ん中。「悲運のエース」と呼ばれた少年の血は、一人娘に引き継がれたのかもしれない。

2

本州の西端近くに位置する、人口十数万人の港湾都市にして城下町——周防《すおう》市が、街をあげて沸きたった夏がある。

ちょうど二十年前だ。

旧制中学からの、もっと言えば藩校からの伝統を誇る県立周防高校——街のひとびとは周高、シュウコウと呼ぶ、そのシュウコウが、夏の甲子園大会県予選を嘘《うそ》のように勝ち進んでいったのだ。

そう、嘘のように。

当事者が言うのだから間違いない。

街で一番、県内でも五指に入る進学校だ。野球部もあの当時で六、七十年近い、いやもっとだったっけ、とにかく長い歴史を持っている。

ただし——弱い。

当事者が言うのだから、ほんとうに、間違いなく、弱い。

過去の戦績は県予選ベスト8が最高で、それも旧制中学時代の話だ。僕がものごころついてからは、三回戦に進んだことさえなかった。伝統があるぶん応援団はしっかりしていて、OBを中心にした街のおとなたちも張り切って県営球場に駆けつけ、それでも練習を重ねた応援の成果を披露する機会は、一試合か、せいぜい二試合しかない。女子生徒が手分けして折った必勝祈願の千羽鶴は、真新しいまま、勝った高校に差し出される。「シュウコウは千羽鶴だけはでかいんじゃけえ」と、いつもからかわれていたのだった。

あの年だって、決して強いチームというわけではなかった。レギュラーメンバー九人のうち三人は、中学時代は補欠だった。不動の四番バッターは、中学時代は七番しか打たせてもらえなかった。背番号1を背負ったエースに至っては、本人は真っ向勝負の速球派を気取っていても、甲子園常連の瀬戸学園の控え投手の牽制球《けんせいきゅう》よりも遅いんじゃないかというもっぱらの評判だった。

いや、それは評判だけではない。もしもスピードガンで測ったら、ぜったいに負けていただろう。

当事者が言うのだから、とにかく、そうなのだ。

「そんなにマゾっぽく言わなくてもいいじゃん」

美奈子はあきれ顔で笑い、今年の誕生日に買ってやったＢａｂｙ－Ｇの文字盤を覗き込んで、「まだ五分しかたってなーい」とため息をついた。

街の中心部に向かうバスが来るまで、あと十五分。見通しが甘かった。バスの便数が昔に比べて減ったことは聞いていたが、朝十時台で一時間に三本しか走っていないとは思わなかった。

「みんな車で通勤するようになったんだなあ」

「ね、ウチも車買えば？　そのほうが便利だよ、ぜったい」

「まあな……」

東京での住まいは、都心部のマンションだった。手狭ではあったが、それと引き替えに交通の便はよかった。ふだんの生活は地下鉄でじゅうぶん用が足りる。たまに遠出をするときにはレンタカーがある。維持費や駐車場の費用のことを考えると、そのほうがずっと得で、便利で、目的や行き先や気分によって車種を決める自由気ままさも、マスコミ人の夫、学者の妻、ミッション系の私立小学校に通う一人娘という組み合わせにはお似合いだった。

だが、ここは——何度でも嚙《か》みしめたほうがいい、住み慣れた東京ではない。

「タクシーもぜんぜん来ないね」

「ここらへんじゃ『流し』は走ってないよ。みんな電話で呼ぶんだ」

「すっごい不便じゃん」

「でも、それがふつうなんだよ、この街だと」

答えて、ふう、と息をつき、やっぱり車がないと困るかな、と思った。我が家にも一台、旧式のセダンがあるにはあるが、それは週に三日、嘱託として造船所に通う父が使っている。

「あとで時間があったら、中古車センターに寄ってみるか」

「新車にすればいいじゃん」

「そんなのもったいないって」

来年……とつづけかけて、口をつぐんだ。ほとんど無意識のうちに出かかった「来年の夏には東京に帰るかもしれないんだし」の一言を吞《の》み込んだ。

ぎごちない語尾をどう聞き取ったのか、美奈子は「まあねえ」と分別くさくうなずいた。「無職じゃ、ぜいたくもできないか」

「無職じゃないぞ。充電中っていうんだ、こういうの」

「ま、どっちでもいいけどさ、それでどうなったの？　野球部。そんなに弱いのに、なんで決勝まで行けたの？」

僕は小さくうなずいて、煙草《たばこ》をくわえた。ライターの小さな炎は山のほうから吹いてくる冷たい北風にあおられて、何度も途中で消えてしまった。曇り空。秋の終わりというより冬の初めの雲の色だ。車の前にファンヒーターを買ったほうがいいかもしれない。

僕たちは――高校球児は誰だってそうだと思う、甲子園に憧《あこが》れていた。

だが、それは決して目標ではなかった。

夢と目標とは、似ているようでいて違う。夢見るものと目指すものとは微妙に違うのだ。

二級上の先輩は創部以来二度目のベスト8を目指して、二回戦でコールド負けした。一級上の先輩は高らかに甲子園出場を目標に掲げていながら、初戦で負けた。その反省と格好悪さをふまえて、僕たちはあくまでも謙虚で現実的な目標を立てた。

初戦突破。

その目標は、なんとか達成できた。くじ運に恵まれた。シュウコウの一回戦の相手は、二年前に開校したばかりの、だから部員が一年生と二年生しかいない私立学校だったのだ。

「じゃあ楽勝じゃん」

がら空きのバスの最後列のシートに座って、美奈子が訊《き》く。

「そうでもなかったんだよな。四対二だから、けっこうヤバかった」

「向こうは三年生がいないのに？」

「弱かったんだよ、とにかくシュウコウは」

最大の勝因は、相手チームが九人ぎりぎりで、四番打者でもあるキャッチャーが試合中に突き指をしたことだった——そこまでは言わずにおいた。

「二回戦はどうだったの？」

「今度も接戦だったんだ。最終回で相手の同点スクイズをはずして、なんとか逃げきった」

「すごいじゃん」

「ちっともすごくないよ。内角高めを狙《ねら》ったら、すっぽ抜けて外角の、とんでもないところにはずれて、それでバットが届かなかったんだよ。お父さんのコントロールがもうちょっとよかったら、ぜったいに同点にされて、終盤の勢いだったら延長で逆転だったな、たぶん」

「あ、でもさ、キャッチャーのひとも内角にかまえてたのにそういうボールを捕れたんだから、すごいじゃん。以心伝心っての？」

「……サインミス」

「はあ？」

「あいつは外角低めに抜いたカーブを落とさせるつもりだったんだけど、お父さんは内角高めの速球だと思いこんでた。もう土壇場だったから思いっきりストレートを投げ込んで……ふつうのピッチャーの球なら、スローカーブを待ってたキャッチャーが捕れるわけないんだけど、牽制球より遅いんだから、とにかく」

バッテリーを組んでいた相棒の顔が浮かぶ。にきびをつぶした痕《あと》がいつも赤く腫《は》れていた、真ん丸な顔。神野という。ジンノのブーちゃん——略して、ジンブーとみんなが呼んでいた。中学時代は一塁手だったが、「的が大きいと投げやすいから」という理由だけでキャッチャーにコンバートされた。そういうレベルのチームの、神野は七番バッターだった。バッティングは悪くなかったが、足が遅い。野球部始まって以来だとみんなで笑った公式戦でライトゴロ三回の記録は、いまも破られていないはずだ。

「なんていうか……」美奈子は少し申し訳なさそうに言った。「草野球っぽくない？」

「ほんとだな」と僕は笑う。素直に認める。僕たちの野球のレベルは草野球と同じだ。シュウコウの野球部にあって、草野球チームにないものは、ひとつだけ——甲子園という夢。

「で、次の試合はどうだったの？　ちょっとはまともだった？」

「……三回戦は、もっと草野球っぽかったな」

相手チームのエースの立ち上がりは、極端に悪かった。初回に四死球とパスボールとワイルドピッチと牽制悪送球で、要するに誰も一度もバットを振ることなく、シュウコウは五点を先制したのだ。

あとは僕がそれを守り抜くだけなのだが、一回、二回は無失点で切り抜けたものの、三回に一点を返された。僕たちの攻撃は、立ち直った相手エースに二回、三回と三者凡退をくらった。四回にも一点を返された。シュウコウは三者凡退。五回には二点を返され、僕たちはまた三者凡退、それも三者連続三振に仕留められた。

五点あったリードはわずか一点になってしまった。しかも、相手は押せ押せムードになっている。逆転負けを覚悟しかけた六回表の攻撃中、ベンチに座っていたら誰かが「おい、空、見てみいや」と言った。はずんだ声だった。言われたとおり見上げると、試合の前半には晴れわたっていた空が、急に暗くなっていた。雨が近い。それも、夕立の、どしゃ降りの雨。雨が降れば——コールドゲームで逃げきれる。

タイムをとってバッターをベンチに呼び寄せて、できもしないくせに「ファウルで粘れよ、ええの」と口々に言った。そのうちに空から雷の音も聞こえてきて、ベンチは一気に盛り上がった。

「うわあっ。それって、ちょーセコくない？」

「いいんだよ、勝負なんだから」

「でもさあ、高校野球でしょ？　明るく爽《さわ》やか、でしょ？」

「理想と現実とは違うんだって」

六回表の攻撃は無得点に終わったが、雲行きを気にしてあせりの出た相手エースがコントロールを乱してくれたおかげで、フォアボールのランナーが二人出て、うまいぐあいに時間を稼げた。

「そのランナーをかえしてリードを広げようって発想にはならないわけ？」

「うるさいなあ、文句言うんなら、もう話さないぞ」

六回裏のマウンドに立って投球練習をしていたら、雨が落ちてきた。雷の音もしだいに近づいて、空の色はさらに暗くなる。

ゆっくりと間をとって、バッターに向かった。いきなり、三遊間を割られた。ノーアウト一塁、マウンドに内野陣が集まった。相手チームのベンチと応援団が、時間稼ぎだ、と騒ぎだしたが、そんなものかまってはいられない。雨脚は着実に強くなっているが、まだ試合中止に至るほどではない。

送りバントを決められた。ワンアウト二塁。一打同点。つづくバッターにはファウルで粘られたすえにフォアボールで歩かれた。逆転のランナーを出して、今度はこっちがあせってしまい、次のバッターまでフォアボールで出してしまった。

救いといえば雨脚がどんどん強くなり、雷の音がかなり近くなってきたことだが、次のバッターは三打数三安打の一番打者だった。外野フライで同点、ヒットで逆転、スクイズバントだってある。

神野がマウンドに駆けてくる。話すのは投球の組み立てではなく、空模様について。主審は眼鏡をかけているので、雨がもう少し強くなるとすぐに試合を中断させそうな雰囲気だという。サードのユタカがタイムをとって、スパイクの紐《ひも》を結び直した。監督はライトをモッちゃんから二年生の徳光に交代させた。雨はさらに強くなる。

初球はスクイズを警戒して外角にはずした。サードへの牽制球を挟んだ二球目は外角低めにストライクを狙ったが、はずれた。雷が鳴る。ずいぶん近づいてきた。三球目。神野が賭《か》けに出て内角高めにボール球を要求し、僕もそれに応《こた》えたが、相手チームは動かなかった。ワンアウト満塁。ノースリー。まさに絶体絶命だった。

あとはもうど真ん中に投げ込むしかない。肚《はら》をくくり、それでも時間稼ぎだけは忘れず、ファーストの白石にかたちだけの牽制球を放った。白石から山なりのボールが返ってきたとき、地響きがするほどの大きな雷が頭上で鳴った。スタンドから悲鳴があがる。と、それを合図にしたように雨は一気に激しくなった。現国の授業で習った「車軸を流すような雨」というやつだ。

主審が両手を広げて振って試合を停め、僕たちをベンチに引き揚げさせた。雨は降る。雷は鳴り響く。グラウンドは瞬《また》く間に巨大な水たまりになり、ベンチでこっそり声を合わせて歌った「雨、雨、降れ、降れ、かあさんが……」の願いが通じて、一人だけホームベースに戻ってきた主審はコールドゲームを宣告したのだった。

「最後の牽制球が勝負の分かれ目だったんだ。あそこでバッターに向かって放ってたら、どうなってたかわからないもんな。お父さんの隠れたファインプレーだったんだよ」

少しおどけて胸を張ったが、美奈子はそっけなく「セコいだけじゃん」と言う。

「あーあ、聞かなきゃよかったなあ、あたし、もっとカッコよく勝ってたんだと思ってたのに」

「しょうがないだろ、ほんとの話なんだから。もうやめるか？」

「だめだよぉ、ここまで来たんだから最後まで教えてよ。今度は四回戦？」

「東京みたいに学校が多くないからな、次が準々決勝だった。ベスト8だよ」

「じゃあ、シュウコウの歴史のタイ記録？」

前のほうの席にいたおばさんが、ちらりとこっちを見た。シュウコウ——に反応したのかもしれない。小さな町の名門校だ。いい評判も悪い評判も、他の高校よりはるかに町のひとびとの注目を集める。昔の出来事も、大袈裟《おおげさ》に言えば、町の記憶として語り継がれてしまうのだ。

「つづきはあとでな」と小声で美奈子に言って、シートに深く座り直した。美奈子もしつこくせがんではこなかった。あの夏の思い出話はハッピーエンドにはならない。それをもう、美奈子も知ってしまったから。

バスは車体を小刻みに揺すりながら、坂を下りていく。くねくねと曲がった古い町並みだ。通りの両側にビルが建て込んだせいか、昔に比べて道幅が狭くなった。バスに乗って町なかに向かうのは何年ぶりだろう。十五年……いや、二十年ぶりぐらいだろうか。盆休みや正月に帰省したときは父の車かタクシーで、大学時代に開通したバイパスを通って町の中心部に出ていた。和美や美奈子を連れて車に乗っているときは、東京での暮らしにそのまま包まれているようなものだ。外の風景は懐《なつ》かしくても、車の中の空気は東京の我が家のリビングと変わらない。だが、いま、バスの車内にたちこめる空気はまぎれもなくふるさとのものだ。「日赤病院、停まりますかのう」と運転手に尋ねるおじいさんの声も、『銘菓　周防灘《なだ》』と力強い毛筆体で記された和菓子屋の車内広告も、女性の声の「次は新栄橋北詰、眼鏡の昭和堂前でございます」というアナウンスも、すべてが薄い色のフィルターをかけられたように同じ色調で馴染《なじ》み合っている。

僕たちは――どうだろう。美奈子の着たフリースパーカーの赤が、東京にいた頃はそんなこと思いもしなかったのに、ずいぶん派手に感じられる。

バスの乗客はほとんど顔見知りのようだった。おしゃべりの合間にこっちの様子を窺《うかが》うような視線をよこす老人もいる。もともと、よそ者には冷たい気風のある町だ。排他的で、城下町だったぶん気位が高く、そして、たった一度の失敗を許してはくれない町——そんなふるさとに、僕はいま、よそ者の一人として帰ってきたのだろう。

3

市役所で転入手続きをしてから、当座の生活に必要なものを買い揃《そろ》えるために、市役所と駅を結ぶ商店街にまわった。〈周防銀天街ショッピングタウン〉と名前だけはにぎやかだが、アーケードの商店街にかつてのにぎわいはない。十年ほど前、駅の裏手と国道のバイパス沿いに相次いでオープンした大型ショッピングセンターに買い物客を奪われてしまったのだ。

シャッターが下りたままの鮮魚店、野暮ったい服をマネキンに着せた洋品店、棚の商品にうっすらと埃《ほこり》の積もった陶器店、更地になった場所には、たしか頑固そうなじいさんがいつも時計を修理していた時計屋があったはずだ。

ここだけは昔と変わらず繁盛《はんじょう》しているパチンコ屋の脇《わき》に立ち、アーケードの屋根を透かす曇り空をぼんやり眺めていたら、美奈子が向かいの本屋から出てきた。おもしろそうな本があったら買うからと言っていたのに、手ぶらだった。店の中にいたのも、ほんの二、三分といったところだ。

「いい本なかったのか？」

「うん、まあね……」

ため息交じりに、無理に笑って見せる。本の好きな子だ。学校の図書館で借りた本の冊数は学年で一番だった。読書感想文を書かせれば、親のひいき目を抜きにしても、かなりのレベルにある。和美にだけこっそり話していた将来の夢は、ファンタジー小説の作家さん、らしい。

「ねえ、ここがいちばん大きな本屋さんなの？」

「お父さんの高校時代はそうだったんだけど。参考書なんかを買うときはぜったい『文新堂』だったし」

「そっか……」

「ショッピングセンターのほうに大きい本屋があるかもな」

「うん、まあ、いいけど、べつに」

駅に向かって歩きだす美奈子の背中を見て、今度は僕がため息をつく。東京を発《た》つ前から繰り返し思っていたことを、また思う。いまさら言っても美奈子を困らせるだけだから、決して口には出さずに。

美奈子も和美と一緒にボストンに行くべきだったのだ。あるいは、僕が、東京での暮らしをつづけるべきだったのだ。

美奈子の通う私立小学校では、親の海外赴任などでいったん学校を出てしまっても、日本に戻ってきたときに編入試験を受けてしかるべき成績をとれば復学できるシステムをとっている。美奈子の場合もそのシステムを使えるし、なにより一年間海外で過ごすことはこれからの人生を考えるとぜったいにプラスになるはずだし、美奈子自身、一学期が終わった時点では、九月からの新学期に合わせてアメリカに渡るつもりだった。

それが、八月——僕が退職と帰郷を真剣に考えはじめた頃になって、ひっくり返った。「お母さんがボストンにいる間だけ、田舎暮らししてみようかな」と言いだしたのだ。

退職も、帰郷も、美奈子が和美と一緒にボストンに行くというのが前提だった。

二人が帰ってくるまで——を言い訳にするつもりだった。

仕事の状況は決してよくなかった。長年働いてきた出版社が、十年来の経営不振のすえに成金まがいの社長が率いるテレビ局の傘下《さんか》に組み込まれてしまい、僕の所属する編集局も大幅な人事異動で骨抜きにされた。このまま会社に残っていても、意に添わない雑誌をつくらされるか、さもなくば閑職に追いやられるか、だった。

三十八歳。もう若くはないが、まだくたびれてはいない。リセットは間に合う。そんなことを考えていた矢先に母が亡《な》くなり、和美がボストンに発って、「リセット」は最初の予定より少し大がかりなものになってしまったが、それでも、「とりあえず」の一言の逃げ道だけは残しているつもりだった。コブ付きの帰郷など考えてもみなかった。

思いがけない決断に困惑して「だめだ、だめだ」と繰り返す僕に、美奈子は言った。

「だって、おばあちゃんが死んじゃって、おじいちゃん、寂しがってるもん。お父さんと二人暮らしなんて、かえって寂しくなるんじゃない？　やっぱ、ほら、女の子が一人いたほうがパーッと華やかになるじゃん」

優しいところがある。だが、来年の夏、美奈子が和美の帰国に合わせて東京に戻ってしまったあとにおじいちゃんが背負い込む寂しさについては、たぶんまだわかってはいないだろう。

美奈子だけでなく僕まで東京に戻ってしまったあとの父の寂しさは、いまは考えないようにしている。

商店街も終わりに近づいたが、買い物をしたくなるような店はほとんど見つからなかった。駅の裏のショッピングセンターにまわったほうがよさそうだ。そこにテナントとして入っている書店が『文新堂』並みのものだったら美奈子はどんな顔になるのか、それを思うと、少し不安ではあるけれど。

「やっぱり、先に車買ったほうがいいかな。車があれば大内市に行けるし、あそこなら県庁もあるから本屋だって大きいのが……」

言いかけて、気づいた。横を歩いていた美奈子が、いない。あわてて後ろを振り向くと、思いのほか後ろのほうで、中年の男と並んでこっちを見ていた。

「お父さんってば！　なにやってんのよ。さっきから呼んでるのに、なにシカトしてんの！」

少し怒った顔で手招く美奈子の隣で、男は腕組みして笑っている。デニムのエプロンをつけた、白髪交じりの、大柄な、鼻髭《はなひげ》の男——見覚えがあるような、ないような。

「ヨージ、わしじゃ、わしじゃ、わからんのか」

思いだした。白髪を坊主頭に変えて、鼻髭をなくしてしまえば、懐かしい顔が目の前に現れる。

「……亀山か？」

「おう、カメじゃ、覚えとったか」

忘れるわけがない。シュウコウ野球部、不動の四番バッターだ。

亀山は僕が来るのを待ちきれないように大股《おおまた》に近づいてきて、「ひさしぶりじゃのう、ヨージ」と両手で僕の肩を抱いた。

「どないしたんか、なしてこげなところ歩きよるんか」

方言の響きが耳にくすぐったい。七十歳近い父や還暦を過ぎた正雄叔父の方言を聞くときとは種類の違うくすぐったさだ。ふるさとを昔ばなしの舞台として懐かしむのではなく、ふるさとで過ごした日々がそのままむき出しに蘇《よみがえ》ってくる。上京してからの二十年の年月が、一瞬、消えてしまいそうになる。

だが、僕は方言をつかわない。いまはもう頭の中に浮かんだ言葉を翻訳しなければ方言にはならない。

「引っ越してきたんだ」

「東京からや？　転勤したんか」

「辞めてきた、会社」

「はあ？」

「ちょっと、しばらくのんびりしようと思って、帰ってきたんだ」

一歩下がって亀山の手を肩からはずし、「娘と一緒に」と付け加えた。

亀山はきょとんとした顔のまま右手の人差し指と中指を立て、「二人でか？」と首を小さくかしげた。

「女房は来年の夏までボストンに行ってるんだ」

「はあ？」

さらに混乱し、途方に暮れた顔になる。

細かく説明するのも面倒なので「いろいろあってさ」で話を切り上げ、あらためて亀山のいでたちに目をやった。

「カメ……おまえ、仕事なにやってるんだ？　いま」

待ってました、というふうに亀山は胸を張り、エプロンの胸ポケットにプリントされた文字を指差した。

『ダイニング・キッチン　カメさん』——。

店は斜め後ろにあった。こぢんまりとした、ちょっと西部劇のバーを思わせるつくりの店だ。

「脱サラしての、おととしから洋食屋の大将じゃ。借金まみれでかなわんけどの、まあ、ぼちぼち食うていきよる」

ランチタイムのボードを店先に掲げているときに、僕を見かけたのだという。「ヨージ」と二回呼んでも振り向かなかった。あたりまえだ。ブランクが長すぎる。僕をそんなふうに呼ぶ知り合いは、東京には一人もいない。

「ヨージ、いま忙しいんか。時間があるんじゃったら、コーヒーでも飲んでいかんか」

一瞬、ためらった。

なぜだかわからない。断るつもりなどないのに、「おう」とすぐには返せなかった。

代わりに美奈子が話に割って入る。

「ねえ、ランチってなにがお勧めなんですか?」

物怖《ものお》じしない子だ。人なつっこく、おとなとも平気でおしゃべりができて、そして、好奇心旺盛《おうせい》。

「ミックスグリルが美味《おい》しいんど。『カメさん』のハンバーグいうたら、周防一じゃ」

「じゃあ、あたし、それ食べたいです。もうランチタイム始まってますか?」

「おう、まだ開店前じゃけど、そげなん、おじちゃんが大将なんじゃけえ、どないでもなるんじゃ」

「ラッキー」

「デザートにアイスクリームも付くんど。大サービスじゃろ」

「うんうん、すごいっす」

連れだって歩きだす二人を、僕は苦笑交じりに追いかける。いつもならはらはらすることも少なくない美奈子の調子のよさに、いまは救われた。それに、なにより、「おじちゃん」——だ。もうそういう歳《とし》になったのだ、僕たちは。高校三年生の夏は、遠い遠い昔のことになってくれたのだ。

店に入った。カウンターが六席に、四人掛けのテーブルが五つ。やはりアメリカの西部開拓時代をイメージしているのだろう、板張りの壁にはパブミラーや馬具やカウボーイハットやガンケースやセピア色の写真などがごてごてと飾られて、そういえばカメはクリント・イーストウッドが好きだったんだよな、と思いだす。

「てきとうなところに座っとれや、すぐつくるけん」

張り切った様子でカウンターの中に入りかけた亀山は、ふと忘れ物を思いだしたように足を止め、壁の隅を指差した。

「ヨージ、これ、見てみいや」

真鍮《しんちゅう》の額に入った古い写真だった。最初はモノクロかと思ったがそうではなく、カラー写真が色褪《いろあ》せていたのだった。

「懐かしかろうが、のう」

僕よりも先に美奈子が写真の前に立って、「うわあっ」と声をあげた。「お父さんもいるんですか？　ここ」

「後ろの列の、いちばん右じゃ。横着な顔して立っとろうが。その隣がおじちゃんじゃ」

僕は黙って写真と向き合った。「すっごい、お父さん、若いじゃーん」と振り返る美奈子にかまわず、ただじっと写真を見つめた。

夏の県予選が始まる少し前に、野球部の三年生全員で撮った写真だ。野球部のOB会長の『小沢写真館』店主――ザワ爺《じい》が撮ってくれた。毎年恒例のことだ。写真の下の余白に印刷された言葉も、毎年変わらない。

〈熱球忘るるなかれ〉

冷蔵庫の中を覗《のぞ》き込んだまま、亀山が「ヨージも、まだ持っとるんよの？　この写真」と訊《き》いた。

「……捨ててない」

声がかすれた。実家のどこかにあるはずだ。たぶん。

亀山は「懐かしかろうが、のう」と、さっきと同じ言葉を、さっきよりも感情を深く込めて言った。

僕は写真から目を離さない。三年生部員は、ぜんぶで九人。女子マネージャーが一人。合わせて十人が前後に五人ずつ並んで写っている。前列の左端に、マネージャーの恭子。その真後ろには、オサム――センターを守っていた渡辺治。

二十年ぶりに会った。

もう会えない仲間が、二十年前の笑顔のまま、僕を見つめる。

亀山は冷蔵庫から出したジンジャーエールを美奈子に差し出して、「あっちのテーブルに座って飲みんさいや」と言った。「おじちゃんからのサービスじゃけん」

「やったね、ありがとーございまーす」

屈託なく答えた美奈子が窓際《まどぎわ》のテーブルにつくと、亀山は調理台のガスコンロに火を入れ、スープの入った寸胴《ずんどう》鍋をお玉で軽くかき混ぜながら言った。

「シュウコウ、行ってみたか？　校舎も新しゅうなって、びっくりするで」

「そうか……」

「ほいでの、もっとびっくりするんが、野球部の監督、ジンブーなんよ、いま」

「神野？」

「おう。シュウコウの日本史の先生じゃけえの、五、六年前から面倒見とる」

思わず言いかけた言葉を呑《の》み込んだら、亀山はそれを察して、「ＯＢ会からは、監督になる前にいろいろ言われたらしいけどの」と苦笑した。「わしら、恥さらしの代じゃけえ」

笑い返そうとしたが、頰《ほお》はうまくゆるんでくれなかった。恥さらし——あの年の夏の終わり、僕たちは何度その言葉をOBの連中からぶつけられただろう。

亀山は僕に背中を向けて吊り戸棚の扉を開けながら、「もうひとつ、びっくりすること教えちゃろうか」と言った。

僕は黙って待った。

「恭子、周防に帰ってきとるけん」

僕はなにも答えない。

「結婚して、子どももおるんじゃけど……おととしじゃったかの、離婚して帰ってきたんよ。シングルマザーいうんかの、いまはトラックの運転手しよるんじゃて」

唇をきつく結んで、僕は押し黙る。

亀山も戸棚からコーヒー豆の缶を取り出したが、僕のほうは振り向かない。

「野球部の仲間で周防に残っとるんは、それだけよ。ジンブーと、わしと、恭子。ヨージを入れても四人だけじゃ、寂しいもんじゃ思わんか?」

僕は奥歯を嚙《か》みしめる。

「ジンブーはときどき酒を飲みに来てくれるけど、恭子は店にも来てくれんし、年賀状を実家に出してやっても返事もくれん。ヨージやら、わし、何年も前に年賀状出したら、転居先不明で返ってきたきりよ。引っ越した先の住所も教えてくれんのじゃけえ、寂しいよ、ほんま、寂しいもんじゃ」

亀山は僕に背中を向けたまま、缶の蓋《ふた》をゆるめては締める。

「のう、ヨージ、いつまで周防におるんか知らんけど、いっぺんオサムの墓参りに行っちゃれや」

やっと振り向いて、「のう、行っちゃれや、オサムも喜ぶけん」と諭《さと》すように繰り返し、「みんな、おっちゃんとおばちゃんになったんじゃけえ」と目を瞬《しばた》かせながら笑った。

僕は最後まで口を開かなかった。

亀山も、もう仲間たちの話はしなかった。

コーヒーはひどく苦かった。豆を挽《ひ》く量が多すぎたのだ、きっと。

4

午後からは美奈子の転入する小学校にまわった。僕の母校でもあるのだが、校舎は十年近く前に建て替えられて、昔の面影はない。職員室にも見知った顔の先生はいなかったし、応接室を兼ねた校長室に飾られた歴代の校長の写真を数えてみたら、僕が卒業してからすでに六人の校長が代替わりしていた。

クラス担任の横井先生は、ジャージの腰やお尻《しり》がはちきれそうな、よく太ったおばさんだった。こういうタイプって美奈子は苦手そうだよなあと横を見ると、あんのじょう、こっそり親指を下に向けたブーイングのポーズをとっていた。

案内された校内の様子も、学費をたっぷり支払わされる私立とは比べものにならない。自慢げに見せてくれたパソコン・ルームも、パソコンがマックではなくウィンドウズだったことで美奈子は落胆し、OSがウィンドウズ95だと知ると、さらに落ち込んでしまった。教室にエアコンはない。プロジェクター・システムもない。トイレは和式。プールは屋外、温水なし。時間割表を渡すときに、横井先生が「明日は体育はありませんけど、昼休みに全校でマラソンをしますので、汗をかいたときの着替えを毎日持たせてください」と僕に言うと、美奈子はまた親指を下に向けた。

「やっぱ、公立、甘くねーよお」

校門を出ると、美奈子はため息交じりに言った。

「疲れたか?」

「っていうより、なんかさっきから胸焼けしちゃって……」

みぞおちのあたりをさすって、「ねえ」とつづける。「『カメさん』のハンバーグ、誰かなんとか言ってあげたほうがいいんじゃないの?」

「そんなに不味《まず》かったか?」

「十一年の人生でワースト3に入るね、マジ。あのね、肉汁がぜんぶ外に出ちゃってるの、だから味がスカスカで、それをごまかしてるんだと思うけど、塩っ気が、もうハンパじゃないんだもん。お父さん、コーヒーだけでラッキーだよ」

「そうか……」

「だから、ほら、ランチタイムでもお客さんぜんぜん入ってこなかったじゃん。あれでお金もらうのって、ずーずーしくない?」

たしか、あいつ、借金があるって言ってたんだよな、と思いだすと、こっちのみぞおちまで鈍く痛んだ。ほぼ一週間ぶりの外出で、疲れているのは僕のほうかもしれない。だが、まだ今日の用事は終わっていない。これからまた町なかに出て、学校指定のスポーツ用品店で校章入りの体操着と上履きと体育館シューズを買わなければならない。

校門脇《わき》のバス停のベンチに腰を下ろし、伸びをすると、あくびと一緒にため息が漏れた。ベンチの横に立つ美奈子にも、あくびがうつる。

チャイムが鳴って、学校の中が騒がしくなる。「チャイム、スピーカーなんだあ」と美奈子がつぶやいた。前の学校では時計塔に仕込まれた鐘が授業の始まりや終わりを知らせていた。僕も授業参観日に聞いたことがある。軽やかでいて深みのある、こぢんまりとしたミッション・スクールにふさわしい鐘の音だった。

「ねえ、お父さん」

「うん？」

「県予選の話のつづき、してよ」

黙っていたくないときは、小学五年生の女の子にだってある。

準々決勝に進出した時点で、新聞の地方面は「旋風」という言葉を使い、NHKのローカルニュースは僕たちを「台風の目」と呼んだ。創部以来二度目——新制高校になってからは初めてのベスト8進出ということで、練習を見に来るOBの数は日増しに増え、会社の夏休みを早めにとって東京や大阪からわざわざ帰省したひとも何人もいた。なかでもいちばん張り切っていたのはザワ爺だった。ふだんから暇さえあれば練習を見に来るひとだが、三回戦に勝ってからは写真館の仕事などほったらかしで、練習の最初から最後までバックネット裏の真ん中に陣取り、若いOBを球拾いに駆り出したり応援歌を歌わせたりと、大忙しだったのだ。

もっとも、当の僕たちは、ここまでだな、と思っていた。準々決勝の相手はシード校、春の選抜大会にも出場し、夏の大会は三年連続出場を目指している瀬戸学園だった。エースで四番の野崎はプロからも注目されている県内ナンバーワンのピッチャーで、僕たちは「試合が終わったらサインしてもらおうで」「わしは握手でええわ」「写真一緒に撮ってもらおうや」と真顔で話していたのだった。

「なにそれ、勝つ気ないわけ?」

「ぜんぜんないわけじゃなかったんだけど……もう、あのあたりから、負け方を考えてたのかもしれないな。どうせだったら強い相手と当たって負けたほうがカッコいいだろ、って」

「でも、甲子園に行きたいんでしょ? だったら一発逆転っていうか奇跡っていうか、そういうの考えなきゃだめじゃん」

勝ち気な女の子だ。性格は、僕より和美に似ている。

少し考えて、僕は言った。

「行きたいんだけど、遠くにあったほうがいいんだ」

美奈子は怪訝《けげん》そうな顔になる。

もうちょっとわかりやすく、「はるか彼方《かなた》なんだけど、絶対にあるんだ、って……そういうのがいいんだよなあ」と言い直してみたが、表情はたいして変わらない。

まあいいや、と話を先に進めた。

準々決勝――奇跡が、起きた。正確には、瀬戸学園が勝手に奇跡を起こしてくれた。

瀬戸学園の先発のマウンドに立ったのは、野崎ではなかった。背番号14の二年生投手――控えの順番でも二番手のピッチャーだった。エースだけでなく、リリーフ投手まで温存されたのだ。

もちろん、背番号14だって、名門・瀬戸学園で二年生からベンチ入りするほどの選手だ。シュウコウ相手なら十回投げれば九回は完璧《かんぺき》に抑え込むはずの、そのわずか一回の例外が、本番の試合で出てしまった。

「めちゃくちゃ緊張してたんだ、そいつ。ストライクは入らないし、たまに入ればど真ん中の棒球だし。いくらシュウコウでも、あれなら打てる。バッティングセンターより打ちやすいんだから」

背番号14が半べその顔でマウンドを下りたときには、僕たちは三点を先制していた。

それでも、瀬戸学園の監督はリリーフに野崎を送らず、背番号10の控え投手を投げさせた。三点ならいつでも返せると踏んだのだろう。だが、勢いに乗った僕たちは思いがけない事態に浮き足立った背番号10からも一点を奪い、結果的には、その一点が勝負の分かれ目になった。

「二回からは野崎が投げたんだけど、すごかったんだ、ストレートはうなりをあげてるし、カーブなんてほんとに消えちゃうぐらい曲がるんだ」

最終回まで、僕たちは一人のランナーを出すこともできなかった。しかし、瀬戸学園の攻撃も四点のビハインドをなかなか追いつけない。その日、僕は絶好調だった。球の遅さはどうしようもないが、コントロールがやたらと冴《さ》えていて、あせって強振するバッターのタイミングをはずす外角低めのスローカーブがおもしろいように決まったのだ。

四対三。最終回の野崎は悔し涙を流しながら投げていた。翌日の新聞の、地方面だけでなく全国版のスポーツ欄にも〈瀬戸学園・野崎の夏、不完全燃焼で終わる〉と見出しが立ったほどの、正真正銘の大番狂わせだった。

瀬戸学園の監督は試合の翌日、クビになった。野崎はその後、社会人をへてドラフト三位で在阪のパ・リーグ球団に入団したが、けっきょくプロでは芽が出ず、数年間の二軍暮らしのすえに球界を去っていったのだった。

「要するに、ツキなんだよな。シュウコウにはツキがあったんだよ、怖いぐらい」

次の日、僕たちは創部以来初めての準決勝に臨んだ。

ツキは一晩たっても落ちていなかった。スポーツ新聞ふうに言えばどちらに勝利の女神が微笑《ほほえ》んでもおかしくない一進一退の打撃戦だったが、ツキは明らかに僕たちの側にあった。

僕たちの攻撃は、止めたバットに当たった打球がテキサスヒットになり、手が出ずに見送った内角高めの速球がミスジャッジでボールに判定され、牽制球《けんせいきゅう》に誘い出されたら挟殺《きょうさつ》プレイの途中で送球が背中にあたって、しかもあさっての方向に転がっていった。一方、相手の攻撃はいい当たりの打球が正面をついてゲッツーになり、ホームラン性の打球は風に押し戻され、三遊間を割ったはずの打球がランナーを直撃して守備妨害をとられてしまう。

同点で迎えた最終回も、ツキが明暗を分けた。

九回表、僕たちはワンアウト満塁のピンチを背負った。僕が投げ込んだ外角高めのストレートは甲高い音をたててはじき返され、打球はライナーになって僕に向かってきた。捕った――のではない。たまたまグローブに入った、いや、もっと正確に言うなら、ボールのほうが勝手にグローブの中に飛び込んできた。三塁ランナーは戻れず、ゲッツーが成立した。

九回裏の僕たちの攻撃はツーアウトからランナーが出たが、つづくバッターは平凡なショートゴロ。相手チームのショートは、基本に忠実に腰を下ろし、捕球の体勢に入った。だが、最後のバウンドがイレギュラーした。はずんだボールがショートの顎《あご》に当たり、あわてて拾い上げて一塁に放った送球は大きく逸《そ》れて、ファウルグラウンドに転がっていって……サヨナラ勝ち。

「ツキなんだよ、ぜんぶ。ツキだけで勝ってきたんだ、嘘《うそ》みたいな、怖いぐらいのツキがあったんだ、お父さんたちには」

僕は低い声で言った。「ツキがありすぎたんだ」とつづけると、意識したわけではないのに、ため息が漏れた。話の途中までは「やだあ」と笑っていた美奈子も、急に不安げになって僕の顔を覗《のぞ》き込む。

「……つづきは、また今度だな」

目をつぶって言った。

美奈子は少し間をおいて、「この話って、お母さん知ってるの？」と訊《き》いた。

「だいたいのことは知ってる」

「ギャグ系のオチって、つかない……んだよね」

「つかない」

「じゃ、今度でいいや。あたしもちょっと疲れてるし」

美奈子も少しずつおとなになってるんだなと思うのは、こういうときだ。

僕はまた、準決勝のサヨナラ勝ちの光景を思い浮かべる。

サヨナラのホームを踏んだオサムは仲間たちの輪の真ん中にいたはずだし、恭子もスタンドの最前列にいたはずなのに、どんなにしても思いだせない。

あの日が恭子と会った最後の日で、僕たちがシュウコウのSのワッペンを左胸に大きく縫いつけた試合用のユニフォームを着た最後の日にもなった。

僕たちの試合は準決勝の第二試合だった。試合が終わったのは夕方の早い時刻。県営球場のある大内市から周防市までバスで戻って、明日の決勝戦に備えて簡単なミーティングをしたあと、解散した。そこから先の話は、すべて、あとになって知ったことだ。

オサムと恭子は再び大内市に向かった。周防市の三倍近い規模の大内市の繁華街をしばらく二人で歩いて、陽がかげりかけた頃、駅の裏手の路地の多い一角に入った。

古びた産婦人科医院に、恭子は一人で入っていった。オサムは近くの喫茶店でインベーダーゲームをやりながら、ビールを飲んだ。煙草《たばこ》も吸った。一時間ほどたつと店を出て、産婦人科医院に向かう、その途中で、あの頃の言葉をつかうならツッパリの奴《やつ》らとガンをつけたつけないで殴り合いの喧嘩《けんか》になった。相手は三人連れだった。オサムはひどく酔っていた。袋叩《だた》きにされていたところに、恭子が医院から出てきた。恭子は騒ぎに気づくと、悲鳴をあげながらオサムに駆け寄った。暴力事件は、そのまま野球部の出場辞退につながってしまう。恭子はツッパリの連中にすがりついて、「やめてぇ！」と泣き叫んだ。地面に倒れ込んだオサムをかばって、子どもを堕《お》ろしたばかりの腹を蹴《け》られた。激しく出血した。アスファルトの路面に広がる血の染みに驚いたツッパリたちは我先にと逃げだして、肋骨《ろっこつ》にひびの入っていたオサムは地面にうずくまったまま動けず、恭子は「逃げて、はよ逃げて」とうわごとのように繰り返して、やがて、パトカーのサイレンが聞こえてくる……。

僕たちのツキは、その瞬間、終わった。

そして、翌日から、長い長い二十年間が始まったのだ。

第二章

1

　和美からの二週間早いクリスマスプレゼントは、海を越えて航空便で届いた。美奈子へはスエード調のジャケット、僕と父へは肘当《ひじあ》て付きのセーターがMサイズとLサイズの二着。セーターの色は同じライトグレーだった。七十歳近い父親と四十前の息子のペアルック――父は、こういう洒落《しゃれ》っ気を喜ぶような性格ではないのだが。

　美奈子はジャケットを羽織《はお》って袖丈《そでたけ》を確かめながら、どーでもいいんだけどさ、という顔と声をつくって言った。

「お母さん、お正月ぐらい日本に帰ってくるかと思ってたのになあ。お父さんもそうでしょ？　期待してたでしょ？」

「期待ってわけでもないけど……まあ、そうだな」

「ボストンで彼氏ができてたりして」

軽く聞き流せる、そこは。

だが、つづけて美奈子が口にした「日本に帰りたくないんだったりして」は、耳の奥に小さなトゲを残した。

「そんなことないって」少し強く言った。「こないだもメールで干物食いたいって書いてただろ。お母さん、仕事はアメリカの研究だけど、根っこは思いっきり日本人なんだから」

「そりゃそうだけどさあ……」

相槌《あいづち》が沈んだ。さっきの言葉は、美奈子自身の喉《のど》にもトゲを残していたのかもしれない。

「忙しいんだよ、お母さんも。留学もそろそろ折り返し点だし、クリスマス休暇中にどこかの町の郷土史を調べなきゃいけないって言ってただろ。それに、せっかくアメリカにいるんだから、向こうの正月だって見てみたいって言ってたし」

「わかってるって、そんなの。あたしにもメール来たもん」

「冬休みにボストンに行ってもいいんだぞ、ほんとに。飛行機のチケットならなんとかなるし、お母さんも空港まで迎えに来てくれるんだから」

プレゼントを送ったことを伝える和美のメールには、その件についても書いてあった。〈しつこいかもしれないけど、気が変わったら、お母さんはいつでもＯＫだからねと、あなたからも美奈子に伝えてください〉——十一月の終わりから、同じメッセージを、これで三度目。きっと、美奈子と直接交わしているメールでも、同じことを繰り返しているのだろう。

「お母さんも楽しみにしてたんだと思うけどなあ」

「うん……でもさ、遠いじゃん、アメリカ。なんかさあ、かったるいよ」

引っ越してきたばかりの頃は、美奈子もボストンのニューイヤー・パーティーを楽しみにしていたのだ。「お父さんも行くでしょ？　行くよね？　行かなきゃだめだからね」と、気乗りのしない僕は何度もハッパをかけられた。だから、十一月に入って、そろそろチケットの手配をしてやるかと思った矢先に「やっぱり、行くのやめる」と言いだしたときには、驚いて、訝《いぶか》しんで、少し不安にもなったのだった。

「お父さんだって行かないんでしょ？　ボストン」

「行きたいけどな、お父さんは行けないよ。おじいちゃんがいるから」

「おじいちゃんがボストンに行くって言ったら、どうする？」

「言わない言わない」笑ってかぶりを振った。「生まれてから一度も飛行機に乗ったことないんだから」

「だよねえ」と美奈子も笑った。

まさか僕たちのやり取りが聞こえたわけでもないのだろうが、階下の居間から父の咳《せき》が漏れる。しつこい痰《たん》をきるような、苦しそうでいらだたしげな咳だ。

「あたしがボストン行っちゃったら、お父さん、おじいちゃんとツーショットでお正月だよ？　それってキツくない？　あたしがいると助かるでしょ、なにかと」

「……そんなことで気をつかわなくてもいいんだって」

「だって、ヨメは一人でアメリカ行っちゃうし、息子はシツギョーシャだし、おじいちゃんの希望の光なんて、はっきり言って、あたししかいないじゃん」

このペースに持ち込まれると、僕はもう口では美奈子に勝てない。生意気な奴《やつ》なのだ、とにかく。口が達者で、頭の回転が速く、こましゃくれたものの考え方をして、おとなたちの人間関係を敏感に見抜く。

「でもさあ、お母さんもアレだよね、もうちょっとおじいちゃんの趣味とか好みとか考えてプレゼント贈ってあげればいいのにね」

こんなふうに。

僕の返事を待たずに部屋を出ていくところも含めて。

荷物が無事に着いたことを知らせる短いメールを和美に打ち、セーターをもう一度、なるべくていねいに畳み直した。

午後四時半。そろそろ夕食の支度をしなければいけない。六時のNHKニュースを観《み》ながら食事をして、九時前には床に就いてしまう父に合わせて、僕と美奈子の夜も東京にいた頃より一時間ほど前倒しになった。美奈子はそれを「時差」と呼んで、笑う。

セーターの袋を小脇《こわき》に抱いて階下におりた。父はコタツから出て、居間の隅の文机《ふづくえ》で書き物をしていた。僕に気づくと老眼鏡をはずし、両方の目頭を指で揉《も》みながら、右の肩を軽くまわして「やりつけんことをすると、疲れる」とつぶやくように言う。しわがれた、低い声だ。潮風と煙草《たばこ》の煙と造船所の鉄錆《てつさび》を何十年も吸ってきた喉《のど》は、きっと目に見えないほど小さな傷が無数についていて、紙やすりのようになっているのだろう。

「書けたぶん、ポストに入れてこようか」と僕は言った。

「おお、まあ……ええわ、あと十枚ほどじゃけえ、明日の朝まとめて出しゃあええ」

父はぬるくなった番茶を啜《すす》り、ふーう、と息をついて、目をしばたたいた。

老眼鏡の度が合っていない。「おじいちゃんゆうたら、見栄を張って、うちがどげん言うても眼鏡をつくり替えんのじゃけえ」と母があきれて笑っていたのは、今年の正月に帰省したときのことだ。

あの頃は、まだ建て替える前の古い家だった。陽当たりの悪い居間は昼間から明かりを点《つ》けないと新聞も読めなかった。家を建て替えるつもりなんだと母が僕たちに打ち明けたのは、大晦日《おおみそか》の午後に着いて一月二日の朝に発《た》つあわただしい帰省の、そろそろ無線タクシーを呼んで空港に向かおうかというときだった。話をいつ切りだすかタイミングをはかって、ぎりぎりになるまできっかけを見つけられなかった、そのときの母の気持ちを思うと、いまでも——母が亡《な》くなったいまだからこそよけいに、やるせない。

父がいま書いているのは、喪中の年賀欠礼状だった。もともと筆まめなひとではない。母が生きていた頃は、貰《もら》い物の礼状さえ書いたことがなかったはずだ。そんな父が、宛名《あてな》だけでなく、印刷の文面に自筆の挨拶《あいさつ》をいちいち書き添えていた。何年も前に年賀状のやり取りが途切れたひとにも書き送り、そういう相手には母の亡くなったときの様子まで小さな字で書く。

十二月に入って早々に投函《とうかん》した僕からすると、手間暇かけてこんな時期になっても書き終わらないのなら意味がないじゃないかとは思うのだが、これが父なりの母の死の悼《いた》み方なのかもしれないなという気もして、パソコンに入れた住所録をラベルにプリントアウトしただけですませた自分が、ふと、ひどい親不孝者のように思えてしまうこともある。

「お父さん、これ……」

セーターを差し出した。

「なんな?」

「和美のクリスマスプレゼント」

父は少し驚いた顔になったが、ふわっと浮き上がったものを押しつぶすように眉《まゆ》を寄せ、「洋司にくれたんじゃろ」と言った。

「違うよ、僕のは別にあるから」

お揃《そろ》いだというのは黙って、ほら、とセーターを広げた。

だが、父は気のないまなざしでちらりと見ただけで、目をそらす。

「わしには派手じゃけん、ええわ」

「そんなことないって」

「洋司が着りゃあええ」

「だから、僕には僕のがあるんだから、ちゃんと」

「……セーターは首が窮屈なけん」

「そんなことないって。ほら、ここ、襟《えり》のところがボタンになってるから、はずせばいいんだよ。アメリカでも有名なブランドで、アウトドアが専門だから、丈夫だし、暖かいし、似合うと思うけど」

ブティックの店員のようなことを言いながら、いらだちと寂しさを同時に感じた。父がいま羽織っているのは母が編んだカーディガンだと気づくと、そこにせつなさも交じる。

「まあ、ちょっと着てみてよ」

セーターを広げたまま畳の上に置いた。父は手を伸ばさなかったが、しまっておけ、とも言わず、また文机に向き直って老眼鏡をかける。

「和美さんに、よろしゅう言うてくれ」

古い年賀状のファイルを繰りながら、ぽつりと言った。僕は黙って、セーターを邪魔にならない場所に置き直した。

ふるさとに帰ってきた——という思いは、最初の数日でほとんど消えてしまった。

町を歩けばそれなりに昔と変わらないたたずまいがあり、変わってしまった風景も、変わってしまったからこそ、そこに高校卒業以来二十年の年月を探すことができる。だが、家にいると、自分が見知らぬ町に放り出された旅人になってしまったような気分になることがある。

ここは、どこだ――。

明け方の肌寒さに目を覚ますたびに、夢うつつの頭でぼんやりと思う。五月に建ったばかりのこの家には、記憶の積み重なりがない。間取りが変わった。古い家具もあらかた処分した。少年時代の思い出をたどろうにも、手がかりはどこにも見つけられない。

父はどうなのだろう。住み心地を一度訊《き》いてみようと思いながら、まだ切りだせずにいる。

母はどうだったのだろう。母がくも膜下出血で急死したのは、家が建ったのと同じ五月のことだ。

通夜《つや》や葬儀に駆けつけた親戚《しんせき》や知り合いは、真新しい二世帯住宅を見て、誰もが涙ながらに言った。

「お母ちゃんも、これで洋司らといっしょに住めるんじゃ思うて、よっぽど嬉《うれ》しかったけん、気が抜けたんじゃろうなあ」

僕はなにも答えなかった。答えられるはずがなかった。

母はすべてを黙って進めた。こんなに早く家を建て替えるとは思ってもみなかったし、ましてやそれが二世帯住宅になるとは——建て替えになるのなら、そのあたりの話もいずれしなくちゃいけないんだろうな、という程度の覚悟しかなかったのだ、僕は。

なにごともなければ、夏休みに帰省したときに初めて我が家を見るはずだった。啞《あ》然《ぜん》として、呆《ぼう》然《ぜん》として、やがてむかむかと腹を立てたはずだった。「勝手に二世帯住宅にされても困るんだよ、僕も和美も帰る気なんかないんだから！」と怒鳴りつける僕の言葉を聞かずにすんだのは、母にとっては、せめてもの幸せな死に方になるだろうか。

母がこの家で暮らしたのはほんの半月ほどにすぎないのに、どの部屋にも、母の息づかいが染《し》み込んでいるような気がする。

「洋司が周防に帰ってくるんが、お母ちゃんの夢やったんよ」と親戚が言う、その夢の器が——これだ。

器だけ遺《のこ》して、母は逝《い》った。

棺《ひつぎ》に納められた母の顔はおだやかに微笑《ほほえ》んでいた。

葬儀を終えて東京に帰ってから、和美は「こんなこと言うと怒られちゃうと思うけど」と前置きして、「お義母《かあ》さんの顔を見て、ぞっとしちゃった」と打ち明けた。

僕も同じことを感じていた。母の顔は、ほんとうに、怖いくらいにおだやかだったのだ。

2

「あいかわらず暇そうだな……」

がらんとした『カメさん』の店内を見まわして僕が言うと、亀山はカウンター越しに「昼間の二時いうたら、どこでもそんなもんじゃ」と返して、読んでいたスポーツ新聞を畳んだ。

「ヨージ、飯か?」

「コーヒー」

「和風ハンバーグのソース、今日のは我ながらようできたんじゃけどのう」

「日によって味が変わってちゃだめだろ」

「アホ、そういうんが人間らしさじゃろうが。コンピューターがつくるんと違うんじゃけえ」

亀山は笑いながら言って、コーヒーメーカーに水と豆をセットした。

「コンピューター」を、こんなふうに昔懐《なつ》かしいニュアンスで口にする友人は、いや、そもそも「コンピューター」という言い方をする友人じたい、東京にはいなかった。へたくそな手書きのメニューを見るたびに、パソコンで作り直してやれば少しは客も増えるんじゃないかと思い、けれどそれも底意地が悪いような気もして、古い仲間への友情は町なかに出たついでにコーヒーを一杯飲む程度にしておこうと自分に言い聞かせている。

カウンターの端の席に座ると、亀山もガス台の前の丸椅子《まるいす》に腰かけて、「今日は買い物か?」と訊いた。

「『文新堂』にちょっとな、なにか面白い本でもないかと思ってさ」

「おまえも暇じゃのう、世間様は年末でばたばたしとるいうのに」

「まあな……」

「わしも、ひとのことは言えんけど」

「クリスマスのローストチキン、どうだった?」

亀山は、右手の親指と人差し指で丸をつくった。ＯＫマーク――ではない、残り三本の指が人差し指に添えられているので、ゼロ。十一月の終わりから店先にポスターを貼《は》っていた甲斐《かい》もなく、クリスマスイブを一週間後に控えたいまになっても予約は一件も入っていないらしい。

「去年おととしと黒焦《くろこ》げやら生焼けやらで失敗したけえのう、今年こそは思うとったんじゃけど」

「二年つづけて失敗したら、まずいだろ、それは」

「じゃけん、今年は三度目の正直で練習したんじゃけどのう……周防の人情も冷とうなったで、ほんま」

料理がへたで、考えも甘い。東京でこんな商売やってたら半年で夜逃げだぞ、とからかってやりたかったが、東京と比べるのはルール違反のような気がする、なんとなく。

「ほいでも、まあ」ため息交じりに亀山は言った。「景気が悪いんはウチだけじゃないけえ」

僕もため息をついて、そうだよな、とうなずく。

大型ショッピングセンターに客を奪われた駅前商店街は年の瀬になっても閑散とし

て、アーケードに響くクリスマスソングのはずんだメロディーが、かえって寂しさを際立《きわだ》たせてしまう。

「去年までは歳末の福引きもやっとったんじゃけど、今年はもう青年会でも、やめようや、いうての。一等が羽毛布団《ふとん》の福引きやら誰が喜ぶんじゃ、アホが、ての」

『シーサイド・ランド』――駅の裏のショッピングセンターの福引きは、特等が香港《ホンコン》旅行で、一等がノートパソコンだった。国道のバイパス沿いの『ヒルトップ・モール』は、特等でコンパクトサイズのワゴン車が当たる。

だが、人口十数万人の周防市の規模では、二つのショッピングセンターも決して商売がうまくいっているわけではない。テナントもよく入れ替わる。電車で三十分ほどのところにある県庁所在地の大内市では、駅前の再開発事業にともなって、県内最大級のショッピングセンターが二年後に開店することになっている。たとえば五年後の暮れの福引きに、『シーサイド・ランド』と『ヒルトップ・モール』がどんな景品をつけるのか、福引きをするのかどうか、そもそも店が営業しているのかどうか、それは誰にもわからない。

亀山はコーヒーカップを棚から出しながら、「わしのことはええんじゃけど」と言った。「ヨージはどげんするんな、再就職」

僕はガラスの灰皿を手元に引き寄せて、「どうなるんだろうな」と答える。

「なに他人事《ひとごと》みたいなこと言いよるんな。就職するんじゃろ?」

煙草をくわえ、火を点《つ》けて、軽く首をかしげた。

わからない。答えをはぐらかしているのではなく、本音で。

ふるさとで過ごす毎日は淡々としたものだ。午前中は家の掃除や洗濯をして、午後は大内市の中古車センターで買った五年落ちのVWゴルフを運転して、買い物と、天気がよければ海に釣りに行く。港の防波堤では小さなメバルやベラがよく釣れる。少し遠出をして砂浜に行けば、この季節はカレイだ。昔は母に任せていた魚の捌《さば》き方もだいぶ覚えた。ハローワークへは失業保険がらみで一度出かけたきりだ。そのときに窓口の職員に言われた「中高年の再就職は最近難しいけんねえ……」の言葉は、意外なほどすんなりと耳の奥に流れ込んで、消えた。そういうところが正雄叔父の言う「しょせん腰掛けの里帰り」の所以《ゆえん》なのだろう。

夕方は美奈子にも手伝わせて夕食をつくる。出来合いの惣菜や冷凍食品に頼ることも多いが、この前は天ぷらに初挑戦して、美奈子から八十点をもらった。

夕食を終えて風呂《ふろ》に入ってからの夜は長い。うんざりするほど、長い。九時をまわって美奈子が自分の部屋に入ってしまうと、家じゅうが、しんと静まりかえる。二階にいても階下の父のいびきが聞こえてくるほどだ。

テレビは二階のリビングダイニングにも置いてあるが、ドラマもバラエティーも観る気がしない。東京で雑誌の編集をしていた頃はiモードの速報まで使ってこまめにチェックしていたニュースも、生活が変わってしまえばキャスターの声が急に耳障《みみざわ》りになって、いまはたまにしか観ない。

一人になると、本を読む。東京では興味のなかった時代小説や自然科学の本が、ふるさとの静かな夜にはよく似合う。ネットはめったに覗《のぞ》かない。ノートパソコンを開いてメールチェックをしても、受信箱はたいがい空っぽ。毎日数十件のメールを受けていた頃を懐かしみながら、俺って意外と友だちの少ない奴だったんだな、と自分を笑うと、静けさがいっそう深くなる。

煙草《たばこ》を一本吸い終えた頃、コーヒーがはいった。一口啜《すす》る。今日は味が薄い。おおざっぱすぎるのだ、亀山は。計量スプーンぐらい使えばいいのに、コーヒー豆の量はいつだって目分量で、ぴたりと適量になったためしは一度もない。

「ほいでもヨージ、ほんまにどないするんな。四十前の男が毎日ぶらぶらしとって、美奈子ちゃんにも示しがつかんじゃろうが」

「あいつはだいじょうぶだよ」

「なに言うとるんな、美奈子ちゃんに肩身の狭い思いさせとるん違うか」

何日か前に電話をかけてきた正雄叔父にも似たようなことを言われた。ぼくは、世間の――この町の常識からはずれている、らしい。

「どげんするつもりなんか、これから」

「とりあえず失業保険もあるし、貯金も少しは……」

「そうじゃのうて、もっと先のことよ。おまえ、やっぱり東京に帰る気なんか？」

わからない。

「周防にほんまに骨埋める気なんじゃったら、仕事も見つけんといけんじゃろうが」

わからない、これも。

コーヒーをまた啜った。味が薄いのに、酸《す》っぱさは強い。豆の保存状態がよくないのかもしれない。

しばらく沈黙がつづき、僕が新しい煙草に火を点《つ》けると、亀山は「もうひとつええか」と言った。あまり楽しい話ではなさそうだと表情でわかる。

「ジンブー、ゆうべ飯を食いに来てくれたんじゃ」

「……タイミング悪いな、こないだも一日違いだったもんな」

無理に笑ったが、亀山は付き合ってくれなかった。

「タイミングもクソもあるか。ジンブーに会うのやら簡単じゃろうが。夕方にシュウコウに行ったら、いつでもおるわい」

「まあな……」

「ジンブーはヨージの気持ちもわかる言いよったけどの、おまえ、周防に帰ってから二カ月もたっとるんど。いっぺんぐらい練習見に行ってやってもバチは当たらんじゃろ」

「近いうちに行くよ」

「この前もそげん言いよった」

肝心の料理はおおざっぱなくせに、こういうところは細かい。野球部の仲間のなかでいちばん情に厚く、涙もろく、怒りっぽい奴《やつ》だった。

「オサムの墓参りも、まだじゃろ？」

「一人で行くのは、ちょっとな……」

「なにガキのようなこと言いよるんな、アホ」

亀山は険しい顔で僕をにらんだが、まあええわ、と視線をゆるめた。気を取り直すように伸びをしながら「おとなの話をしとるのう、わしら」と笑う。「昔は部室でアホなことしかしゃべりよらんかったのに」

ほんとだな、と僕も笑い返す。昔――高校時代。僕たちの生きる世界はもっとシンプルで、もっとわかりやすくて、もっと楽しかった。

僕たちがグラウンドから去ったあの日は、いまにして思えば、子どもとおとなの世界の境目だったのかもしれない。

いつかシュウコウ野球部の部史が編まれるときが来るのなら、僕たちの代――一九八一年卒業組の記述を担当するひとは、きっと書き方に苦労するだろう。県予選準優勝という歴代最高の成績を残したチームとして褒め称《たた》えても、その次の行には〈部員の不祥事により決勝戦を出場辞退し、高野連より半年間の対外試合禁止処分を受けるという汚点を残した〉と書かなければならない。

オサムの起こした事件は、すぐには僕たちに知らせられなかった。警察から学校に連絡が入ったのは夜七時前だったが、野球部員が保護者同伴で学校に呼び出されたのは午後九時をまわった頃だった。

キャプテンの田中と副キャプテンの亀山が校長室に入り、親は会議室に集められ、僕たちは部室で待機を命じられた。『ザ・ベストテン』を毎週欠かさず観ていた神野がぶつくさ言っていたから、あれは木曜日だった。なにもわからなかった。ＯＢが決勝戦進出のご褒美に焼肉屋に連れていってくれるんじゃないかと言ったのはサードのユタカだったたっけ、ファーストの白石だったたっけ。オサムが部室にいないことに最初に気づいたのは、僕だ。あいつは時間にルーズな奴だから、とみんなで笑った。

田中と亀山はなかなか部室に帰ってこなかった。僕たちのおしゃべりの話題は、やがて明日の決勝戦のことになった。初戦突破が目標だった僕たちが、あと一試合で、甲子園に行ける。はるか彼方《かなた》にあったはずの夢が、ついに手の届くところまで来た。決勝の相手は、瀬戸学園の対抗馬と目されていた大内商業だった。実力をまともに比べれば勝ち目は薄い。だが、僕たちにはツキがあった。怖いほどのツキが僕たちの最大の――唯一《ゆいいつ》の武器だった。

「だいじょうぶじゃ、ここまで来たら勝てるわい」と誰かが言った。みんなうなずいた。「とにかく悔いのない試合を思いっきりやろうや」とつづけた神野の言葉を混ぜっ返す部員もいなかった。勝てば甲子園に行ける。夢と憧《あこが》れが、その夜、初めて目標になった。

誰からともなく、部室の外に出て素振りを始めた。蒸し暑かったが、星のきれいな夜空だった。月明かりに照らされて、マウンドのプレートが白く浮かび上がっていた。甲子園――コ・ウ・シ・エ・ン。バットを振りながら喉《のど》の奥でつぶやくと、背中がぞくぞくっとした。嘘《うそ》みたいだ、と思った。あと一試合で甲子園？　俺たちが甲子園に行く？　とっさに、決勝で負けたときのことを想像した。負けて元々なんだ、と言い聞かせた。勝てるわけないだろう、なに甘いこと考えてるんだ、と自分を叱《しか》った。かえってそのほうが気が楽になる。すぐ目の前にある夢に触れるのが怖い。遠い憧れをこの手でつかんでしまうのが怖い。どうせ負けるんだ、せめて接戦に持ち込んで、どんな場面でもエースとして真っ向勝負を挑んで、あとで「惜しかったのう、ほんまに」とみんなで懐かしむことができれば、それでいいじゃないか……。

弱気だと自分でも思った。こんな根性じゃ勝てる試合も勝てないぞ、と自分を叱り直した。甲子園だ、甲子園。憧れだった甲子園に、あと一勝で行けるのだ。勝つ。絶対に、勝つ。最後のバッターを打ち取って神野や亀山たちとマウンドで抱き合う、その瞬間のために、いままで厳しい練習に耐えてきたんじゃないか……。

Tシャツの背中に汗がにじんできた頃、やっと田中たちが戻ってきた。田中と、亀山と、監督と、部長と、校長。田中と亀山はうつむいて、監督と部長に両脇《りょうわき》から支えられるようにして歩いていた。校長は僕たちが素振りの手を休めて挨拶《あいさつ》をすると、顔をゆがめてそっぽを向いた。

監督は僕たちに部室に入るよう命じた。田中は顔を上げない。亀山もうつむいたまま、太い右手で目元を乱暴にこすった。どんな説明だったかはまったく覚えていない。傷害事件のことは、部長が話した。部長の声はただの音になってしまった。

部室の壁には、〈熱球〉と書いた色紙が額入りで掛かっている。ザワ爺《じい》が毎年、新チームが始動する時期に書いてくれる色紙だ。わしの生きとるうちに甲子園に出てくれえ、というのが還暦を過ぎたザワ爺の口癖で、だから昼間の試合で僕たちがサヨナラ勝ちで決勝進出を決めたときにはスタンドの最前列で大喜びして飛び跳ねて、勢いあまってグラウンドに落っこちそうになったのだった。

ザワ爺、びっくりするだろうな、と思った。ショックで死んじゃうかもな、とも。あとで訊《き》いてみると、他の連中も皆、自分のことよりも最初にザワ爺のことを思い浮かべたらしい。一種の現実逃避だったのかもしれない。

部長の話はいつのまにか終わっていた。代わって、校長が僕たち一人一人を見まわしながら、声を震わせて、言った。

「君たちがいちばん悔しいと思うし、学校としてもほんとうに残念なのですが……明日の試合はやはり……辞退することに決まりました」

記憶というのは皮肉なものだ。校長のその言葉だけ、くっきりと、つい昨日のことのように覚えている。

コーヒーを飲み終えて『カメさん』を出た。亀山は店の外まで見送ってくれた。店にいた三十分ほどの間、客は一組も入ってこなかった。電話が二本。どちらも亀山の携帯電話にかかってきた。僕に背中を向け、声をひそめていても、正直すぎる亀山の体は、一言しゃべるたびに頭がぺこぺこ下がってしまう。金の話だ。返済の話だ。聞こえなかったふりをする僕と、聞かれなかったふりをする亀山は、電話が終わるとどちらからともなく、ぎこちない苦笑いを浮かべる。

それでも――亀山は、開けたドアを手で支えながら、僕のこれからのことばかり心配する。

「のう、ヨージ。おやっさん元気にしよってか?」

「ああ、まあ、ぼちぼちだな」

「おまえや美奈子ちゃんが帰ってきて、喜んどるじゃろうが」

「どうなんだろうな。あんまりしゃべらないからな、親父」

「しゃべらんでも喜んどるよ、ほんま。一人息子と孫が帰ってきて嬉《うれ》しゅうない親がおるか」

「まあな……」

「ぬか喜びさせるような真似《まね》は、いけんで」

少し強く言われた。「外野の意見じゃけどの」と付け加える声にも、冗談で紛らすような響きはなかった。

「いちおう、親父には、とりあえず来年の夏までって言ってあるんだけどな」

「アホ、こげな話に『いちおう』も『とりあえず』もあるか」

それはそうなのだ、確かに。

「わしは、周防に腰を落ち着ける肚《はら》がないんじゃったら、早う東京に帰ったほうがええ思う。そげんせんと、おやっさんが逆にかわいそうじゃろうが」――これも、わかる。

「でもなあ……おふくろがせっかく二世帯住宅に建て替えたんだし、親父も一人暮らしなんかできるひとじゃないし……」

「ほいじゃったら、早う再就職して、周防に骨を埋める覚悟決めえや」

けっきょく、話は堂々巡りになってしまう。

「考えるよ、マジに」と結論を出すのをかわして歩きだそうとしたら、また呼び止められた。

振り向くと、亀山の顔には険しさだけでなく寂しさも浮かんでいた。

「わし思うんよ、最後の最後は、ヨージが周防の町を好きかどうか、じゃろう」

「だな……」

「まだ嫌いなんか、周防が」

首を小さくかしげて言葉を探し、「好きじゃない」と答えた。自分でもなんとなくずるい言い方だと思い、亀山も「まわりくどいのう」とつまらなそうに笑う。

「嫌いだよ」と言い換えた。亀山も細かな迷いやためらいを無理やり押しつぶした。すぐに反論してくるだろうと思ったが、亀山は小刻みに何度かうなずくだけで、それ以上はなにも言わなかった。

代わりに、「歩きながら、『あー、美味《うま》かった、〈カメさん〉のランチは最高じゃのう』言うて宣伝してくれえや」と、さっきよりもっとつまらなそうに笑う。

僕も気のない苦笑いを返して歩きだす。亀山には申し訳ないが、嘘はつきたくない。方言をつかうのも、いやだ。せめて言葉だけでも東京に片足を残していたい。

商店街の共同駐車場に停めた車に乗り込んで、エンジンはかけずに、しばらくぼんやりと虚空《こくう》を見つめた。亀山の言った言葉の一つ一つが、いまになって胸を締めつける。あの場に神野が居合わせていたら、やはり同じようなことを言っただろうな、とも思う。

亀山と神野は、高校卒業後も周防に残った。神野は大内市の国立大学の教育学部に現役で合格し、亀山は一浪して同じ大学の経済学部に入った。就職先も、神野は県立高校の教師、亀山は大内市の不動産会社をへて、いまはレストランの――自称、オーナーシェフ。地元に根を下ろした生き方だ。高校卒業を待ちわびて東京に出ていった僕とは違う。二人とも、ふるさとに背を向けなかった。町の英雄から一夜にして転がり落ちた自分たちの立場を黙って受け容《い》れた。

僕には、それができなかった。

手を伸ばせば届くところまで来ていた甲子園は、はるか彼方に遠ざかって、消えた。試合をして負けたのなら、悔しさはあってもあきらめがつく。だが、僕たちには負ける権利さえ与えられなかった。悔しさを噛《か》みしめられるのは幸せなことなのだと思い知らされた。

部室で校長の話を聞いたあと、僕たちはしばらく黙っていた。ぽっかりと穴の空いたような沈黙だった。やがて、そこにすすり泣きの涙が注ぎ込まれる。最初に泣きだしたのは神野だった。それをきっかけに一人また一人と涙を流しはじめた。「アホ、泣いてもどげんもならんのじゃけえ、泣くな」と部員を叱る亀山も、泣いていた。

僕は違った。泣かなかった。いや、泣けなかった。感情が胸の中でばらばらになったまま、まとまってくれない。

校長はオサムの事件を「飲酒・喫煙のすえの傷害事件」としか説明しなかった。もともと喧嘩《けんか》早い男ではない。冗談の好きな、いまふうに言えばムードメーカーだった。春の県大会では補欠だったが、誰よりも熱心に居残り練習をして、夏の予選前にセンターのレギュラーを二年生部員から奪い取った。そんなオサムが、なぜ、このたいせつなときに――。

納得がいかない。どう考えても、わからない。大内商業の陰謀なんじゃないか、とも思ったほどだ。

目を真っ赤にした監督が「おまえら、今夜はもう家に帰れ」と声をかけても、僕たちは誰も立ち上がれなかった。監督がもう一言うながそうとしたとき、OBが何人か部室に駆け込んできた。みんな血相を変えていた。県警に勤める岩野さんもいたし、地元の新聞社に勤める漆原さんもいた。二人は事件の経緯をすべて知っていた。僕たちも校長からそれを聞いていると思い込んでいた。だから、岩野さんはキャプテンの田中の顔を見るなり怒鳴りつけた。

「田中、わりゃ、それでもキャプテンか！」

漆原さんも腹立ち紛れにロッカーを蹴《け》りつけながら怒鳴った。

「なしておまえら、恭子があないになるまで気がつかんかったんか！」

恭子の名前が出て、うつむいていた部員はみんな顔を上げた。校長と監督があわてて割って入ろうとしたが、その前に、岩野さんは事件の経緯をまくしたてたのだった。

校長に背中を押されてＯＢの連中がひきあげたあとも、僕たちはまだ部室に居残っていた。出場辞退のショックとは別の種類のショックに包み込まれていた。恭子は明るい女の子だった。元気なマネージャーだった。「好き」の定義を少し広げれば、僕たちは皆、恭子のことが好きだったのだ。

沈黙がしばらくつづいたあと、亀山が、隣にいた白石に「おう、キャッチボールせんか」と声をかけた。「わしら、これで自動的に引退なんじゃけえ、最後にキャッチボールしようや」

白石がためらいがちにうなずくと、亀山は他の部員にも「みんなキャッチボールせんか。シュウコウのグラウンドで野球するんも、今夜が最後なんじゃけえ」と言った。

よし、やろう、とは誰も返さなかったが、反対する者もいなかった。

「ヨージ、行こうか」と神野がキャッチャーミットを左手にはめながら言う。神野とのバッテリーも、これで終わりだ。最後の試合のマウンドに立つことなく、僕たちはコンビを解散する。

部室にいた八人全員、もう深夜に近いグラウンドに出た。二人ずつ、四組。空のてっぺんにのぼった月明かりを頼りに、山なりのボールが行き交う。練習用のボールにはすべてサインペンで〈熱球〉と書いてある。シュウコウ野球部の伝統だ。神野が放ったボールを受け取り、月の光にかざしてみると、丸っこい文字の〈熱球〉が読みとれた。恭子の書いた文字だった。

「おう!」亀山が夜空に怒鳴った。「オサムを恨むのはやめようで!」

わかっている、みんな。

「恭子とオサムいうて、わし、なーんも気がつかんかったわ! アホじゃのう!」と田中がつづけ、ユタカが「オサムが恭子とハメたやら、ほんま信じられんのう!」と無理やり下品な言い方をして、「あーあ、わし、ふられたわ!」と引き継いだ神野が、僕に目配せした。ヨージの番じゃ、おまえもなんか言え――声に出さなくても、言いたいことは届く。

僕は黙っていた。言葉がどうしても出てこなかった。〈熱球〉のボールを握り、大きくふりかぶって放って、体のバランスを崩してその場に膝《ひざ》をついた。そのまま、もう立ち上がれなくなった。部室では流さなかった涙が、いまはとめどなく頬を伝い落ちる。泣き声ではなく、うめき声が、喉《のど》の奥から漏れる。

残り三組のボールも、いつのまにか止まっていた。ボールがグローブの革を叩《たた》く音に代わって、また、すすり泣きの声が何重にもかさなって聞こえてくる。僕と同じように膝をつく者もいたし、グラウンドに大の字に寝転がった者もいた。

「くそったれ！」

僕たちの高校野球は、亀山が声を裏返して叫んだその言葉とともに、終わった。

くそったれ、くそったれ、くそったれ、くそったれ……。

ふだんは通らない周防の町なかの道を、でたらめに車を走らせながら、僕は呪文《じゅもん》のようにつぶやきつづけた。江戸時代の城はいまは濠《ほり》と石垣しか残っていないが、区画整理のすんでいない町なかは城下町の面影をそのまま残して、大通りから一本入ると曲がりくねった幅の狭い道路が複雑に入り組んでいる。

町並みは、そこに暮らすひとびとの気質にも影響を与えるのかもしれない。初めて通る車やひとにとっては迷路にしか思えない周防の古い町並みは、そのまま、ひとびとの閉鎖的な気質に重なり合う。いつも内輪でかたまって、よそ者には露骨に警戒した視線をぶつけ、結束が固いぶん裏切り者やはみ出し者は容赦なく追い払う——子どもの頃には意識することなどなかった周防の町のいやらしさを、あの年の夏から秋にかけて、僕はうんざりするほど味わわされた。

思いがけないシュウコウの快進撃に沸き立っていた町は、もっと思いがけない出場辞退という結末に、数日間は町ぜんたいが茫然《ぼうぜん》自失の静けさに包まれた。決勝戦は応援に行くんだと張り切っていた市長は出場辞退の知らせを聞いて、教育委員会だか警察の少年課だかに補導員の巡回を増やすよう命じたという。ザワ爺は三日三晩寝込んでしまい、監督は実質的な人事権を握るOB会の突き上げで、責任をとって辞表を出した。

その時期が過ぎると、「不祥事」についての噂話《うわさばなし》が少しずつ町に流れはじめた。新聞やテレビのニュースでは「三年生部員」としか報じられなかったのに、あっというまにオサムの名前は知れ渡った。報道ではいっさい触れられなかった恭子のことも、甲子園大会が始まった頃には近所のおばさんでさえ「マネージャーの女の子、妊娠しとったんやてなあ」と声をひそめて話すようになっていた。

恭子は夏休みが終わるまで大内市の病院に入院して、そのまま、親戚《しんせき》のいる九州の学校に転校してしまった。入院中は誰とも会わなかった。担任の教師のお見舞いも親に断られ、オサムを除く三年生の部員全員で書いた寄せ書きの色紙も受け取ってすらもらえなかった。

オサムは二学期が始まると学校に来たが、もういままでのような陽気な男ではなくなっていた。別人のように瘦《や》せた。口数が極端に少なくなり、いつもうつむいていた。

いろいろな噂話が流れた。無言電話が夏からずっとつづいている、信用金庫の営業マンだった父親はシュウコウOBの取引先を次々に失ったすえに左遷《させん》された、母親はノイローゼのような状態になって実家に帰った、中学生の弟は学校でいじめに遭っている、オサムも応援団のOBに呼び出されて殴られた……。

恭子にまつわる噂話もひどかった。オサムにレイプされたらしい、と誰かがしたり顔で言う。何人もの男と関係を持っていたらしい、と言う奴もいた。野球部員全員とセックスをしていたという噂を真に受けた母は、「ほんまのこと言うて」と震える声で僕を問いただした。部員が数人がかりで輪姦《りんかん》したらしいという噂を学校で耳にした亀山は、噂の元を必死になって探しだし、お調子者の一年生の男子を殴りつけた。

僕たちのことも、あれこれ言われた。「どうせ決勝に出ても負けとるんじゃけえ、かえってよかったん違うか?」と真顔で——慰めのつもりで言うひともいたし、OB会の連中が集まって酒を飲むと、必ず最後は僕たち全員の悪口になった。酔ったあげく「連帯責任じゃ」と言いだして夜中に僕たちの家に電話をかけて、「わしらに恥かかしたんじゃ、土下座して詫《わ》びんかい！」と怒鳴るOBもいた。

いやな町だ。僕は自分の生まれ育ったふるさとを心の底から憎んだ。

野球部員はオサムといままでどおりに付き合おうとしたが、オサムのほうがそれを拒んだ。いまにして思えば、僕たちの態度にもぎごちなさがあったはずだ。

正直に言おう。僕たちは本音ではオサムを許してはいなかった。「許さなければいけない」と理屈で感情を抑え込んでいただけだった。遠い憧《あこが》れだった甲子園は、すぐ目の前にあったのだから。手を伸ばしてつかめなくてもいい。けれど、僕たちには手を伸ばす権利さえ与えられなかったのだから。

ずっとあとになってから、亀山はたまたま町の飲み屋で出くわしたOBの一人に「なしてオサムを見捨てたんか、情けない奴らじゃのう」となじられた。カッとなってそのOBの胸ぐらをつかんだ亀山はOB会から除名処分をくらい、練習を見に行けなくなってしまった。だが、いまなら、もしかしたら亀山も「その通りじゃったかもしれん」と認めるかもしれない。

二学期の半ばを過ぎた頃から、オサムは学校に来なくなった。大内市の職業訓練校に通っている中学時代の仲間たちと付き合いだした、と噂で聞いた。夕方は周防の駅前にたむろして、夜になるとバイクを乗り回す連中だった。ひとりぼっちではいられない奴なのだ、オサムは。そんなあいつをひとりぼっちにしてしまったのは——僕たちだったのだ。

年が明けて間もなく、仲間が無免許で運転するバイクに二人乗りしていたオサムは、国道のカーブでバイクから振り落とされ、頭から道路に叩きつけられた。即死だった。棺にはグローブが納められていた。僕たちは三年生の部員みんなの名前を書いたボールを入れた。最後に田中が、ボールの余白に〈熱球〉と書いた。恭子は葬儀に来なかった。火葬場の煙突からたちのぼる淡い煙を見上げながら、僕は東京の私立大学に入学願書を出すことを決めた。遠くに行きたかった。もう二度とこの町では暮らさない、と誓った。二十年たってみるとあまりにも幼い、けれどそれは幼いなりに真剣な誓いだったのだ。

3

夕方の早い時間に家に帰ると、父は庭仕事をしていた。「ただいま」と声をかけても返事はない。いつものことだ。耳がずいぶん遠くなったし、ひとと話すのが面倒なのか、聞こえていても無視するときもある。もともと無口で愛想のないひとだが、母が亡《な》くなってから、いっそう気むずかしくなってしまった。

「晩ごはん、すぐつくるから」

かたちだけもう一声かけて玄関のドアを開けると、今度は「おお、洋司」と声が返ってきた。さっきはほんとうに聞こえなかったようだ。

「ちょっとええか」

父はそう言って二階にちらりと目をやり、窓からの死角を探すように玄関の脇《わき》に来て、僕を手招いた。

「どうしたの？」

「……美奈子ちゃん、体の具合でも悪いんか？」

「はあ？」

父は眉間《みけん》に深い皺《しわ》を寄せ、声をひそめて話しはじめた。

美奈子が学校から帰ってきたのは、三十分ほど前だった。父は居間で、まだ終わっていない喪中欠礼の宛名《あてな》を書いていた。

ふだんの美奈子なら、必ず居間に顔を出して「おじいちゃん、ただいま」と挨拶《あいさつ》する。二階に上がってランドセルを自分の部屋に置くと、また居間に戻ってきて、コタツでおやつを食べながらおしゃべりをする。話すのはほとんど美奈子だ。学校での出来事やテレビの話など、友だちとおしゃべりするのと同じ話題を同じ調子で話すから、僕でさえ内容の半分もわからないことがあるのだが、父はいつも上機嫌に相槌《あいづち》を打つ。仏頂面《ぶっちょうづら》ばかりの父が顔をほころばせる、一日で唯一《ゆいいつ》と言ってもいい、貴重な時間だ。

ところが、今日の美奈子は玄関からまっすぐ二階に上がった。「ただいま」の声もなかった。しばらく待っても居間におりてこない。訝《いぶか》しく思った父が階段の下から様子をうかがうと、すすり泣きのような声が聞こえてきたのだという。

「泣いてたの?」

「おお、泣いとる声じゃった」

「……どうしたんだろうな」

「虫歯でも痛んどるんじゃないんか?」

「虫歯なんてないよ、あいつは」

「腹をこわしとるんかもしれん。正露丸なら薬箱にあるけえ、持っていってやれ」

のんきな想像に思わずあきれ顔になると、父は眉間の皺をさらに深くして、「和美さんがおらんのじゃけえ、目が行き届かんようなことがあったらいけんじゃろうが」と僕をにらんだ。

「まあ、ちょっと様子見てくるよ」

父を外に残して玄関に入った。「薬箱は仏壇の間にあるけえの。押し入れの中じゃけえ」と父は念を押すように言う。

ひとつの考えで決めてかかると、なかなかそれを譲らない。父は昔からそういうひとだった。

小学生の子どもが泣くのは体のどこかが痛いとき——としか考えられないひとでもある。

足音をわざと大きくたてて階段をのぼった。突き当たりの美奈子の部屋まで短い廊下を進むときには、「あー、寒い寒い」と声に出してつぶやいた。へたくそな芝居だというのはわかっている。だが、そのへたくそなところが、意外と美奈子のような子どもには効果があるんじゃないか、という気がする。

「美奈子、帰ってんのかあ？」

ドアの前で間延びした声をかけ、「ちょっといいかあ？」とノックをしながら言った。

返事は、ない。

「お父さんだけど、ちょっと入っていいか?」

返事は今度もなかったが、ティッシュペーパーを箱から取り出す音がかすかに漏れる。僕は心の中で数をゆっくりと五までかぞえて、「失礼しまーす」とドアノブを回した。

美奈子はベッドにうつぶせて本を読んでいた。返事を待たずに入ってきたことを怒らない代わりに、顔もこっちには向けない。読んでいるのは『指輪物語』だった。ここ数日、夢中になって読みふけっている。退屈だからなにか長くて面白い本はないかとメールで和美に訊《き》いたら、このシリーズがいちばんだと勧められたらしい。

「いま何巻までいった?」

「四巻」

「面白いだろ」

「まあね」

「そっか、お父さんはファンタジーって苦手なんだけど、やっぱり面白いか」

「だから、面白いって言ってるじゃん」

そっけなく言って、文庫本のページを、手の甲で虫を追い払うようにめくる。

背中に向かって話しかけるのがこんなに難しいとは思わなかった。

「あの子もあなたの前だとネコをかぶっちゃうから」と、いつだったたっけ、ふくれつらの和美が言っていた。僕が会社から帰る少し前まで二人でちょっとした言い争いをしていたのだった。

「ああ見えて、けっこう難しいところあるのよ、美奈子って」――そのときには親子喧嘩《げんか》の余韻だと思って聞き流していたが、和美はこういうことを言っていたのだろうか。それとも、こんな程度の扱いづらさは思春期や反抗期にさしかかった女の子ならあたりまえなのだろうか。

答えをすぐに教えてくれるはずの和美は、いまは遠い海の向こうにいる。

来週、学期末の保護者面談がある。でっぷり太って、いかにもオバサン然とした担任の横井先生の顔を思い浮かべると、げんなりする。母親がそばにいないのは、特に女の子にはよくないんですよ、などと言われたら、僕はなにをどう返せばいいのだろう。

話の接《つ》ぎ穂《ほ》を失った僕は、勉強机の椅子《いす》に腰をおろして間をとった。

「ねえ、お父さん」――うつぶせたままで言うから、声がひしゃげる。

「あのさあ、こーゆーのって隠してると面倒になると思うから、先に教えてあげるね」

「あたし、学校でいじめられてる」

数字を読むように、抑揚なく言った。絶句する僕にかまわず、『指輪物語』のページをめくりながら「東京の私立から来たかわいい子って、そりゃあ狙《ねら》われるよね、うん。宿命ってやつ？」と笑う。

「……相手、どんな奴なんだ。何人いるんだ？　男子か？　女子か？」

「誰だっていいじゃん」

「なに言ってるんだ。保護者面談で先生にも言うし、もし相手の親が来てたら、文句言ってやる」

「アツくなんないでよお、こんなの、よくあるパターンじゃん」

ふざけるな、と言いたいのをこらえた。

その言葉をぶつける相手は美奈子じゃないんだ、と思い直した。

「美奈子、もういい、転校するぞ」

「はあ？」

「東京に帰る。こんな町に我慢して住んでることなんてないんだ」

「ちょっとぉ……」美奈子はやっと体を起こした。「どうしたの？　お父さん」

「嫌いなんだ、ずっと嫌いだったんだよ、こんな町」

「だって、自分の生まれ故郷でしょう?」

なだめるように言われて、よけいカッとなった。

「先生、まだ職員室にいるだろ。ちょっと行ってくる」

「マジ? ね、アツくなんないでって、ほんと、あたしは平気だし、いじめってほどのことじゃないんだし……」

「いいから留守番してろ」

部屋を飛び出して、階段を駆け下りた。「お父さん、待ってよ!」と美奈子の声が背中にすがってきたが、振り向かなかった。

玄関で靴を履いていたら、下駄箱の上に葉書の束が置いてあることに気づいた。父の書いた喪中欠礼の葉書だった。

〈愚妻・信子の思いがけない急逝《きゅうせい》にしばらくは茫然《ぼうぜん》自失の日々でしたが、秋に息子一家がUターンしてくれました。お陰様でなんとか、にぎやかな毎日になりました。お近くにお越しの際は是非お立ち寄りいただき、信子に線香を手向《たむ》けてやっていただければ幸いです。時節柄、御身御自愛下さいますよう〉

にぎやかな毎日——見栄か強がりかはわからない。

だが、一人暮らしよりはいまのほうがにぎやかだということは、確かだ。

葉書から顔をそむけるようにして、外に出た。

小学校に向かって車をしばらく走らせたところで、携帯電話が鳴った。

美奈子からだった。

「運転しながらケータイ使うのって、だめなんだよ」——こういうときにもこましゃくれたことを言う子なのだ、美奈子は。

路肩に車を停めた。

「もういいんだからな、美奈子。おまえはなにも心配しないでいいんだから」

「ねえ、お父さん、ちょっと冷静になってよ」

「冷静もクソもないだろ。いじめに遭ってまで、あんな学校に通うことなんかないんだ。東京に帰ればいいんだ、前の学校に戻ればいいんだよ」

「……あたし、逃げたくない」

「逃げるとか、そういう問題じゃないだろ。いやな町なんだよ、最低なんだよ、ここは」

「お父さん、ほんと、なにかあったの？　変だよ、今日」

落ち着け。美奈子に言われるまでもなく、僕自身、さっきから何度も言い聞かせていた。今日は特別だ。昔のことを思いだしてしまった。落ち着け。亀山の言うとおり、すべては、もう二十年も前の出来事なのだ。

「それにさあ、おじいちゃんどうするの？　急に東京に帰っちゃったら、びっくりするし、落ち込んじゃうと思うよ」

「おじいちゃんのことはいいんだ、美奈子のことがいちばん大事なんだから」

「だから、あたしは平気だって言ってんじゃん。お父さんが一人でアツくなってるだけなんだもん。そんな、興奮してもしょうがないじゃん」

「興奮なんてしてない」――返す声が興奮で揺れているのが、自分でもわかる。

落ち着け。何度も何度も言い聞かせているのに。冷静にならなければいけない。理屈ではちゃんとわかっているのに。

「学校のことはほんとにだいじょうぶだから」

美奈子はまたなだめるように言って、「それにさ」とつづけた。「ここで東京に帰っちゃったら、あたしたち、なんのために周防に来たの？　おじいちゃんの気持ちも考えたほうがいいんじゃないの？」

さらに、もう一言、僕の知らなかったことを伝える。

「おじいちゃん、庭に出る前は新しいセーター着てたよ。お母さんのプレゼントしたやつ。すごく似合うよって言ってあげたら、マジに照れてた」

にぎやかな毎日――と父は葉書に書いていたのだ。

「でもさあ、あのセーターってアウトドア用でしょ？　いくら新しいからって、庭仕事するときに脱いじゃったら意味ないじゃん。おじいちゃんもそーゆーところが律儀《りちぎ》っていうか、融通が利《き》かないっていうか……」

息子一家がUターンしてくれた――そう、父は「してくれた」と書いていたのだった。

「とにかく、お父さん、ほんと短気出さないで。そんなのあたしも困るし、おじいちゃんだってかわいそうだし」

「……『かわいそう』っていうのは、ちょっと違うと思うけどな」

「え？　ごめん、声、遠くて聞こえない」

「いいんだ」肩の力を抜いて、笑った。「とりあえず、今度の保護者会で様子を先生に訊いてみるから」

「そんなことしなくていいってば」

「適当にドライブして、頭冷やしてから帰るよ。晩飯は弁当でいいな、今日は」

電話を切って、運転席のヘッドレストに頭の後ろを軽くぶつけた。力を抜いた肩に、じわじわと重みがのしかかってくる。

庭仕事をしていた父の背中を思い浮かべた。造船所の現場で働いていた頃は岩のように分厚くごつごつしていた背中が、いまは、つるんと丸まって、ずいぶん小さくなった。

美奈子の言いたいことはよくわかる。けっきょく、正雄叔父になじられたとおりの「腰掛けの親孝行」に過ぎないんじゃないか、とも思う。

この町を好きになればいい。噂話《うわさばなし》が網の目のように張り巡らされ、よそ者やはぐれ者に冷たい視線を容赦なく浴びせる、この小さな田舎町を、それでもここが俺のふるさとなんだと受け容《い》れればいい。簡単なことなのに。ふるさとを愛するなんてあたりまえのことなのに。

シートから背を浮かせた。サイドブレーキを解除して、アクセルをゆっくりと踏み込む。

しばらく道なりに進んで、三つ目の交差点を右に曲がった。

あとは一本道だった。

自転車に乗った高校生たちとすれ違った。詰め襟の学生服を着た男子が三人、襟に赤い二本線の入った濃紺のセーラー服姿の女子が一人。彼らのすぐ後ろにも、似たようなグループがいくつもある。ちょうど下校時刻なのだろう。

　胸の鼓動が速くなっていることに気づいた。緊張してるのか？　と自分を笑ってみた。

　道の両側の風景は、あの頃よりずいぶん変わった。ビルも増えたし、道幅も広がった。森のような木立に囲まれた屋敷はマンションになり、木造の文房具店は三階建てのビルに建て替えられて、一階にはコンビニが入っていた。

　それでも、懐《なつ》かしい。風景はどんなに変わっていても、この道をまっすぐ進めば、やがてシュウコウに着く。

　女子生徒とすれ違った。一人だった。用事でもあるのか、長い髪を乱しながらペダルを漕《こ》いでいる。頬を赤くしたその顔は、なんとなく、昔の恭子に似ていた。

　グラウンドではキャッチボールが始まっていた。車のスピードをゆるめ、窓を開けると、「さあ行こう！　さあ行こう！」と昔と変わらないかけ声が聞こえる。

　帽子からストッキングまで白ずくめの練習用のユニフォームも、左胸にサインペンで大きく書いた名前も、あの頃と同じ。サッカー部や陸上部の連中とグラウンドの縄張りをめぐって言い争うのも、たぶん変わっていないだろう。

グラウンドの隅には、車を二、三台停められるスペースがある。あの頃は、毎日のように『小沢写真館』のライトバンが――。

あった。

一台停まったワゴンのボディには、確かに、『小沢写真館』と書いてある。

ザワ爺《じい》、まだ来てるのか――？

もう七十を、いや八十歳を過ぎてるんだぞ、あのじいさん――。

息子か孫に代替わりしてたりして――。

なーんてな、と笑ったのは強がりだった。車をワゴンの隣に停めると、緊張が一気に高まった。キーを抜き取る指先がかすかに震え、車を降りてグラウンドに向かう足取りは、ふわふわと、体の重みがどこかにいってしまったように頼りない。

神野がいた。ユニフォームの上に黒いウインドブレーカーを羽織り、部室の前で石油缶に木切れを放り込んだ焚《た》き火にあたりながら、部員のキャッチボールの様子を見ていた。

声をかけるかどうか迷っていたら、部室から出てきた女子マネージャーが僕に気づいて、神野に声をかけた。

振り向いた神野の怪訝《けげん》そうな顔は、一瞬にして笑顔に変わる。

「おう！　ヨージか！　ヨージじゃろ！　こっち来いやあ！」

大きく振った右手が野球帽のつばにあたって、帽子が脱げかけた。

神野の頭は、すっかり禿《は》げあがっていた。

部員たちはキャッチボールを中断して、「こんちわーす！」と帽子を取り、深々とお辞儀をする。まさか僕が二十年前のエースだとは知らないはずだが、監督の知り合いらしいおとなには相手が誰でもとりあえず挨拶《あいさつ》、というのが野球部のしきたりだった。

変わらないところもあるし、嘘《うそ》みたいに変わってしまったところもある。

部員の長髪なんて、いつの間にＯＫになったんだ？　ジンブー、おまえはいつの間にこんなに頭が薄くなっちゃったんだ？

僕はよろけそうになりながら歩いた。懐かしさにひたる一方で、寂しさも嚙《か》みしめる。嬉《うれ》しいような悲しいような、笑みが勝手にこみ上げてくるような、胸がふさがれるような、こんな思い、東京では感じたことなどなかった。

一歩ずつ部室に近づいていく。神野がマネージャーになにか言った。えーっ、ほんとなんですかぁ、というふうにマネージャーは掌を口にあてる。美人ではないが、顔が丸っこくて、感じのいい女の子だった。彼女は恭子の話を知っているのだろうか。僕たちが高校生だった頃、まだ彼女は生まれていなかったんだと知って、足取りがまた危なっかしくなってしまう。

「ヨージ」神野が笑いながら言った。「おまえ、わしより先に挨拶せにゃいけんひとがおろうが」

後ろを見てみろ、と顎《あご》をしゃくる。

バックネット裏——移動式のバッティングケージで三方をガードされて、車椅子《くるまいす》に乗った老人が、いた。耳当て付きの帽子をかぶり、ダウンジャケットの襟を立て、首にはマフラーを巻きつけ、腹から下を毛布で覆《おお》って、グラウンドを見つめていた。

そばについていた部員が、ケージを後ろに移動させ、車椅子の向きを変えながら、老人の耳元に声をかけた。

車椅子が僕の正面を向いた。

ザワ爺だった。

僕は思わず全力疾走でザワ爺の前まで行き、体を二つに折り曲げて最敬礼をした。

ザワ爺はきょとんとしていた。僕のあとについてザワ爺のそばまで来た神野が「ザワさん、ヨージです、覚えとらんですか、昔エースやったヨージです」とゆっくり声をかけても、皺《しわ》だらけの顔に感情はほとんどにじんでこない。もともと小柄なひとだったが、体が昔の半分ほどに縮まってしまったみたいだ。皺にめり込んでしまった両目は灰色に濁って、目やにがこびりついている。

僕はその場にしゃがみこみ、ザワ爺と目の高さを合わせて、「ごぶさたしてました」と言った。「清水です、ヨージです、ほんとにごぶさた……」

胸が熱くなって、言葉はもう出てこない。

涙をこらえてザワ爺を見つめた。

白い無精髭《ぶしょうひげ》がまばらに生えたザワ爺の頰が、のろのろと、小さく動いた。

「……帰ってきたんか」

だめだ。涙があふれた。

「よう、帰ってきたのう」

地面に膝《ひざ》をついて、毛布の上からザワ爺の手を握った。

帰ってきたんだ――。

目をつぶり、何度もうなずいた。顎を振るたびに、涙が頰を滑り落ちていった。

「ヨージ」神野が言う。「あっちにも懐かしいのがおるで」

「あっち、って？」

洟《はな》をすすり、手の甲で目元を拭《ぬぐ》いながら聞き返すと、「あっちじゃ、あっち」と外野のずっと先——バックネット裏よりも幅の広い道路のほうに顎をしゃくった。

緑と白に塗り分けられた大型トラックが停まっている。

「カメから聞いとろうが、恭子のこと。トラックの運転手しよるんじゃ。ときどき、あないにして練習見に来てくれる」

「……話、したのか？」

「せんけど、わかるわい、あれは恭子よ」

トラックはグラウンドに横付けする格好で停まっていて、サイドウインドウには黒いスモークシートが張られていた。中の様子は見えない。けれど、神野は疑いも迷いもなく「来てくれるんじゃ、ときどき」と繰り返す。

恭子も、いま、こっちを見ているのだろうか。

僕に気づいただろうか。

「しかし、すごい一日じゃのう、今日は。ザワ爺も朝から体調がええけん言うてひさしぶりに来てくれて、恭子も来てくれて、ほいで、とどめはヨージじゃ。こげな偶然もあるんじゃのう」

呼んでくれたのだと思う。

オサムが。

それを口に出すのはさすがに照れくさいから、僕は黙って、また手の甲で目元をこする。

「ほれ、ヨージ」

神野は足元に転がっていたボールを拾い上げて、僕にトスした。

土で汚れ、縫い糸がほつれた練習用のボール——〈熱球〉と、書いてある。

指や掌は、もう硬球の感触を忘れ去っていた。

「……こんなに大きかったかな、ボールって。それに、ちょっと重いよな」

つぶやく声に、神野はただ笑うだけだった。

僕も苦笑して、ボールを握りしめる。ストレートの握り。決勝戦の初球は絶対にストレートだ、と決めていた。暴投になってもかまわない、全力で投げるつもりだった。あの日投げるはずだった渾身《こんしん》のストレートの軌跡を思い浮かべて、僕はゆっくりと右手を後ろから前に振り下ろす。運動不足の肩が軋《きし》んだ。

トラックはゆっくりと動きだした。僕が帰ってきたことを見届けてくれたのだろうか。二十年ぶりにボールを握ったのを見てくれたのだろうか。

オサム、おまえは、どうだ——？

第三章

1

美奈子は「プライド」という言葉をつかった。

「いい？　お父さん。あたしにだってプライドがあるんだから、ぜーったいによけいなこと言わないでよ。約束だよ」——保護者会の日の朝、くどいほど念を押された。

「もし約束破ったら、お父さんとは一生口きかないからね」とも。

負けず嫌いな性格だが、それを言うと、美奈子はもっと怒る。美奈子は昔から「負けず嫌い」という言葉そのものが大嫌いなのだ。

「だって、そうじゃん、負けたくないっていうのはゴーマンだよ。負けたっていいんだよ。でも、逃げるのって、ずるいじゃん。あたし、逃げるぐらいなら負けたほうがいいと思うもん」

東京にいた頃は、ちょっと生意気な正論だな、程度にしか思わなかった。だが、同じ言葉をこの町で聞くと、胸にちくりと痛い。負けることすらできなかった二十年前のことを思いだすと、胸はもっと、絞られるように痛む。

「だいじょうぶだよ、あたし、負けたくないからって意地張って、どんどん追い詰められていくとか、そーゆーオロかな子じゃないもん。ほんとにヤバくなったら、きっちり相談するから」

指でVサインをつくって笑う。

「でもなあ……」

「それに、いじめって言っても、都会とは違うんだよね。もっとシンプルっていうか素直っていうか、あんまり悪知恵しぼってないって感じ？　仲間はずれにしちゃえばいいっていう程度だから、ほんと、甘いもんだよ。かえって静かに本が読めて助かるって」

強がり半分だというのはわかっているのに、テンポの速い美奈子の言葉についうなずいてしまう。甘いのは、僕だ。

「あと、お母さんにはぜーったいに黙っててよ。相談したくなったら自分でメール打つから、お父さんが先回りとかしないでよ。もしもお父さんがチクってるのがわかったら、マジ、一生口きかないからね」

「ああ……」

「それよりさ、お父さんも居場所見つかってよかったじゃん」——さらりと話題を変えられてしまうと、もう戻せない。

「居場所ってほどのものじゃないよ」

「でも、毎日毎日釣りに行くよりましなんじゃない？」

それは、まあ、そうだ。

シュウコウのグラウンドに顔を出してから一週間、最初はバックネット裏で練習を見ているだけだったが、おとといから、学期末で忙しい神野に代わってノックをするようになった。

最初のうちは、三本に一本は当たり損ねのゴロやフライがあさっての方向に飛んでいき、十本に一本は空振りしてしまった。職員室の窓から見ていた神野に「どげんしたらノックバットで空振りできるんな」とあきれられ、グラウンドに散った部員たちも帽子を目深にかぶり直したりうつむいたりして、笑いを嚙《か》み殺しているのがわかる。

ブランクが長すぎる。大学時代に学部のスポーツ大会でソフトボールを何度かやったことはあるが、まっとうな野球は二十年ぶりだ。社会人になってからは、スポーツ用品店に出かけても野球コーナーに足を踏み入れることすらなくなっていた。二人一組のキャッチボールにあぶれた一年生の相手をしてやると、肩や肘《ひじ》よりも先に手首が痛くなった。十八歳の頃には一日二百球の投げ込みだってできたんだぞ、と言い訳半分に自慢しても、もう誰も――本人も含めて、信じてくれないだろう。

それでも、両手のマメや筋肉痛と引き替えに、昨日はだいぶ昔の勘が戻った。バットで擦《す》れて皮が水膨れのようになった右手の人差し指の脇《わき》にバンドエイドを貼《は》っていると、そうそう、昔もこうだったんだよなあ、と耳の後ろがくすぐったくなる。

ザワ爺《じい》とは最初の日に会ったきりだった。「風邪をひいたらアウトじゃけえの、よっぽど暖こうて体調のええときじゃないと、家の者が外に出してくれんのじゃ」と神野は言う。「いつ来てもええように、準備だけはしとるんじゃけどの」とバックネット裏にセットした球よけ用のバッティングケージに顎《あご》をしゃくって、「ほれ、あのひと、短気じゃけえ」と寂しそうに笑う。

ザワ爺が車椅子《くるまいす》の生活になったのは二年前からだった。玄関先で転んで膝《ひざ》の骨を折ってしまい、それ以来足腰がめっきり弱くなったのだという。

体が思うように動かなくなってから、惚《ぼ》けの症状が出てきた。いまはまだ正気と夢の世界が交互の、いわゆる「まだら」の状態だが、この半年ほどの間でも症状は確実に重くなっている。絵の具で画用紙を塗りつぶすようなものだ。塗り残しの白いところも、絵筆が何往復かするうちに消えてしまう。

いまでは残り少なくなった塗り残しの箇所に、二十年前の僕たちがいる。

「シュウコウがいちばん甲子園の近くまで行った年じゃけえの、やっぱり忘れられんのよ、ザワ爺も。ブルペンで練習しよる小林を、おまえとしょっちゅう間違える。ヨージの肩はどげんな、カーブの切れが甘いん違うか、いうての……。キャッチャーの高野も、わしとよう間違えられる。ほいでも、わしが監督しよることは、ザワ爺にもわかっとるんじゃ。じゃけん、ときどき言うんよ、おい神野、声が出とらんぞいうて神野に言うとけ、っての。なんかもう、頭がわやくちゃになるで」

二十年という月日は、ザワ爺の頭の中でどんなふうにもつれ、ちぎれ、折り畳まれ、端折《はしょ》られ、ゆがんでいるのだろう。僕の生きてきた二十年間は、僕の中で、いま、どんなかたちをしているのだろう……。

「カメやら田中やらのことも、ようザワ爺の話に出てくる。ほんま、わしらの代のことを気にかけてくれとったんじゃ、あのひと」

しかし、ザワ爺が決して口にしない名前もある。

「オサムと恭子のことは、かけらも出てくりゃあせん」

「……忘れてるんだろ」
「忘れたいんよ、ザワ爺も」
恭子のトラックもあの日以来見かけない。「いっぺんぐらい車から降りてくれりゃええんじゃけどのう」と神野はつぶやいて、のう？　と僕を見た。僕は黙ってうなずく。神野や亀山がうらやましかった。二人は恭子を「お帰り」と言って迎えられる。僕にはまだ、その言葉を口にすることができない。もしも恭子が「ただいま」と笑ったら、僕は、なんとなく、目を伏せてしまいそうな気がする。

学校に着いたときには、まだ昼休みは終わっていなかった。少し迷ったが、すでに廊下に親の姿が何人かあったので、まあいいや、と校舎の中に入った。三階建ての校舎の二階が五年生の教室だった。男子のほとんどはグラウンドで遊んでいたので、廊下に出ているのは女子ばかりだった。おしゃべりをしたりシールを交換したりあやとりをしたりする中に、美奈子の姿はない。

授業を待っている親も、ほとんど母親。たまに父親を見かけても、仕事を途中で抜けてきたのだろう、みんな背広にネクタイ姿で、ポロシャツにジャケットを羽織っただけの軽装で来ているのは僕一人だった。そういうところが、よそ者なのだろう。自分の甘さを悔やみ、教室の後ろの戸口からそっと中を覗《のぞ》き込んだ。

美奈子は、ベランダ側の窓際《まどぎわ》の列の一番前にいた。ぽつんと席について、本を読んでいた。まわりに友だちはいない。誰かが話しかけてくるような気配もない。そして、美奈子自身、ひとりぼっちを楽しんでいるような様子はかけらも感じられない。

朝の言葉はやはり強がりだったんだ、とあらためて思い知らされる。

帰ろう――。

もう、東京に帰ろう――。

いますぐ美奈子に「もういい、こんなところに無理していなくていいんだ」と声をかけ、手をひいて家に連れ帰り、父に置き手紙だけ残して空港に向かってもいい。

教室の後ろのほうにいた女の子が、「じゃあ、ちょっと待っとって。そげんこと言うんなら、証拠見せてあげるけん」と友だちの輪から小走りに離れ、美奈子の真後ろの自分の席に戻った。

机の横のフックに掛けてあるトートバッグから小箱を取り出して友だちのもとに戻りかけたが、ああそうだ忘れてた、というふうに本に読みふける美奈子を振り向き、背中に向かって右手を振った。

くる、くる、ぱあ。

押し殺した笑い声が、教室の後ろから漏れる。

美奈子は気づいていない。いや、気づいていないふりをするしかないのだろう。言葉ではどんなに強がっていても、背中で芝居をするほどおとなではない。両肩が少しすぼんだ。本のページをめくるテンポが不自然に速くなる。

涙が出そうになった。教室に乗り込んで、手当たり次第に「おまえら、いいかげんにしろ！」と同級生を殴りとばしてやりたかった。それでも、美奈子の「プライド」を傷つけたくはない。

どうすればいい、こういうとき。

和美がいれば——この一週間、何度となく思っていたことを、また思う。

町のせいにはしない。悪いのは、僕だ。東京にいた頃は「女の子のことはよくわからないから」と美奈子の子育てを和美に任せきりにしていた。その報いを、いま、受けているのだろう。

授業時間が近づいてきて、廊下にはだいぶ母親たちの姿が増えてきた。

美奈子が席を立つ。

思わず、僕は一歩あとずさって身を隠してしまう。

さっきのグループの女の子が目配せして、くすくす笑う。

美奈子は教室の前のドアに向かう。女の子が二人、白い紙を手に持って美奈子のあとを追って、ドアの手前で追い越した。白い紙は、美奈子の背中に貼られた。なにが書いてあるかは読みとれない。読みとるのが、怖い。

廊下に出た美奈子は、僕から遠ざかる格好で——だから、白い紙の貼られた背中をさらして、トイレに向かった。貼り紙に気づいてはいるのだろう、背中をもぞもぞさせて、手を後ろにまわして、しかし紙には届かない。

振り返るな。祈った。振り返って、僕が廊下にいることを知ったときの美奈子の顔を見たくない。そっと後ろに近づいて、紙をはがしてやりたい。だが、そんなことをしたら、美奈子の「プライド」はどうなってしまうのだろう……。

美奈子は隣のクラスの母親たちの間を縫って、トイレに向かう。貼り紙に気づいた母親たちはざわついたが、誰も美奈子に声をかけようとはしない。

そういう町なのだ、ここは。いつも仲間内で群れて、目立つことを嫌い、ひとの目を気にして、いつも小声でささやきあう。そんな町で僕は生まれ、育って、すでにふるさとで過ごした日々よりも東京暮らしのほうが長くなっていても、心の根っこはどうしようもなく、周防の人間なのだろうか。

グラウンドから駆け戻ってきた隣のクラスの男子が何人か、美奈子の背中の貼り紙に目を留めた。指差して笑う奴《やつ》もいる。跳び蹴《げ》りの真似《まね》をする奴も。もう限界だ。足を一歩踏み出すと、ためらいが消えた。

美奈子を追ってダッシュした、そのときだった。

母親の一人が美奈子に歩み寄って、貼り紙をはがした。短い髪を金色に染めてデニムの上下を着た、周囲から浮き上がったいでたちの母親だった。

僕は足を止める。

「我慢すること、ないんよ」

きょとんとする美奈子に母親は言った。

美奈子は困惑して、トイレに駆けだした。ちょうど廊下を走ってきた男子とぶつかりそうになった。

美奈子がトイレに姿を消すと、母親は、廊下で美奈子とすれ違ったばかりの男の子に「コウちゃん、いまの子やろ、あんたが言うとったん」と声をかける。

コウちゃん――と呼ばれた男の子はワンテンポ遅れて、小さくうなずいた。

母親は、今度は美奈子の後ろにいた男子数人に目を移す。キッとにらみつける視線だった。

「あんたら、男の子やろ。しょうもないこと、せんとき」

返事はなかった。

母親もそれを待っていたわけではないのだろう、コウちゃんを振り向いて、言った。

「一発、ゲンコでええよ」

その言葉に、コウちゃんは即座に応《こた》えた。勢いをつけて跳びかかるように、男子の頭を端からゲンコツで叩《たた》いていく。体は小柄だが、いかにも俊敏そうな身のこなしだった。

母親たちがどよめいた。頭をぶたれた息子を抱き取って「なにするんですか！」と声を張り上げるひともいたが、コウちゃんの母親は平然として、息子に「もうええよ」と言う。それに従うコウちゃんも、なにごともなかったかのように教室に入っていった。

その背中を見送ったコウちゃんの母親は、ゆっくりとこっちを——僕を、振り向いた。

彼女は僕がここにいることを、とうに知っていたようだ。

僕だって、さっき美奈子の背中の貼り紙をはがしたときに、彼女のことはわかっていた。

二十年ぶりだ。

授業の始まるチャイムが鳴る。その音に紛らすように、コウちゃんの母親——恭子は、ひさしぶり、と口を動かして、笑った。

授業参観も保護者会も上の空だった。美奈子のいじめのことを先生に相談しようかとも思ったが、こんな日に相談するとすべてが悪い方向に回ってしまうような気がして、個別相談には申し込まなかった。一足先に家に帰っているはずの美奈子に、今夜はどう接すればいいのだろう。お父さん、もう見たんだ、ひどいいじめじゃないか、こんな学校に通うことないぞ、早く東京に帰ろう……ほんとうにそんな言葉をぶつけていいのかどうか、よくわからない。

全体の保護者会が終わると、そのまま教室を出た。隣のクラスはもう個別相談に移っているようだった。廊下に椅子を出して相談の順番を待っている母親たちが、ちらちらとこっちを見る。よそ者だからというより、恭子と顔見知りだったことで警戒心や好奇心をかきたてたのかもしれない。順番待ちの母親の中に恭子の姿はなかった。あたりまえだよな、という気がする。息子のことで先生に相談するような奴なら、二十年前のことだって、もっとうまく事を運べたはずだ。恭子もオサムも僕たちにはなにも言わずに付き合って、なにも言わずに苦しんで、悩んで、迷って、なにも言わずに事件を起こして、なにも言わずに去っていったのだった。

ため息を何度もついて、校舎を出た。正門を抜けたところで、「ヨージくん」と声をかけられた。足を止め、振り向いて、「おう」と無理に笑う。驚きはしない。こうなることを心の片隅で覚悟して――期待して、いた。

「せっかく会うたんやから、ちょっとドライブせん？」

恭子の後ろには、緑と白に塗り分けられたトラックが停まっていた。

2

二十年ぶりだ。別々の町で別々の人生を「よーい、どん」で歩きだして、二十年。歳《とし》をとった。お互いに。あの頃の恭子の面影は決して薄れてはいない。だからこそ、ふくよかになった頰《ほお》や顎《あご》に、二十年の月日が降り積もっているのがよくわかる。楽しい思い出と悲しい思い出のどちらが多いのかは、いまは考えずにおいた。

大きな瞳《ひとみ》は、昔と変わらない。化粧は薄かったが、考えてみれば化粧をしている恭子と会うのは、これが初めてのことなのだ。

トラックの助手席に座るのも、生まれて初めて。シートは意外と上質で、真下にあるはずのエンジンの震動はほとんど伝わってこなかったが、体の重みが尻《しり》の手前で止まってしまったような感じで、どうも落ち着かない。

トラックは大型車だった。荷台は冷凍庫になっている。

「去年までは、大内市で宅配便の小さなトラック運転しとったんよ。でも、こういう仕事は大きい車を転がしたほうが率がええけんね、がんばって大型免許取ったんよ」

毎日、周防市にある冷凍食品の工場と九州の流通センターとを日帰りで往復しているのだという。高速道路を使えば片道一時間、一般国道でも三時間見ておけばいいので、トラックの運転手としては楽なほうだ。今日のように学校の用事のある日には、自腹で高速道路を使って時間をつくることもできる。

「ほんまは夜行便で大阪まで走ったほうがお金になるんやけど、息子が中学に入るまでは、夜中に家を空けるわけにはいかんけんね。まあ、あと一年ちょっとの辛抱やね」

路上駐車の車を、ほとんどスピードを落とすことなく、対向車線に強引にはみ出してかわす。左右に振られる体を、僕は窓の上のグリップをつかんで支えた。ひどく荒っぽい運転だったが、荒っぽいなりに手慣れたハンドルさばきだった。

「なんでこの仕事にしたんだ？」

「自分でもびっくりしとるんよ。すっごい人生になったなあ、って」

皮肉な口調ではなかったが、胸の奥をチクリと刺された。

「でも、トラックの運転手やったら一人になれる時間が長いけんね、それはそれでええこともあるんよね、こういう小さな田舎町やったら」

胸の奥が、さらに深く、うずく。

「授業参観の前、よけいなことして、ごめんね」

「そんなことない。助かったよ」

「この前から、息子がときどき言うとったんよ、隣のクラスの転校生の女の子がいじめられとる、って。名前を聞いてみたら、清水さん、いうやろ。最初はまさかヨージくんが帰っとるとは思わんかったけど、こないだ……シュウコウに来とったやろ」

見てくれていたんだな、やはり。

少し嬉《うれ》しくて、少し照れくさくて、まいったな、と苦笑する。

「コウちゃん、っていうんだっけ」

「そう、コウタ」

「どんな字書くんだ?」

少し間をおいて、恭子は言う。

「手の甲の『甲』に『太い』で、甲太」

僕はもっと間をおいて、「甲子園の『甲』だろ」と返す。ため息が漏れないよう、気をつけながら。

恭子は黙って笑うだけだった。

「シュウコウの頃のこと、甲太くんも知ってるのか」

「おばあちゃんがね、ときどきしゃべるんよ。ほんとうに肝心なこと、言うたらいけんことは言わんけどね」

「そうか……」

「ねえ、ヨージくん、いつ周防に帰ってきたん」

「十月」

「家族みんなで？」

「カミさんはアメリカなんだ、仕事でボストンに行ってて、俺と娘だけ」

「仕事って？　貿易とかなにか？」

「学者さんなんだ。アメリカの移民の歴史を調べてる」

「日本人やろ？　奥さん」

「日本人でも、アメリカの専門家はいるだろ」

「ずーっと向こうに行っとるん?」

「来年の夏には帰ってくるけど」

「で、ヨージくんの仕事は? 会社、辞めてきたん?」

恭子はテンポよく訊《き》いてくる。二十年間のブランクをほとんど感じさせない軽い口調に救われるように、僕は周防に帰ってくるまでのいきさつをかいつまんで話した。まだ決めかねている今後の身の振り方についても、正直に言った。

「なるほどねえ」と恭子はうなずく。中途半端ないまの毎日を、亀山のように責めたりはしない。一度絶望の淵《ふち》を見たひとは、たいがいのことは「あり」だと受け容《い》れるのかもしれない。

だから僕も、もう一歩踏み込んで、自分の本音を告げた。

「でも……美奈子があんなことになってるんだから、やっぱり東京に帰ったほうがいいのかもな」

恭子は黙っていた。横顔を盗み見たが、表情に変化もない。

「どうせ来年の夏にカミさんが帰国しても、周防に来ることはないと思うんだよな。せっかく大学でも出世しそうなんだし。俺だって、やっぱり東京で、マスコミの最前線でそれなりにがんばってきたわけだし……」

だったらなんで周防に帰ってきたんだよ——自分で自分にツッコミを入れたくなったが、恭子は黙ったままだった。

僕も話の接《つ》ぎ穂《ほ》をなくして、しばらく沈黙がつづいた。

トラックは市街地に入り、道路がしだいに渋滞してきた。東京とは比ぶべくもないが、この街なりのラッシュアワーが、そろそろ始まる。

大型トラックの座席は外から見ている以上に高い位置にあって、トラックやバスとすれ違わないかぎり、誰かと目が合うことはない。歩道を歩くひとたちの視線も、僕自身が歩行者のときの経験からいけば、よほど無理をしないと運転手や助手席のひとの顔までは見分けられないだろう。へたに喫茶店に入って周囲の目を気にするよりも、このほうがずっと楽だ。噂話《うわさばなし》の好きな田舎町の、その噂の標的になってしまったひとと会うときには。

「ヨージくんのお母さん、亡《な》くなったんかあ……」

恭子はぽつりと言って、「まだ若かったやろ?」と訊いた。

「六十五だけど……会ったこと、あるっけ?」

「会うたことはないけど、よう知っとるよ」

一瞬、恭子の声にトゲを感じた。

「……知ってる、って？」

「昔のことやけどね」

嫌な予感がした。「教えてくれよ」と重ねて訊く声が、少し震えた。

恭子は「昔のことやからね」ともう一度前置きをして、言った。

「オサムくんとうちのこと、ヨージくんのお母さんがいちばん怒っとったんよ。せっかく決勝戦まで出たのに、あの二人がぜんぶワヤにした、いうて。うちが入院しとるときも、いろいろあったみたいやし、オサムくんの親には、野球部の部員全員に慰謝料払うてもらわんと、とか……OB会のひとなんかと一緒に、いろいろね……」

言葉に詰まる僕をかばうように、「もう、みんな昔のことやから」と恭子は念を押す。「ヨージくんのお母さんの気持ちもようわかるもん」

母がオサムと恭子の事件にショックを受けたことは知っている。町のヒーローになった息子を自慢にしていて、だからこそ出場辞退のあと、ひどくふさぎ込んでしまったことも。

だが、そこまでだとは思ってもみなかった。慰謝料——ふざけるな、と言いたい。いま母が生きていたら、許さない。それでも、母はもう死んでしまったのだ。

「ごめんね」

謝ったのは、恭子のほうだった。「古いことをいまさら言うてもしょうがないもんね」とつづけ、「それより、ヨージくん、来年の夏にほんまに東京に帰るん？」と話を戻した。

「やっぱりな、美奈子のことが心配だし」

「お父さん、寂しがるんと違う？」

「しょうがないよ、それは」

「でも、美奈子ちゃんのことは、もうだいじょうぶやと思うけど。甲太にも言うとくし、あの子がガツンとみんなのこと叱《しか》ったら、もう平気やからね」

「……ガキ大将なんだな」

「そういうわけでもないけど、あの子、いじめは好かんのよ。うちが今日言わんでも、そのうちみんなのこと怒っとったん違うかなあ」

甲太くんがいじめを嫌っているというのは、正義感からだけではなかった。

甲太くん自身、一年前のいまごろは学校でいじめに遭っていたのだという。

恭子と甲太くんが大内市から周防市に引っ越してきたのは、去年の秋——四年生の二学期だった。転校初日に、甲太くんは市営住宅に住んでいることをからかってきた同級生と喧嘩《けんか》をした。喧嘩には勝ったが、引き替えにクラスのみんなを敵に回した。

「アホみたいな話なんよ。市営住宅じゃけんとか母子家庭じゃけんとか、あんたらいつの時代に生きとるん？　いう感じで、言いたい放題言われとったんよ」

「親だよな」

「そう、親が吹きこむんよね。市営住宅が建つときも、地元が反対したって聞いたんよ」

「……らしいな」

反対の署名には、亡くなった母も参加していた。そういうひとだった。周防に生まれ育って、周防で家庭を持って、周防で死んだ。よそ者の気持ちなど考えようとしない、というより、考えることすら思いつかない……それでも、母は、僕のたった一人の母なのだ。

いじめがいちばんひどかった頃は、甲太くんは「もう学校に行きたくない」と言いだすほど苦しんでいた。暴力のいじめなら負けん気の強さと腕っぷしで対抗できても、誰からも口をきいてもらえず、陰口をたたかれるだけでは、拳《こぶし》を振り上げればかえって相手の思うつぼだ。

恭子は学校に抗議をした。いじめグループの親にも訴えた。

「ぜんぜん効果はなかったけどね。でも、息子がいじめられとるのを見て、親として

黙っとるわけにはいかんやろ？　お父ちゃんがおらんのやったら、お母ちゃんがふん

ばるしかないやろ？　負けとられんもんね、やっぱり」

ひとが走るより遅い速度でトラックを進めながら、恭子は僕の顔を覗《のぞ》き込んで「ヨ

ージくんみたいに知らん顔できんのよ、うちは」と言って、すぐに前に向き直る。

甲太くんへのいじめは、五年生になってすぐ、終わった。クラスの一員として受け

入れられるどころか、一気にヒーローになったのだ。

「なんでやと思う？」

「さあ……」

「うちの息子、勉強は苦手やけど、野球はすっごく上手《うま》いんよ」

五、六年生合同のソフトボール大会で、大活躍したのだった。最初の試合は九番・

ライトという扱いだったが、四打席連続ホームランを放って、周囲の目が急に変わっ

た。二試合目の準決勝戦では三番打者に抜擢《ばってき》され、今度は三打数三安打、打点五――

最後の一発は、サヨナラ二塁打。決勝戦の打順は当然四番に昇格し、守備のポジショ

ンも自分で選ぶ権利を得て、先発ピッチャーとしてマウンドに上った。その時点です

でに甲太くんに文句をつける同級生は誰もいなかったが、試合が終わったときには、

驚きのまなざしは尊敬のまなざしに変わっていたのだという。

「打つほうもホームラン二本に三塁打一本やったけど、投げるほうはもっとすごかったんよ。エラーで二人か三人ランナーを出しただけの、ノーヒットノーラン。七回投げて、三振が十二やったかな、十三やったかな……」

五年生のクラスが優勝したのは、十年以上前からつづいている大会で初めてのことだった。甲太くんは紛れもなくヒーローだった。それをきっかけに甲太くんは一躍クラスのリーダー格になって、この二学期は男子の学級委員もつとめたのだった。

「たいしたものやろ？　やっぱり男の子は野球なんよ」

恭子は得意そうに言って、「夢は甲子園じゃけんね」とつづけた。

甲子園――の一言に、僕の肩はきゅっとすくむ。

「まあ、そやから、甲太がガツンと怒ったら、だいぶ変わると思うんよ。べつに美奈子ちゃんがみんなに嫌われるようなことしたわけじゃないし、東京から来た転校生いうたら、まあ、周防の子から見れば、うらやましさ半分ひがみ半分なんよ。根っこは意外と浅い思うけどね、うちは」

「もうちょっと様子を見たほうがいいのかな」

「うん、せっかく周防に帰ってきたんやもん、そんなに早う見切りをつけんでもええんと違う？」

「……見切りはつけてるんだ、高校を出る前に」

顔をサイドウインドウに向けて、僕は言う。

市役所前の交差点の赤信号で停まったところだった。〈潮騒《しおさい》と歴史の町・周防〉――市役所の外壁に、そんな垂れ幕があった。

「おまえだって、そうだろう？」

振り向かずに。

オサムなんて、人生にも見切りをつけちゃったんじゃないか――そこまでは言わないけれど。

しばらく黙っていた恭子は、信号が青に変わるのを待っていたように、言った。

「うちは、もう逃げんよ」

軽い口調だった。それが決意を口にした言葉だとは一瞬思えなかった。なんの力みもなく、迷いもなく、恭子は、周防で生きることを選び取ると言ったのだ。

「甲太と二人で、そんなに贅沢《ぜいたく》はできん思うけど、ここでがんばろう思うとるんよ。甲太も高校はシュウコウに行きたい言いよるし、シュウコウで野球部に入って、それで……今度こそ、甲子園に行くんよ」

今度こそってイヤミと違うけどね、と恭子は早口に付け加えて笑う。

僕は黙って前に向き直った。

市役所前の交差点を過ぎると、車はようやく流れはじめた。低いうなりをあげて、トラックは加速する。

恭子は小物入れを兼ねたアームレストの蓋《ふた》を開けて、ほらここ、と僕に中を覗くよう手振りで示した。

古びた硬式ボールが入っていた。

〈熱球〉——と、サインペンで書いてある。

二十年前の僕の字だった。

車は順調に流れていった。国道に出る三叉路《さんさろ》の案内標識が前方に見えた。左に曲がれば『シーサイド・ランド』、大学病院、右に曲がれば造船所や護国神社、そしてその先にオサムの眠る霊園がある。

恭子は「意外と速かったなあ」と拍子抜けしたようにつぶやき、「仕事で走るときは、ほんまに混むのに」と笑った。

僕はかたちだけ頬をゆるめて、助手席側の窓からぼんやりと外を見つめる。

「ヨージくん、どないする？　右？　左？」

「……時間だいじょうぶなのか？　その先のバス停で降ろしてくれてもいいんだけど」

むしろ、降ろしてほしかった。

サインボールを見せられてボールを見せられてから、急に息苦しくなった。

思い入れのある記念のから、ボールというわけではない。ただの練習用のボールだ。だからこそ、恭子があたりまえのようにそばにいた日々が、鮮やかに――苦みを帯びて、よみがえってくる。何度も縫い目をつくろい、〈熱球〉の文字が消えかけると上からサインペンで書き直して、表面の皮がぼろぼろになるまで使った。そんなボールのうちの、一つ。僕は確かにあのボールを投げて、捕って、打って、追いかけていたのだ。僕だけではない。仲間たち、みんな。そして、僕たちが汗だくになって走りまわるグラウンドの隅には、いつだって、恭子がいた。

「あのさ……」迷いながら、言った。「俺、いま、シュウコウで野球部の練習を手伝ってるんだ」

「ほんま？」

「ジンブーが監督してるって、知ってるだろ」

「うん。はげちゃったよね、あのひとも。遠くから見とったら、最初、別人かと思うたもん」

「あいつも学校の仕事が忙しくて、なかなか練習を見られないんだ。それで、まあ、俺も暇だし……」

「神野くんが監督で、ヨージくんがコーチかあ。なんか、いいね、そういうの」

「カメはレストランのオーナーシェフ」

「知っとるよ、駅前にお店あるよね。去年、年賀状も貰《もろ》うたし」

「返事くれなかったって、あいつ、落ち込んでたけど」

恭子は、フフッと笑う。

車は案内標識の下を通り過ぎた。二車線の道路は、もうすぐ右折レーンと左折レーンに分かれる。

「右？　左？」と恭子にまた訊《き》かれ、僕はさっきより少し強く「バス停で降ろしてくれればいいから」と言った。

恭子は、ふう、と息をついて、車を右折レーンに入れた。

「オサムくんのお墓、一緒に行ってみん？」

僕はなにも答えない。恭子がそれを望むのなら、言われたままにしよう、と決めた。

「……なーんて、ね」

恭子はウインカーを左に出して、強引に左折レーンに移った。車が減速する。ハザードライトが灯《とも》る。停まった。バス停の前ではなかったが、恭子はサイドブレーキをかけて、僕もシートベルトをはずした。

「今度、甲太のこともコーチしてくれん？　あの子、もうソフトボールじゃ物足りんのよ」

「カメやジンブーと、OBみんなでコーチしてやるよ。将来のシュウコウのエースで四番だからな」

うまく笑えた。恭子も、強くも弱くもない、自然な笑みを返してくれた。

ドアを開けた。外のステップに片足をかけて、運転席を振り向いて、「カメもジンブーも恭子に会いたがってたんだ」と言った。「みんなで、オサムの墓参りに行こう」

恭子は笑うだけで、言葉ではなにも答えなかった。

3

年が明けた。母の喪中なので訪ねてくるひともいない、静かな正月だった。『指輪物語』を年末のうちに読み終えた美奈子は退屈して、三日の朝、「初売りに連れてってよ」と言いだした。

たいしたものは売ってないだろうと思ったが、ドライブがてら『シーサイド・ランド』に出かけることにした。

「おじいちゃんはどうする？」

「いいよ、おじいちゃんは。人混みが嫌いだし、買い物なんかどうでもいいと思ってるひとだからな」

冗談半分で言ったつもりなのに、美奈子は真顔で——少し心配そうに眉《まゆ》を曇らせて、

「ほんとだよね」とうなずいた。「おじいちゃんって、ほんと、一人でいるのが好きだもんね」

「無口だしな」

「うん……」

「でも、昔からそうだったんだよ。みんなとわいわいやるより、一人で釣りに行くほうがいいんだ、おじいちゃんは」

「友だちは？」

「いないことはないと思うけど、どうなんだろうな、家に連れてきたりとか、そんなのは昔からなかったなあ」

訊かれて、初めて気づいた。母の友だちの顔や名前は何人も思い浮かべることができるのに、父の友だちのことは、なにもわからない。「知り合い」や「お世話になったひと」や「造船所で面倒を見てやっていた若い衆」はいても、それをそのまま「友だち」と呼ぶのは、たぶん間違いだろう。

「おじいちゃんって、孤独なひとなんだぁ……」

美奈子はぽつりと言った。その言葉を美奈子自身にひるがえすのが怖くて、僕はあわてて「そんなことないって」と言う。「マイペースでやってるんだから」

「うん、まあ、いいけど」

美奈子はコートを羽織った。十二月の初め頃は東京でもお気に入りだった赤いコートばかり着ていたが、最近はグレイの地味なコートを選ぶことが多い。目立つことや派手なことが嫌いなのだ——美奈子ではなく、この町が。

いじめの話は、あのままになっていた。保護者会の日の出来事も、僕が見ていなかったと思っているのだろうか、美奈子はなにも話さない。僕も訊かない。冬休みに入ってから美奈子が友だちと遊んだことは一度もない。部屋で本を読んでいるか、パソコンをいじっているか、図書館に出かけるか、おじいちゃんの庭仕事を手伝うか……年賀状も、口に出して訊いたわけではないが、周防の同級生からは一枚も来なかったようだ。

美奈子の「プライド」を守ってやりたい、と思う。そんなの都合のいい逃げ道だよな、と冷ややかに言う自分自身もいるのだが。

「おじいちゃんって、ほんとにマイペースのひとだからなあ。意外と一人暮らしのほうが気が楽なのかもな」

言わなくてもいいことを言って、ちらりと美奈子の背中を見る。

返事はなかった。

僕もそれ以上はなにも言わない。

和美から元日に届いた年賀状代わりのメールには、こんなふうに書いてあった。

〈家族と離れてお正月を迎えるのは、考えてみれば生まれて初めてのことです。美奈子は元気ですか？　美奈子宛《あ》ての年賀メールにも書きましたが、最近メールのレスをあまりもらえないので、お母さんが寂しがってるぞ、と言ってやってください〉

寂しいのならさっさと日本に帰って来いよ——やつあたりまがいに思って、和美がすぐに帰国したらいちばん困るのは俺じゃないか、とも認めた。

〈学校の様子はどうですか？　美奈子は（わたしに似て）自己主張の強い子なので、環境が変わるとけっこうキツいだろうな、と案じています。目配りとフォロー、よろ

しく！〉

こういうところが母親の勘というやつなのだろうか。

立場が逆だったら、僕は遠いボストンで「美奈子は明るい子だからどこに行ってもうまくやっていけるさ」なんて、のんきに思っていただろう。

それも、認めざるをえない。

玄関に出る前に階下の居間に寄って、「ちょっと出かけてくるから」と声をかけると、父は読んでいた釣り雑誌から目を上げずに、「ああ」とも「おお」とも「うう」ともつかない声で応《こた》えた。「すぐ帰るから」と付け加えても、今度は返事すらなかった。べつに怒ったり不機嫌だったりというわけではないのだが、口数がずいぶん減った。話しかけても反応が鈍い。喜怒哀楽がわかりづらくなった。歳《とし》をとるというのは、そういうことなのかもしれない。最近ときどき思う。そして、この家の笑い声のほとんどは母のものだったんだなと、母が亡《な》くなってから、気づく。

先に外に出た美奈子が「年賀状、来てたよ」と玄関に戻ってきた。はがきが十数枚。元日のぶんと合わせても五十枚ほどだった。父と僕は喪中欠礼の知らせを年内に出していたとはいえ、ずいぶん寂しい数だ。しかも、数少ない年賀状のうち十通ほどは母宛てのものだった。

玄関の上がり框《かまち》に腰かけて、気乗りしない顔ではがきを仕分けしていた美奈子が、「やだぁ」と甲高い声をあげた。「なんで、この子から来るわけぇ？」

藤井甲太――。

へたに黙って僕に詮索《せんさく》されるのが嫌だったのか、美奈子は勝手に説明をはじめた。

「この子ね、隣の二組の男子なの、野球がちょーうまくて、わりと乱暴なんだけど、勉強できないんだよね、あんまり」

うわずった声に、微妙な嬉《うれ》しさが溶けていた。僕だって父親だ、それくらいはわかる。

「けっこう仲いいのか？」

「そんなことないけど……」

「じゃああれだ、美奈子に片思いしてるんじゃないのか？」

「オヤジくさい発想しないでよぉ」

唇をとがらせて、はがきを裏返す。「えーっ？　なんでぇ？」と、また声があがる。

「ちょっとお父さん、見てよ、ここ」

二〇〇一年――干支《えと》は巳《み》。あまりうまくないヘビの版画の下にメッセージが書いてある。へたくそだが元気いっぱいの、いかにも男の子らしい字だ。

〈今度、清水さんのお父さんに野球を教えてもらいたいと思います〉

恭子の顔が浮かんだ。高校時代ではなく、三十八歳になったいまの、恭子の笑顔だ。

「なんで藤井くんがお父さんのこと知ってるんだろ。あたし、お父さんの昔のことって誰にもしゃべってないのに」

「そうか……」

「お父さんって、そこまで有名人……ってことはないよねえ、もう二十年ぐらいたってるんだし」

首をひねってはがきを表に戻した美奈子は、「ひょっとしたらさあ」とつづけた。

「藤井くんのお父さんとかお母さんとかが、お父さんのこと知ってるんじゃないの？」

「……かもな」

「お父さん、どう？『藤井』って名前、心当たりない？」

「このあたりは『藤井』って苗字《みょうじ》はけっこう多いからなあ……」

恭子の苗字は「藤井」ではなかった。別れた夫の苗字なのだろう。甲太くんだけ父親の姓にしているのか、もしかしたら恭子も、周防で暮らしていくには旧姓よりも「藤井」のほうが楽なのかもしれない。

「学校始まったら、ちょっと訊いてみようかなあ」

一瞬、どきんとした。

「どうしたの？　誰か思いあたるひといた？」――こういうところの勘は鋭い。

あわてて「いや、べつに……」と答えたら、これもまた美奈子の勘を刺激してしまった。

「知ってるね、いまのリアクションからすると」

「そんなことないって」

「ほら、またごまかしてる」

「……違うって」

「男の友だちだったら素直に言うでしょ、ってことは、女の友だちと見たね」

「……なに言ってんだ」

「初恋の女の子、だったりして」

鋭すぎる勘は、ときどき暴走してしまう。

そして、勘の鋭すぎる美奈子は、好奇心が旺盛《おうせい》すぎる女の子でもある。

甲太くんからの年賀状をまた裏返して、「ラッキー、電話番号ありーの」とつぶやき、靴を脱ぎ捨てる。

「いまから藤井くんちに電話してみるね」

「おい、やめろよ、そんなの」

「いーからいーから」

ダッシュで二階に上がった美奈子を、階段の途中までは本気で追いかけたが、まあいいか、と思い直した。どうせ三学期になればわかることなのだ。僕がへたに話をごまかして美奈子の好奇心に本格的に火を点《つ》けてしまうぐらいなら、子ども同士の話に任せたほうがいい。

ちょっとずるいかな。恭子の顔を思い浮かべて、笑ってみた。今度もまた三十八歳の恭子が浮かぶ。二十年間止まったままだった時計の針が、いっぺんに動いたようなものだ。パソコンで言うなら、データが更新されたのだろう。

階段を下りていたら、二階から美奈子の声が聞こえた。

「あ、そうだったんだぁ、ふうん、ぜんぜん知らなかった」

甲太くんは家にいたようだ。

「えーっ？　それ、マジにマジ？　そんなの聞いてなーい！」

美奈子が友だちとおしゃべりする声を聞いたのは、いつ以来だろう。

ふだんは家から二十分ほどかかる国道の交差点に、正月で車が少ないせいで十分そこそこで着いた。『シーサイド・ランド』へは、交差点を左折。ウインカーを出して左折レーンに入ったら、美奈子は道路案内板を見て「護国神社って、逆なんだ……」とつぶやいた。

「どうした?」

「うん、まあ、ちょっとね」

含み笑いで答える。車に乗り込んでから、ずっとそうだ。甲太くんと電話で話したことを尋ねても、「野球部のマネージャーだったんだって、藤井くんのお母さん」としか答えない。

いつもの美奈子なら、電話を切るとすぐに「ねえ、ちょっとマジすごいよ、あたしの推理当たっちゃった! あのねえ、藤井くんのお母さんってねえ……」と興奮しきった顔でまくしたてるはずだ。驚いて当然の話だ。驚かないほうがおかしい。なのに、妙に冷静な口調で「島田恭子さんっていうの。『島田』って旧姓ね、結婚前の。覚えてるでしょ、お父さんも」と訊《き》いて、僕が「ああ、あいつか、覚えてる覚えてる」と自分でもわかるほどのぎこちないお芝居で返しても、「そーゆーことでした、以上、報告終わり」とあっさり受け容《い》れて、それきり恭子の話は蒸し返さなかった。

いじめのことで甲太くんになにか言われたのだろうかとも思ったが、含み笑いには嘘《うそ》やごまかしの様子は感じられない。上機嫌なのだ。それも、たんに気持ちが浮き立っているのではなく、たとえばポーカーでひそかにフルハウスを完成させたような、そんな感じの笑顔だった。

海沿いの国道をしばらく走った。天気はあまりよくない。海の色も暗いし、瀬戸内海には珍しく沖のほうで白い波頭が立っている。もうすぐ昼になるのに気温はほとんど上がっていない。午後から小雪でもちらつくのかもしれない。

沿道に『シーサイド・ランド』の案内板が目立ちはじめた頃、黙って窓の外を見ていた美奈子が、「ねえ、お父さん」と振り向いた。「『シーサイド・ランド』から護国神社までって、何分かかるの？」

「車なら十五分ぐらいだけど……なんなんだ？　護国神社のこと気にしてるけど」

「うん、まあ、べつに、だけど」

「初詣《はつもうで》だったら、大内の諏訪《すわ》大社に明日連れていってやるよ。護国神社なんて、ほんと、なんにもないからな」

「石段もけっこうあるんでしょ」

「そうそう、二百段ぐらいあるんだよな」

軽く答えて、はっとした。

古い記憶が不意によみがえった。

正月の護国神社は、町のひとびとはともかく、僕たち——シュウコウの野球部にとっては、たいせつな場所だった。

「なあ、美奈子……お父さん、護国神社の石段のこと、おまえに話してなかったよな」

「まあね」

「……さっきの電話で聞いたのか？」

「あ、お父さん、いま藤井くんのお母さんの顔、浮かんだでしょ。浮かんだよね？

いまね、ぜーったい」

正解——だった。

「毎年一月三日なんでしょ？　今年も行ってるの？」

「いまは年末年始は休みだよ」

「お父さんの頃は？」

「大晦日《おおみそか》と元日だけだったな。一年間で二日だけなんだ、休みは」

「労働基準法に違反してない？　あと、児童福祉法とか」

「生意気なこと言うなって」

そういうところが周防の子にいじめられちゃう理由なんだよ、と心の中で付け加えた。

「で、一月三日に護国神社に行くわけだよね、初詣兼マラソンで」

「ああ……伝統だからな」

シュウコウから片道八キロ、プラス二百段の石段。キツかったのだ、ほんとうに。汗だくになって石段を駆け上がると、ゴールの境内にはシュウコウのOBでもある宮司さんが待っている。全員揃《そろ》うと神殿で必勝祈願をして、祝詞《のりと》をあげてもらい、それが終われば、奥の広間でおにぎりと味噌汁がふるまわれる。料理の担当は宮司さんの奥さんと、女子マネージャー――恭子だった。

その伝統行事がなくなったのは、いつだったのだろう。五年前に神野がシュウコウに赴任したときには、すでに年末年始は一週間の休みをとるようになっていたらしい。ふだんの練習も、毎週日曜日は休み。練習試合が組まれたときや大会の直前は例外だが、二、三年前には部員から「日曜日に練習をした週は、別の日に代休が欲しい」という声があがったのだという。「サラリーマンみたいなこと言いよるんじゃけえのう……」と神野はあきれ顔で、寂しそうに、僕に言っていたのだった。

『シーサイド・ランド』が近づくにつれて滞ってきた車の流れは、駐車場の手前の信号が見えてきたあたりでぴたりと止まった。『シーサイド・ランド』は周防から向かって国道の右側にあるので、周防方面から入る車は交差点を右折しなければならない。右折専用のレーンもないし、右折信号もない。そういうところが田舎なんだよなあ、といつも思う。無駄が多く、非合理的で、工夫がなく、工夫して時間や手間のロスを減らそうという発想もなく……「根性」主義だった一昔前の野球部の練習と似ている。

信号は青になったが、車の流れは止まったままだった。先頭の車が右折にもたついているのだろう。

やれやれ、と肩の力を抜くと、美奈子はまた護国神社の話を口にした。

「二百段の石段をダッシュするのって、もう無理だよね」

「無理無理、そんなことしたら次の日から歩けなくなるって」

「車で来たひとも、やっぱり石段上るわけ?」

まさか、と笑った。国道から脇道《わきみち》に入って山を登っていけば、境内のすぐそばまで車で行ける。手狭だが、駐車場もある。

それを聞いて、美奈子はほっとした顔になった。

「だったらオッケーじゃん」

「行くのか?」

「お父さんは行きたくない?」

「べつに、どっちでもいいけど……ほんとに、なんにもない神社だぞ。おみくじとか絵馬なんかもないし、お店も出てないし、明日お諏訪さんに行ったほうがいいだろ」

「じゃあ、どっちかっていうと、行きたくないって感じなんだ」

「まあな。買い物してから寄ったら遅くなっちゃうし」

「ソッコーで福袋買うだけ、だったら?」

「本も買うんだろ」

本屋に寄るときは、それだけで小一時間はかかる。一冊の本を選ぶのに十冊ぐらい候補を挙げて、そこからじっくりと時間をかけて絞り込む。本を読むことも本を選ぶことも大好きなのだ。

ところが、美奈子はあっさり「今度でいいよ、本は」と言う。「どーせ、あそこの本屋さん、ろくなのがないし」と笑う。「本屋さんに寄らなかったら、十二時過ぎには『シーサイド・ランド』出られるよね、ってことは、一時頃までには護国神社に着くでしょ」

「ちょっと待てよ、お父さんだって買い物の予定があるんだぞ。ひさしぶりにCD買おうと思ってたんだし、あと、下着とかも買わなきゃいけないんだし。そんなにあせって行くほどの場所じゃないって。ほんと、なーんにもないんだから」

「なーんにもなくても、いいじゃん」

「はあ？」

「誰かさんがいれば、いいんじゃないの？」

「……なんなんだ？」

「あのね、藤井くんとお母さん、護国神社に初詣に行くんだって。いまから支度するところだって言ってたから、一時頃には神社にいるんじゃない？」

美奈子は体を前に乗り出して、僕の顔を覗《のぞ》き込む。

「だったら、お父さんも行かないわけにはいかないでしょ」

思わず目をそらしてしまった。

「……べつに関係ないだろ。マネージャーっていっても、そんな、引退してから会ったこともないし」——よけいなことを言ったのだと気づいたのは、美奈子に「会ったことないんなら、ふつー、懐《なつ》かしくて会いたいんじゃないの？」と切り返されてから。

「そりゃあ、まあ……懐かしいけどさ、わざわざ……」

「お父さん、あたし知ってるんですよぉ」

声も、息も、詰まった。

「藤井くんのお母さんって、昔、お父さんと付き合ってたんだってね」

頭がくらっとした。

「お父さん、前、動いてるよ」

あわててアクセルを踏むと、車間距離は思ったほど空いていなかったので、危うく前の車に追突しそうになった。

4

護国神社の駐車場に車を入れると、美奈子は芸能レポーター気取りにマイクを突き出す真似《まね》をして、「ヨージさん、いまのお気持ちは？」と訊いてきた。

「なに言ってるんだよ、ほんと、いいかげんにしろって」

「照れなくてもいいじゃん、さっきも言ったでしょ、あたしはぜんぜんショック受けてないし、お母さんだって怒らないってば」

「そんな問題じゃないんだって……」

「だって、お母さんと知り合ったのって大学生の頃でしょ？　高校時代のことは治外法権みたいなもんじゃん。っていうか、保険でいう免責事項ってやつ？」

そういう生意気な言葉をつかうから、反発買うんだよ、ほんとに——。

ため息をついてサイドブレーキをかけ、キーを抜いて、シートベルトをはずす。駐車場に停まっている車は軽四が一台だけ。さっき駐車場に入ったときにトラックが停まっていないのを確かめて、少しほっとして、少し拍子抜けもして、正月なんだから自分の車で来るだろう、と思い直したときの微妙な気持ちが、まだ胸に残っている。

車を降りた。高台にあるぶん、風が強い。山のほうから海に吹き下ろす北風だ。海を見渡すと、この十年ほどの間に特産品の仲間入りを果たしたカキの養殖筏《いかだ》が、驚くほどたくさん浮かんでいた。引き替えに、港や造船所がずいぶん小さく見える。ドックや造船所に入っている船はないし、港に出入りする船もほとんどない。

「緊張してる？」と美奈子がからかってくる。

無視して、煙草《たばこ》に火を点けた。

恭子の言葉は嘘っぱちだ。神に誓って、片思いの対象ですら、なかった。

甲太くんに嘘ついてるんだよ、お母さんが——言ってしまえば簡単なのに、それが言えない。恭子は甲太くんにオサムのことはなにも話していないのだろう。これからも話すつもりはないのかもしれない。あと一勝で甲子園に行けた。一人息子に伝えることは、それだけ、なのだろう。

その気持ちがわかるから、僕は恭子の嘘を受け容れるしかない――のだろうか？

境内に向かって歩きだした。美奈子は小走りに僕の前に回り込み、「今日のこと、お母さんにはナイショにしてあげるね」と笑う。

「なあ、美奈子。甲太くんはお母さんに言ってるのか？　お父さんや美奈子も護国神社に行くかもしれない、って」

「言ってない言ってない、だって、あたしも藤井くんに護国神社に行くなんてしゃべってないもん。とりあえず、ふうん、藤井くんとお母さん護国神社に行くんだあ、って感じで話を聞いただけだから」

不意撃ちかよ、と煙草の煙を吐き出した。「だってショーゲキの再会のほうが盛り上がるでしょ？」と美奈子はまた笑う。そういう面白がり方が田舎の子の神経を逆撫《さかな》でしてしまうのだ。

「おまえなあ、おとなをあんまりからかうなよ」

「からかってないってば。ほんとだよ、マジにマジ。っていうか、こーゆー展開にならないと、お父さんだって周防に帰ってきた意味ないじゃん」

美奈子はそう言って、やっと前に向き直った。

「だってさあ……」つづける声は、少しだけ沈む。「お父さん見てると、ふるさとに帰ってきたっていう感じがしないんだよね」

「そんなことないだろ。神野や亀山にも会ってるし、野球部の練習だって手伝ってるし」

「でも、それって、すごく表面っぽい気がするけど。ほかに知り合いがいないから会ってるとか、暇つぶしにコーチしてるとか、そんな感じで、なんていうかなあ、だから……なんていったらいいのかなあ……」

選んだ言葉は――「甘酸《あまず》っぱさが、ないでしょ」だった。

「ふつう、生まれ故郷って、もっと甘酸っぱいじゃん。昔の友だちと会ったり、ひさしぶりにシュウコウのグラウンドに立ったりすると、もう、なんていうか、胸の奥からグーッとくるような甘酸っぱさがあるんじゃない？　でも、お父さん見てると、けっこう淡々としてるっていうか、醒《さ》めてるんだもん」

僕は黙って、まだ長い煙草を足元に捨てる。美奈子は「ポイ捨て、サイテー」と苦笑して、「だからね」と話をまとめた。「初恋の相手とか昔のカノジョとかと再会すると、お父さんもちょっとは盛り上がるんじゃないかな、って」

言い返す言葉も、ごまかす言葉も、見つからない。

美奈子も歩調を速めて、僕と距離をとった。

境内が見えてきて間もなく、美奈子は立ち止まる。

「あ、いた、あの二人だよね」

指差す先に、恭子と甲太くんがいた。

キャッチボールをしていた。


あとになって、僕は知る。

僕と美奈子が護国神社に着いた頃、真夜中のボストンからメールが届いていた。

〈美奈子のことでご相談〉という件名の、長いメールだった。

〈お正月にこんな相談をするのもどうかと思いましたが、三学期が始まる前のほうがいいと思ってパソコンに向かっています。／美奈子、学校の様子はどうですか？／美奈子のメールには「学校も楽しいです」「毎日元気にやってます」などとありますが、なにかあっさりしているのが気になってしまうのです。あの子の性格だと、学校での出来事を事細かに（腱鞘炎《けんしょうえん》になるんじゃないかと思うほど）書いてくるはずで、実際、転校したての頃はぎっしり書いてきていたのです。最近はどうもあっさりしたメールで、回数も減りました。それがちょっと心配で……〉

一行空き。

〈美奈子、『指輪物語』を読んでますか？　私が推薦しました。美奈子からこんなリクエストを受けたからです。以下、無断引用〉

一行空き。

引用符がつき、文字が青になった。

〈現実からうーんとジャーンプ！　てな感じの本、なにかありませんか？　毎日読んでも、まだ終わんねーよ、ってゆー長いのがいいんだけど〉

一行空き。

また和美の文章に戻る。

〈ちょっと気になるでしょ？／それで『指輪物語』を勧めたとき、「お母さんが小学六年生のときに読んだ本です。親友だった子と絶交しちゃって、学校に行くのがすごくつまらなかったとき、この本を読んでいました」と書き添えました。／そのあたりから、美奈子のレスが減ってきたのです〉

一行空き。

〈もちろん、美奈子のことだから友だちともうまくやっているとは思いますが、遠く離れていると、やっぱり心配性になってしまうんですね。悪いけど、それとなく美奈

子の様子を見て、またなにかあったら連絡ください（問い詰めたりしないでね）〉

一行空き。

〈ところで、あなたのほうはどうですか？　先日のメールによると、まだ「悠々自適」の生活のようですが、もしも、万が一、私のことが気になって再就職しないのだったら、お気遣い無用です。「私も一緒に周防で暮らす」とは、いまは言いきれないけど、あなたが選んだ結果は尊重します（そういう生意気な言い方が、親戚《しんせき》の皆さんには気に入らないんでしょうね）。でも、周防に行く気がまったくゼロなわけではないってこと、しつこいけど、わかってください。ヨメとして周防で暮らすことは、私の今後の人生（ああ、もう残り半分！）の選択肢の一つとして、これからも消えてしまうことはないのだから〉

一行空き。

〈でも、こんなことを言うと怒られるかもしれないけど、周防に腰を落ち着けるにしても、東京に戻るにしても、そろそろ決めたほうがいいんじゃない？／美奈子のためにも。／不安定というか落ち着かないというか、体は周防に来ているのに、心のほうは、東京にも残っているし、周防にもあるし、ボストンにもないわけじゃないし、と……。そういう状態に美奈子をあまり長く置いておきたくないな、というのが母親と

しての本音です〉

一行空き。

〈あなたと周防の微妙で複雑な関係を思うと（それからお義父《とう》さんのことも）、あまり急《せ》きたてるのは申し訳ないのですが、ほんとうに、そろそろだと思います〉

一行空き。

〈では、長くなったので、これで。ボストンは一歩外に出ると背骨が鳴るほど寒いです〉

恭子はさすがに驚いた様子だった。甲太くんも福岡ダイエーホークスの野球帽のつばを下げて、うつむいたまま、挨拶《あいさつ》もしなかった。こっちだって、なにをどう言えばいいかわからない。

一人ではしゃぐはずの美奈子も——保護者会の日に助けてもらった母親が「藤井くんのお母さん」だとは知らなかったのだろう、顔を真っ赤にして、僕の視線を気にしながら「このまえは、どうも、ありがとうございました」と細い声で言った。

動揺した心を最初に立て直したのは、恭子だった。

甲太くんの肩を軽く小突いて、「シュウコウの、伝説のエースなんよ、このおじちゃん」と言う。「お母さん、よう教えてあげとったろ?」

甲太くんは小さくうなずくだけで、なにも応《こた》えない。

「なーに照れとるん、コウちゃん、いっぺん会うてみたい言うとったのに」

恭子は僕に向き直って、左手にはめたグローブをはずしながら言った。

「ねえ、ヨージくん、せっかくやけん、キャッチボールの相手してやってくれん?

はい、これ」

グローブを差し出された。まだ新しいグローブだった。ためらいながら受け取ると、革のにおいが鼻をくすぐる。

クリスマスプレゼントなのだという。去年の十二月に「なにが欲しい?」と訊《き》いたら、甲太くんは「お母さんのグローブ」と答えた。グローブが二つあれば、恭子とキャッチボールができる。寂しがり屋の男の子なのかもしれない。実際、母子二人の暮らしは、きっと――僕や美奈子よりもずっと、寂しいのだろう。

グローブをはめた。右手の拳《こぶし》を軽くぶつけて、革の感触を味わった。

「グローブを買うても、もういけんね、うちが相手やと物足りんのやて。本気で投げたら突き指しそうやし、すぐ後ろにそらすし……五年生なんやもんねえ、甲太も」

恭子は甲太くんの帽子のつばを持ち上げて、笑う。寂しさと嬉《うれ》しさの入り交じった笑顔だった。つばで目を隠せなくなった甲太くんは、はにかんだ様子で「お願いします」と言った。甲太くんのほうは照れくささと嬉しさが入り交じった顔だ。

「よし、おじさんが相手してやるよ」

僕ははずみをつけた声で言った。

甲太くんも、今度はまっすぐに僕を見て、少し悔しそうに「今日、ソフトボールしか持ってきてないけど」と言う。「軟球とか硬球も、持ってるんだけど……」

「硬球なんてまだ早い早い、あんなの投げてると、肩を壊しちゃうぞ」

あとずさって距離を広げながら、ほら、とうながした。ボールが、思いのほかしっかりとした勢いで飛んでくる。

「いいぞ」と声をかけて、山なりのボールを返す。キャッチングも慣れた手つきだった。確かに恭子が自慢するとおり、野球は上手そうだ。

「おじさん、もっと思いっきり投げてええよ」――緊張がほぐれると一気に生意気になるところも、悪くない。

ボールが何往復かしたのを見届けると、恭子は美奈子に声をかけた。

「ねえ、おばちゃんと散歩せん？　あっちのほうにツバキが咲いとって、きれいなんよ」

美奈子は困惑を消し去れないまま、恭子に従って本殿のほうに歩きだす。

最初は僕も、二人ともよけいなことを言わなきゃいいけどな、と心配していた。

だが、考えてみれば、恭子が相手なら、美奈子もいじめの悩みや悲しみを素直に打ち明けるかもしれない。あの日助けてくれた正義の味方なのだ、恭子は。

恭子は美奈子と並んで歩きながら、僕を振り向いた。

「じゃあ、ヨージくん、ちょっと美奈子ちゃん借りるね。代わりに甲太のこと、鍛えてやって」

軽く手を振って、笑う。

こっちもなにか一言——軽い調子で返そうか、と言葉を探していたら、甲太くんの投げたボールをグローブの土手で受けてしまった。親指の付け根がズキッと痛む。僕自身のブランクを差し引いても、中学生のボールに負けないほどの勢いだった。しっかり練習すればいい選手になれるだろう、ほんとうに。

「ナイスボール、その調子!」

僕も、もう山なりのボールは返さない。いままで六割の力で投げていたのを、ちょっと本気のボールを放った。甲太くんはひるまずに胸の前でキャッチする。

パーン! と気持ちのいい音がした。

第四章

1

『カメさん』には、一足早く神野が来ていた。いつも亀山が見栄を張って「予約席」の札を置いている奥まったテーブルで「おう、先に飲《や》りよるど」と僕を迎え、まいったな、というふうに目配せする。

亀山はテーブルに突っ伏していた。僕に気づくとのろのろと顔を上げ、「遅かったけん、こんなん、グラウンド百周じゃ」と呂律《ろれつ》のまわらない声で言う。目が据わっている。赤く潤《うる》んでいるようにも見える。

一時間ほど前――夜八時過ぎに電話をかけてきたときにも、酔った声だった。もう二月も半ばなのに、「いまから新年会じゃ、タクシー飛ばしてすぐに来いやあ」と舌をもつれさせながら言ったのだ。「ジンブーも来るけえ、おまえもすぐ来いやあ、ええの、来んかったら、しばきまわしたるど」

酔った亀山の電話を受けるのは、年が明けてから四度目になる。いままでは取り合わなかったし、今夜も風呂上がりに外出するのは億劫《おっくう》だったが、恭子の名前が出たのは初めてだ。少し驚いて「恭子も来るのか?」と訊《き》くと、亀山は「おう、来る来る、絶対に来るわい」と言って、こっちの返事を待たずに電話を切ったのだった。

「ほんまに、おまえら、冷たいもんじゃのう……ジンブーもヨージも、酒を飲むだけのことで、なんべん電話させるんな、アホ」

神野は肩をすくめて「学年末じゃけえ忙しいんよ」と返した。

「忙しゅうても酒ぐらい飲めようが」

「酔うたら家で仕事にならんじゃろ。ほんまに忙しいんよ。野球部の練習もほとんどヨージに任せきりなんじゃけん」

僕を振り向いて、「のう?」と同意を求める。確かに神野は忙しい。三年生のクラス担任に、生活指導部に、入試担当。シーズンオフの野球部の練習に顔を出す時間などないはずだ。

「アホか、仕事と友情とどっちが大事なんじゃ……そりゃあ仕事じゃ、のう、仕事を大事にせんといけん、わしら、みんな……」

しゃべっているうちに亀山の声はくぐもっていく。体も重たげに、またテーブルに突っ伏してしまう。

僕は神野の隣に座って、恭子は？　と声に出さずに訊いた。

神野は怪訝《けげん》な顔になった。カメが呼んだって言ってたけどな、と僕がつづけると、訝《いぶか》しさに寂しさの交じった表情に変わる。

ウイスキーの水割りを自分でつくって、オンザロックの神野と身振りだけで乾杯をして、一口啜《すす》った。亀山は背中を丸めたまま、息苦しそうなうめき声をあげる。酒が弱くなった。酔い方もよくない。高校時代にこっそり酒を飲んだことは何度かあったし、卒業後も同窓会や友だちの結婚式で宴会になったことはあった。亀山は酔うと陽気な性格がますます陽気になって、矢沢永吉やサザンの桑田佳祐《けいすけ》の物真似《ものまね》をしてカラオケで歌いまくったあとはこてんと眠る、罪のない酒だったはずなのだ。

トネリコのバスケットに盛ったポップコーンを口に放り込む。まだほんのりと温かかったが、塩気が強すぎる。ウイスキーで口をすすいで、隣の小皿にあったビーフジャーキーをかじると、こっちは肉に下味がほとんど浸《し》みていなかった。ぱさぱさとして、香りもない。金をとって客に出す料理――ポップコーンも「料理」に含めればの話だが、とにかくそういうレベルからはほど遠い。

今夜も客はゼロなんだな、とため息をついて店内を見るともなく見ていたら、亀山がのろのろと体を起こした。照明を落としているせいか、たいして彫りの深くない亀山の顔に、くっきりと影ができる。疲れているというより、年老いて見える。鼻髭《はなひげ》に白いものが交じっていることにも、いま、気づいた。

「のう、ヨージ」じっと僕を見据えて、亀山は言った。「教えてくれえや」

「なにが？」

「おまえ、いつまでこげな生活するつもりなんか。のう、働き盛りの男が、田舎で昼間からぶらぶらして……どげんするんな、これから」

神野がとりなすように口を開きかけたのを制して、僕は「まだ決めてない」と言った。こういうときに、こういう仲間に、嘘《うそ》をつきたくはない。

亀山はショットグラスに残っていたウイスキーを呷《あお》って、へへっと笑う。

「けっこうな御身分じゃのう。うらやましいで」

「カメ」と神野が少し声を強めて言う。

「わし、ヨージが周防に帰ってきてから、どうもいけんよ。なんかのう、毎日毎日、毎晩毎晩、腹が立ってしょうがないんよ……ジンブーはどんなじゃ、同じじゃろうが、わしと。ヨージ見とると腹が立つじゃろうが……」

「カメ、もうお開きにせんか」と神野はなだめるように言った。

「アホか、いま来たところじゃろうが、おまえら。ツマミでもつくるけえ、ちょっと待っとれ」

「そげなんええけん。危なかろうが、火やら使うたら。火事になったらどげんするんか」

「おお、それも悪うねえのう。ぶわーっと燃えるんもおもしろかろうが、のう。よっしゃ燃やしちゃる、寒いけえのう、温《ぬく》もらんと凍《こご》えてしまうけえのう……」

しゃべりながら両手をテーブルの縁について立ち上がろうとしたが、体は動かない。逆に腕が体の重みを支えきれず、つっかい棒がはずれたように突っ伏してしまった。

僕はポップコーンをまた口に放り込む。塩気が舌を縮め、肩も少しすぼまった。

いびきをかく亀山の背中に僕のコートを掛けて、神野と二人で少し離れたテーブルに移った。

僕が帰ってきてから、ではない。一年ほど前から、亀山は酒が急に弱くなり、酔うと荒れるようになったらしい。神野は小声で「ほんまにキツいんよ、商売が」と言う。

「もう、店もたたまんといけんじゃろう」

借金が、神野が知っているだけで一千万円。そのうちの二百万円の返済期限が昨日だったのだという。返せなかった。それどころか、新たに百万円を借りざるをえなかった。

「……ずいぶん気前がいいな、銀行も」

少し驚いて言うと、神野は「違うんよ」と返し、声をさらにひそめてつづけた。

亀山が金を借りている相手は、銀行や金融業者ではない。

奥さんの実家――。

「金持ちなのか」

「おう。ギフト用品の販売会社を経営しとる。本社が大内で、県内に支店もようけあるけん、かなりのものじゃ。ほいじゃけえ、まあ、向こうは借金のつもりはないんかもしれん。娘婿《むすめむこ》の道楽に付き合ういうか、店がだめでも、最後は自分のところの会社に入ればええんじゃけえ、いうか……そういうんもキツいで、ほんま」

だろうな、と僕も思う。高校時代から、亀山は男の意地やメンツといったものに、頑《かたく》なななほどこだわる奴だった。一国一城の主――憧《あこが》れていたのだろう。憧れだけで生き抜いていけるほど現実は甘くないということを、つい忘れてしまったのだろう。

「ほいでも、カメも甘いんよ。甘いうか、ずるいよ。嫁の実家が金持ちじゃなかったら、脱サラやらしとらんよ。都合のええときは嫁の実家をあてにして、それでプライドがどうこう言うんは、こう言うたらアレじゃけど、やっぱり身勝手じゃ思うけどの」

「まあな……」

ため息が、一往復した。神野は隣の椅子《いす》に足を載せ、体ごと横向きになった。ときどき足を上げて伸ばさないと腰が痛むのだという。「ほんま、ジジイになってしまうと」とつぶやいて、「親にもなれんのに、ジジイになるんじゃけえ」とつまらなそうに笑う。

「子ども、いないんだっけ？」

「言うとらんかったかの、ウチはいけんのじゃ、女房が不妊症なんよ」

初めて聞いた。年賀状のやり取りは二十代のうちに途切れていたし、年賀状で伝えられることなど、なにもありはしない。

「病院にも通うとるんじゃけど、たとえ妊娠しても出産は難しいらしいわ。わしは女房と二人でもかまわんけど、ばあさんやら親父《おやじ》やらは、跡取りのことを気にしとるけん」

神野は長男だった。きょうだいは、たしか妹しかいないはずだ。

奥さんの体のことは、まだ祖母や両親には話していない。いつかはきちんと伝えなければいけないと思いながら、ずるずると今日まで来た。

「カメみたいに女房の親に気ぃつかうのも大変じゃけど、自分の親と女房の間に立つんも、これはこれで大変なんじゃ、いろいろ」

相槌《あいづち》は打たなかった。神野もそれ以上は愚痴めいたことは言わなかった。三十八歳。高校を卒業して、二十年。お互いに違う暮らしがあり、背負っているものも違う。その重さを比べたり同情したりするのは意味のないことだと、僕たちはもう、それくらいはわかる歳《とし》になっている。

亀山のいびきがやんだ。ぐっすりと眠っているのだろう。僕と神野は黙って酒を飲む。しばらくして神野が「まあ、ほいでも……」とつぶやいたが、先の言葉はつづかなかった。僕も「どうした？」とうながすタイミングを逃し、店内はまた静けさに包まれる。

カメ、ジンブー、そしてヨージ――呼び方は昔と同じでも、なにかが確実に変わってしまった。三人で顔を合わせるのは何年ぶりだろう。五年や六年ではきかない。もしかしたら十年を超えているかもしれない。ブランクが長すぎる。口にする話題が見つからないことよりも、沈黙が気詰まりになってしまうことのほうに、いまの僕たちの距離がある。

「なあ、ジンブー」

「うん?」

「恭子の家の電話番号って、カメ、知ってるのか?」

「知らんよ、たぶん。知っとったら、もう、大騒ぎしとるじゃろ」

僕もそう思う。だから、恭子を呼んだというのは嘘――亀山のために、「夢」と言い換えてやろうか。

「会いたいのかなあ、あいつ」

「そりゃあ会いたいじゃろ。会いたい、いうか、会えんのがつらいんじゃろ」

微妙な言い回しだったが、なんとなく、わかる。

「おまえは?」と訊くと、神野は少し照れくさそうに「会えんまま、いうんは好かんのう、やっぱり」と言う。「オサムにはもう会えんのじゃけえ、せめて恭子にはのう……」

僕はジャケットのポケットから携帯電話を取り出した。メモリから恭子の携帯電話の番号を呼んで、通話ボタンを押す。

「俺さあ、恭子と会ったんだ」

「ほんまか?」

「あいつの息子、ウチの娘と同じ学校なんだよ。ケータイの番号も聞いたんだ」

呼び出し音は鳴らずに、留守番メッセージが流れた。こういうところが僕の間の悪さなのかもしれない。出鼻をくじかれた思いで、「いま『カメさん』にいます。カメとジンブーと三人です。よかったら電話をください」と吹き込んだ。

電話を切るのを待ちかねたように、神野が「どういうことなんか」とテーブルに身を乗り出してきた。保護者会の日のことと一月三日の護国神社のことをかいつまんで話すと、さらに身を乗り出して、「それだけか?」と訊く。「ほんまに、息子とキャッチボールして、それでおしまいなんか?」

「あたりまえだろ、なに言ってんだよ」

「そしたら、なしてヨージ、そのことわしらに言わんかったんか。べつに秘密にするようなことじゃなかろうが」

それはそうなのだ、確かに。おいカメ、ジンブー、びっくりするなよ、俺、恭子と会ったんだぞ——軽い口調で、はずんだ声で、笑いながら話せるはずなのに。

「べつに……なにもないからな、ほんとに」

「わかっとるわい、マンガやテレビとは違うんじゃやけえ」

美奈子にも同じようなことを言われた。あの日は甲太くんとのキャッチボールで時間をとられ、そのうち小雨がぱらついてきたので、けっきょく恭子とはほとんど話す機会がなかった。美奈子は拍子抜けしたのか安心したのか、帰り道の車の中で「マンガとかドラマだったら、ここで一気にヤバげな雰囲気になっちゃうのにね」と笑っていた。恭子となにを話したかは教えてくれなかったが、高校時代に僕と恭子が付き合っていたという嘘は、そのまま、のようだった。

「恭子、変わっとったか？」

ウイスキーを思いだしたように啜って、神野が訊く。

「そうでもなかったけどな」と僕もウイスキーを啜る。

「トラックの運転手いうて、大変じゃろ」

「楽じゃないだろうな。でも、一人でいられるから好きだって言ってた」

「……同窓会したいとか、言いよらんかったか？」

僕は黙ってかぶりを振り、神野も最初からそれはわかっていたのだろう、苦笑してグラスを口に運んだ。亀山のいびきが、また聞こえる。目が覚めたときに恭子がいたら、すごく驚いて、すごく喜ぶだろうな。丸まった亀山の背中を見て、そんなふうに思うと、鼻の奥が急にツンとした。

「恭子、電話してくるのかのう」

神野はぽつりとつぶやいて、隣の椅子から足を下ろして、まっすぐに座り直した。

「ちょっと頼みがあるんじゃ」と僕を見る。「今夜はアレでも、今度ヨージと恭子が会うときあったら、絶対に電話してほしいんよ」

話したいことがある、という。

「野球部の話は嫌がると思うけどな」と僕が言うと、「わかっとるわい」と声を強めて返した。

「ほいでも、どげんしても恭子に言うとかんといけんのよ」

「……なにを？」

「ヨージにも教えといちゃるけえ、もし恭子がわしと会わん言うたら、おまえのほうから伝えといてくれ」

ザワ爺《じい》のことだった。

二月に入ってから体調がよくないのだという。体そのものというより、目から生気が失《う》せてきた。灰色に濁った目の、その灰色が、お見舞いをするたびに暗くなっているらしい。

ザワ爺の様子より、忙しい神野が三日に一度はザワ爺を見舞っていることのほうに驚いた。「帰り道にちょっと寄るだけじゃけえ、たいしたことはありゃあせんよ」と照れるのが、神野の人柄だった。そして、年が明けてから一度もグラウンドに来ないザワ爺のことを気にしながら、そのままにしてしまうのが、僕だ。

「長うないで、ザワ爺。この冬を越せるかどうかも、もう、わからんのう」

「八十……いくつだっけ」

「四か五じゃろ。まあ、歳から言うたら、大往生になるよ」

「俺、あのじいさんは百まで生きると思ってたけどな」

「わしもよ」

ザワ爺の人生は、シュウコウを応援しつづけた人生だった。

子どもの頃から甲子園に憧れ、シュウコウのユニフォームに憧れ、旧制中学時代のシュウコウに入学すると当然のように野球部に入り、選手としてはたいしたことがなかったらしいが、だからこそ卒業後はいっそうシュウコウの応援にのめり込むようになった。

若い頃は、誰かがシュウコウの悪口を言っただけで血相を変えて怒りだしていたらしい。商店街の寄り合いで野球部の弱さをからかった塚本洋品店のおやじを鼻血が出るほど殴りつけた武勇伝は野球部に代々語り継がれていたし、戦後まもない頃に同じ周防市の工業高校がセンバツで甲子園に出場したときも、シュウコウに義理立てして、商店街でただ一軒だけ寄付金を出さなかったのだという。

僕たちの現役時代、ザワ爺は還暦を少し過ぎたあたりだった。写真館の仕事は奥さんと息子の太郎さんにほとんど任せきりで、空いた時間をそっくりシュウコウに注ぎ込んだ。公式戦はもちろん、練習試合でも必ずバックネット裏にはザワ爺の姿があった。三年生のときのゴールデンウィークに九州に遠征したときなど、三泊四日、レンタカーのマイクロバスの運転手まで買って出たほどだった。

練習を見るときはそうでもなかったが、試合になるとまだまだ血気盛んで、おっかないじいさんだった。相手チームの野次に顔を真っ赤にして怒り、「吐いた唾《つば》ぁ呑《の》むなよ、このクソガキが!」と怒鳴り返す。審判が明らかなミスジャッジをすると、クレームをつけられない僕たちに代わって「どこに目ぇつけとるんか、ボケ!」と声を張り上げる。

正直、ありがた迷惑なところもないわけではなかった。それでも、試合に負けた僕たちがスタンド前に整列して挨拶《あいさつ》をすると、必ずザワ爺は最前列まで来て、悔し涙を流しながらも「ようがんばった、ようがんばった」と、決して僕たちを責めなかった。

そんなザワ爺のことを、僕たちは皆、好きだった。恭子のことを好きだったように、ザワ爺のことも大好きだった。あの頃の僕たちには好きな相手がたくさんいた。幸せな日々だったってことだよな、と思うと、また鼻の奥がツンとしてしまう。

「……俺も近いうちに見舞いに行くよ」

「恭子は、どうかのう」

「見舞いか？」

「おう。会わせてやりたいんよ、恭子に。ザワ爺も惚《ぼ》けが進んできたけん、どこまでわかるか知らんけど、ほいでものう、ザワ爺、オサムと恭子のこと、ほんまに気にしとったけん」

「うん……」

「ヨージは知らん思うけど、ザワ爺、毎年一月に、オサムの墓参りしてくれとったんよ」

一月――オサムの死んだ月。

今年は行けなかった。太郎さんによると、ザワ爺はそのことをひどく悔やんで、春になって暖かくなれば絶対に行ってやるんだと、ほとんどそれだけを生きる励みにしているらしかった。

僕は目を伏せる。唇を嚙《か》んで、眉《まゆ》を寄せる。

「おまえ、まだオサムの墓参りしとらんのじゃろ?」

黙って、うなずいた。言い訳を並べ立てる気にはなれない。神野も僕の弁解を聞きたいわけではないはずだ。

「みんなで行こう」と神野は言った。「みんなで、の」と念を押すように繰り返して席を立ち、亀山の背中を揺する。

「おう、カメ、風邪ひくど。もうお開きにしようや、起きれや」

もう十時をまわった。ポケットの中の携帯電話は、鳴らない。恭子が直接『カメさん』に来る可能性も考えないわけではなかったが、グラスに残った水割りを飲み干すと、最初から無理な話だったんだよ、とあきらめがついた。

亀山は低くうめきながら顔を上げた。「水飲むか?」と神野が訊《き》くと気だるそうにかぶりを振って、あくびを、ひとつ。

「寝とったんか、わし」

「おう、ぐーすか寝とったわ」

「……夢、見とった」

「どげな夢な」

「ようわからんのじゃけど、なんか、懐《なつ》かしい夢じゃった」

亀山は目を瞬《しばた》き、僕を振り向いて、少し決まり悪そうに笑った。

2

恭子から電話がかかってきたのは、翌朝の七時前だった。寝起きのぼうっとした頭に、意外な街の名前が突き刺さる。

「いま、大阪なんよ」

急ぎの仕事で大阪まで夜通しトラックを走らせ、これから少し仮眠して周防に帰るのだという。「泊まりの仕事はしないんじゃなかったのか？」と驚いて訊くと、あくび交じりに「しょうがないんよ」と返す。「若い子が急に会社辞めてしもうたけん、人手が足りんの」

「でも、甲太くんは……」

「仕事なんやもん、しょうがないやろ。あの子ももうすぐ六年生なんやもん、留守番ぐらいしてもらわんと」

少し怒った声だった。それが逆に、恭子が一晩中背負った心配と申し訳なさとを僕に伝えた。

甲太くんの顔が浮かぶ。キャッチボールに夢中になった甲太くんではなく、その前の、まだ僕に人見知りしているときの、うつむいた顔。いかにもワンパクでたくましそうな男の子が、じつは甘えん坊で寂しがり屋——よくあるパターンだ。

「これからも泊まりの仕事ってありそうなのか？」

「うん……所長はなるべく回さんようにするって言うてくれとるけどね、年度末やし、人手不足やから、そんなにワガママも言えんしねえ……」

泊まりの夜は、甲太くんがウチに来れば——喉元《のどもと》まで出かかった言葉を呑み込んだ。間違った考え方だとは思わない。だが、それはルール違反のような気がする。

ザワ爺の話を伝えた。亀山と神野が恭子に会いたがっていることや、オサムの墓参りに「みんな」で行こうという話も、一緒に。

恭子はザワ爺のことは驚いた様子だったが、僕たちとの再会については「そうやね」と軽く答えるだけで、墓参りの話には返事がなかった。

代わりに、美奈子のことを口にする。

「もう、だいじょうぶやろ？　甲太がガツンと言うたから」

「ああ……男子はもう平気みたいだな」

「女子は？」

「まだちょっとぎくしゃくしてるらしいけど、二学期の頃みたいに村八分ってわけでもないみたいだから、まあ、あとは時間が解決するんじゃないかな」

「……そうやね」

含みのある相槌《あいづち》だった。声に溶けた笑いも、どこか寂しそうに聞こえる。その寂しさを確かめる前に、「そしたら、また連絡するけん」と恭子は電話を切ってしまった。ザワ爺のお見舞いも、オサムの墓参りも、もちろん僕たちの同窓会も、けっきょく恭子にどう受け止めてもらったのかわからずじまいだった。

布団《ふとん》にあぐらをかいて、煙草《たばこ》に火を点《つ》けた。階下から父がトイレにたつ音が聞こえた。美奈子もそろそろ起き出してくるだろう。

カーディガンを羽織る。今朝はひさしぶりに冷え込んだ朝だ。よく晴れた日の冷え込みではなく、もっと湿っぽい底冷えがする。瀬戸内海に面した周防はもともと温暖な土地で、積もるほどの雪が降るのは年に一度あるかないかだが、意外と真冬を過ぎてからドカ雪に見舞われることがある。今日はどうだろう。窓の明るさを見るかぎりでは、空は曇っているようだ。

せっかく帰ってきたんだから、ひさしぶりに雪の周防を見てみたい。ときどき思う。思うたびに、来年だって再来年だってあるんじゃないのか？——わざと意地悪に自分に訊いてみる。答えはいつも、苦笑いから先へは進まない。

くわえ煙草で、枕元《まくらもと》の週刊誌を手に取った。僕の編集していた雑誌だ。特集班の若い編集者が、いまでも義理堅く毎週送ってくる。

巻頭のカラーグラビアをぱらぱらとめくり、それにしてもずいぶん趣味が悪くなったな、と舌を打つ。ニュース記事も通り一遍のものだし、見出しは大袈裟《おおげさ》に煽《あお》りたてるだけでめりはりがなく、良質の書き手を揃《そろ》えていた連載陣も顔ぶれがすっかり変わってしまい、一方的な主張やつまらない自慢話や他人の悪口や無責任な時評ばかりになった。

生え抜きの編集者は、もうほとんど残っていないはずだ。会社を買収したテレビ局のリストラ策で、営業や販売に異動させられたり、出向のかたちで地方に飛ばされたり、僕のように辞表を出したり……。テレビ局はスタッフの入れ替えと同時に大幅なリニューアルを試みたが、新任の編集局長は大衆化と下品さをはき違えているらしく、効果はまったく挙がっていない。有能なフリー記者やライターも見切りをつけて去っていき、編集部に残ったデスクの連中もやる気をなくしているのだろう、昔なら即座に書き直しを命じていたようなひどい文章が平気な顔で誌面を埋めている。

だが、ワンマンの社長に言わせると、この雑誌をだめにしたのは、硬派の編集路線をとった僕たちなのだ。バブル景気のピークだった十年前には実売で五十万部を超え、広告がおもしろいように入っていた雑誌を実売十万部そこそこに落ち込ませてしまい、会社の経営まで揺るがせたのは、「青臭い正義の味方気取り」の僕たちのせい――らしい。

会社を辞める前の僕のポストは特集班のデスクだった。リニューアル後は副編集長への昇進が内定していた。リニューアルが失敗した場合のトカゲの尻尾《しっぽ》の役回りだ、と僕や周囲の仲間は読んだ。リニューアルがうまくいくわけがないというのもわかっていた。内示の数日後に異動願いを出した。それが局次長の段階で握りつぶされたのを知って、辞表を書いたのだった。

その判断が正しかったのかどうかは、正直言って、いまでもまだよくわからない。帰郷してしばらくのうちは送られてくる雑誌を読むたびに、会社に残ってもこんな誌面をつくらされてたんだぜ、と自分を納得させていた。毎週必死になってつくっていた雑誌をそんなふうに読んでしまう自分が、少し嫌だった。

午後になっても気温は上がらない。雲は厚く垂れ込めていたが、ところどころ、うっすらと陽が透ける。それが晴れる兆《きざ》しではないことを、十八年間この町に住んでいた僕は知っている。雪が近い。朝の天気予報もこの地方に強い寒波が近づいていることを伝えていた。

夕方になって、あんのじょう、雪が降りだした。水気を含んだぼたん雪だ。シュウコウに行き、バックネット裏に車を停めたときには、グラウンドはまだらに白く染まっていた。

部室の前で所在なげにおしゃべりする部員たちに、いつものようにウォーミングアップのランニングを命じた。何人かが空を見上げてげんなりした顔になった。使い捨てのカイロを手に握り込んでいる部員も、何人かいる。「ほら、さっさと行け」とうながしても、「ウッス!」の声が揃わない。だらだらと走りだす背中に、不満がにじむ。

三学期に入ってから、どうも部員との間がぎごちない。「暇つぶしの手伝い」から、神野が忙しくなって練習に顔を出せない日がつづくうちに、僕の立場は本格的な「コーチ」になった。部員はそれに戸惑い、もしかしたら反発しているのかもしれない。石油缶の焚《た》き火にあたりながら、つい「なんか、気合い入ってないよなあ……」とぼやくと、女子マネージャーの石田双葉《ふたば》が、あたりまえじゃないですかぁ、という顔で言った。

「雪が降ったら、ほんとは練習休みですから」

「はあ？」

「部員総会で、そう決まってるんです。ヨージさんはそのこと知らないと思ったから、とりあえず部室まで集まったんですけど……」

「部員総会って、なんだ？」

「部員の、総会です」

さらりと言う。そんなあたりまえのことわからないんですか？　と言いたげに。

東京の女子大志望で、二年生のいまのうちから方言をつかわないようにしているという双葉は、微妙にイントネーションが違うものの、そこそこなめらかな標準語を話す。

「昔はなかったんですか？」

「あたりまえだろ、なんだよ、それ。じゃあ、部員が練習のメニューとか決めるのか？」

「そうです。神野先生と話し合いしながら」

「雪の日は休みってのも……」

「神野先生もそれでいいって。だって、雪の日にグラウンドつかうと、あとでぐじゃぐじゃになっちゃって体育の授業ができなくなるし、風邪ひいても困るし」

肩の力が抜けた。腹を立てる以前に、あきれた。風邪をひくのが怖くて練習を休みにしてしまう部員にも、それを許す神野にも。

「甘いよなあ……」

「あ、でも、プロ野球でも雨とか雪が降ったら中止になるじゃないですか。ってことは、もともと野球って、天気の悪い日にするスポーツじゃないってことでしょ？　だったら、そんな日に練習しても意味ないじゃないですか」

双葉は真顔で言う。ひねくれて屁理屈《へりくつ》を並べているのではなく、ごく素直に、そう思っているようだった。

僕は黙って、焚き火の炎を見つめた。「意味」という双葉の言葉が耳に貼《は》りついてしまった。意味があるとかないとか、そんなことじゃないんだ――言い返したら、こっちのほうが屁理屈になってしまいそうだ。

双葉は差していた傘に積もった雪を落とし、「ヨージさんや神野先生の頃って、雨でも雪でも練習やってたんですよね」と言った。

「ああ。台風が来て学校が休みになった日にも、練習したんだ」

「監督の命令で？」

「いや、命令されたわけじゃないし、あとで先生に怒られたんだけど、まあ、勝手に集まって練習したっていうか……」

「なんでですか？」

また、真顔で言われた。

「……なんで、なんだろうなあ」と僕は苦笑する。理屈では説明できない。理屈を持ち出すと、僕たちのほうが負けてしまう。台風の日はサッカーだって試合中止になるのだ。あの頃はそれがあたりまえだったから、としか言えない。双葉はきっとまた「なんで？」と訊いてくるだろう。そうなると、もう言葉では返せない。

グラウンド二周のランニングを終えると、柔軟体操をへて、キャッチボール。寒さに部員の体が縮こまっているのがわかる。降りしきる雪でボールが見づらいのだろう、キャッチングミスが相次いだ。声も出ていない。僕が練習中止と言いだすのを待っているのか、ルール破りのコーチをにらんでいるのか、みんなちらちらとこっちを見る。集中力のかけらもない。

こんな日に、こんな調子で練習をしたって、それこそ意味がない。風邪をひく前に怪我《けが》をしてしまいかねない。さっさとグラウンドからひきあげて、体育館で基礎トレーニングを軽くこなして、あとは明日に備えて早じまいすればいい。

わかっている。理屈にも至らない、簡単な話だ。

それでも——「よーし、トスバッティング、いくぞ！」と僕は部員に言った。

気のない「ウッス！」に、「声が出てないぞ！　もう一回！」とやり直しを命じる。

意地を張っている、のだろうか。

なんのために？　誰に対して？

焚き火の木切れが爆《は》ぜて、飛び散った火の粉が目に滲《し》みた。

憮然《ぶぜん》とした様子でトスバッティングの準備をする部員と僕を交互に見て、双葉が言った。

「根性、ってやつですか？」

初めて、皮肉めいた顔と声になった。


やがてグラウンドはほとんど真っ白になった。寒さに手がかじかむせいだけでなく、ノックの打球が知らず知らずのうちに強くなってしまう。フリーバッティングを端折《はしょ》って、ベースランニングも免除して、早めに練習を終える。それがせいいっぱいの譲歩のつもりだった。

ノックが終わりにさしかかった頃、双葉が僕のそばに来て、「ちょっといいですか?」と声をかけた。「あの子たち、ヨージさんの知り合いですか?」

振り向くと、バックネット裏に、傘を差した小学生が二人──男の子と、女の子。美奈子と甲太くんだった。

朝、甲太くんの出がけに恭子から電話があったのだという。美奈子を誘って、シュウコウのグラウンドで待っているように、と言われた。お母さんも大阪から帰ったらすぐにシュウコウに行くから、とも。

「びっくりしちゃった。なんなの? いったい」

美奈子に訊《き》かれても、僕だってなにをどう答えればいいかわからない。甲太くんも詳しい話は聞いていないようだった。

夕方五時。大阪を朝発《た》てば、そろそろ周防に着く頃だ。美奈子は僕の携帯電話で父に連絡をして、「お父さんといるから、帰り遅くなっても心配しないで」と言った。恭子や甲太くんのことを持ち出さなかったのは、いつもの勘の良さのせいだろうか。

美奈子は携帯電話を甲太くんに差し出した。

「藤井くんは、電話しなくていいの? おばあちゃんちとかに泊まってるんじゃないの？」

甲太くんは、この前会ったときにかぶっていたダイエーホークスの野球帽のつばを下げて、「俺、ええよ、べつに」と首を横に振った。

「でも、心配すると思うよ、もう五時だし」

「ええんじゃ、うるせえのう」

ぶっきらぼうに言ってバックネットのすぐ後ろへ行ってしまった。

きょとんとする美奈子の肩を、僕は軽く叩《たた》いた。「甲太くん、ゆうべは一人で留守番したんだ」と携帯電話を受け取って、「だって、おばあちゃんち、周防にあるんじゃないの？」と訊く声には応《こた》えず、コートの肩に積もった雪を払い落としてやった。

グラウンドでは部員同士のノックがつづいていた。僕のノックとは逆に、楽な打球ばかり捕らせている。いかにもおざなりだったが、甲太くんは興味深そうに見つめる。ほんとうに野球の好きな子だ。キャッチボールをしてわかった。球を投げて、捕る、それだけのことが楽しくて楽しくてしょうがない顔をする。

「雪の日でも練習するんだね」と美奈子は意外そうに言った。

やれやれ、と僕はため息をつく。

「だってさあ、野球って、いまはシーズン・オフでしょ？　で、春のセンバツだっけ、甲子園に出るわけでもないんでしょ？」

「まあな……」

「次の大会って、いつあるの？」

「春休みにシュウダイ戦があるんだ」

「シュウダイ？」

「大内東高校との定期戦だよ。早慶戦みたいなやつだ」

シュウコウと大内東高校——ダイトウは、旧制中学時代からのライバルだ。向こうは当然、ダイシュウ戦と呼んでいる。かつては学校を挙げての大きな行事だったらしいが、僕たちの現役時代にはすでに、ただの練習試合に格下げされていた。それでも試合には大内市の県営球場を使う。そういうところが、田舎の伝統校のつまらないプライドなのだろうか。

「それに勝つと、なにかいいことあるの？」

「OBが喜ぶだけだ」

苦笑交じりに答えると、美奈子も、だろーね、とあきれ顔でうなずいて、「で、その次は？」と訊いた。

「四月の終わりに春の県大会があるけど、それもべつに甲子園の予選ってわけじゃないんだ。だから、本番は七月だな」

「じゃあ半年近く先じゃん。雪の日にまで練習することないでしょ」

双葉と同じようなことを、同じような顔で言う。

「冬場のトレーニングの差が、夏に出るんだから」

「一日休んだだけで差がつくと思う？　風邪ひいて一週間寝込んだら、そーゆーの、なんていうんだっけ、本末転倒だっけ」

「いや、だからさ、数字とかで出てくるものじゃなくて、みんなが遊んでるときにもがんばって練習したんだっていうのが、試合の苦しいときに……」

僕の言葉をさえぎって、美奈子は「うわあっ」と芝居めいた声をあげた。「出たね、セーシンシュギ」

甲太くんが高校に入るのは四年後になる。シュウコウを目指すのだろう、きっと。そのときの野球部がどんな練習をしているのか、僕にはもうわからない。

美奈子がさらになにか言いかけたとき、背後にトラックのエンジンの音が聞こえた。

緑と白の大型トラック――。

やっとグラウンドの向こう側からバックネット裏に回ってくれた。

トラックが停まる。運転席のドアが開き、黒いツナギを着た恭子が降りてきた。

「雪の中でも練習しよるねえ、若い衆。ええよええよ、これがシュウコウなんよねえ」

懐《なつ》かしそうに、嬉しそうに、たぶんわざと年寄りじみた言葉づかいをして、僕と目が合うと、ふふっと笑って両手を大きく広げる。

「帰ってきたよぉ！」

グラウンドの部員たちが振り返るほど大きな声で、言った。

3

トラックは国道の轍《わだち》に溜《た》まった水を撥《は》ね上げて、海に向かって走る。

「けっこう飛ばしてない？　藤井くんのお母さん」

助手席の美奈子が言う。

「プロだからな、向こうは」と返す僕の声は、運転に気をとられているせいでうわずってしまった。降りしきる雪が視界を狭め、夕暮れの暗さがそれに加わり、前を走る恭子のトラックのテールランプが、フロントガラスを水しぶきが叩くたびに揺れる。

「神野さんの車……」美奈子は後ろを振り向いた。「あーあ、もう、どこにいるかわかんない」

「だいじょうぶだよ。あいつは場所知ってるから」

「亀山さんも?」

「知ってる知ってる。お父さんだって知ってるんだ。みんな知ってる、たいせつな場所なんだよ」

「霊園って……お墓、なんだよね」

「そう。オサムの墓だ」

美奈子は、こくん、とうなずいた。さっきまで、車の中で長い話をした。すべてを話した。恭子と示し合わせたわけではなかったが、たぶんあいつも許してくれるだろうし、なんとなく、恭子もいまトラックの中で甲太くんに嘘《うそ》の種明かしをしているんじゃないかな、とも思う。

神野は職員会議を抜けてきた。亀山もディナータイムに入ったばかりの店を閉めて、駅のほうから霊園に車を飛ばしているはずだ。

「わがままだよなあ、恭子も」と神野はあきれ、亀山は「ちょっと待てや、わし、心の準備が……」とあわてていた。だが、二人とも、「今度にしよう」とは言わなかった。

「ねえ、お父さん」

「うん？」

「あたし、藤井くんのお母さんとお正月にツーショットになったじゃん。そのとき、あたしにね、ほら、いじめのことで……逃げてもいいんだから、って。ほんとにキツくなったら、逃げちゃってもぜんぜんオーケーで、ここの町の子は、逃げたのを追いかけてくるほど根性が悪くないんだから、って。で、いちばんよくないのは、逃げたいのに逃げないことで、逃げられないって思っちゃうと、もうアウトで、死ぬほどキツくなっちゃうから、って……」

「そうだよ」

僕は少し強く言った。「ほんとに、そうなんだよ」と、自分自身に言った。

オサムを逃がしてやればよかった。オサムが逃げたがっているのはわかっていたのに、僕たちはそれに気づかないふりをした。いままでどおりに付き合おうとして──胸にひっかかりを残したまま、オサムを迎え入れたつもりになって、けっきょくあいつの逃げ道をふさいでしまったのだ。あの頃は、逃がさないことが友情だと信じていた。逃げてはいけないんだと思い込んでいた。

だが、三十代も終わりにさしかかったいま、僕は──神野も亀山も同じだろう、もう知っている。逃げなければどうしようもないことは、たくさんある。臆病者《おくびょうもの》や卑怯《ひきょう》者《もの》と呼ばれても、逃げるしか道のないことは、確かにある。

僕たちはおとなになってから、何度逃げてきただろう。俺は一度もないぞと言うひとがいたら、僕は、ふうん、すごいですねえ、と感心して、決してそのひとと友だちにはならないだろう。

海岸線に出た。雪はあいかわらず降りしきる。いまはまだ道路には積もっていないが、夜になって路面が冷え、車の通行量も減ってきたら、スタッドレスだけでは走れなくなるかもしれない。

海はもう夕闇《ゆうやみ》と見分けがほとんどつかない。白い雪が、ふっと消える、そこが海面だ。同じように雲から落ちてきて、町に降り積もる雪もあれば、海に落ちてすぐに消える雪もある。風のいたずらで、ふわふわと上空に漂ったまま、いつまでたっても落ちていかない雪だってあるのかもしれない。

トラックがウインカーを出した。霊園の案内板が見えた。

「お父さん、じゃあさあ、お父さんは藤井くんのお母さんのこと、ぜんぜん好きじゃなかったの？」と美奈子が訊く。

「好きだったよ」僕は間を置かずに言った。「ウチのお母さんのことを好きだっていうのとはちょっと違う意味だけどな、神野も亀山も、みんな、あいつのことが好きだったんだよ」

「友情で好き、って感じ？」

「ああ……」

若い頃は、「友情」という言葉を見聞きするたびに背中がむずがゆくなっていた。だが、いまは思ったほど照れくさくない。

そういうところが、おじさんの図々《ずうずう》しさ、なのだろうか。

駐車場に最初に着いたのは恭子と甲太くん。少し遅れて、僕と美奈子。安全運転がモットーだという神野の車は、いちばん遅く出発したはずの亀山の車と連れ立つようにして霊園にやってきた。

外はもう真っ暗で、街灯の明かりがないとどこに道があるかもわからない。

「まさかこげなところで同窓会になるとはのう……」と亀山はまだ半信半疑の様子で言って、恭子と向き合うと、「ちいと太ったん違うか？」と照れ隠しに憎まれ口をたたく。神野は神野で、まるで片思いの女の子と二人きりになった中学生みたいに、うつむいて、もじもじして、再会の挨拶《あいさつ》もろくにできない。

いい奴らだ。ずるさや小賢《こざか》しさとは無縁の、田舎町生まれの田舎町育ち、老いぼれて死んでいくのもきっと田舎町の、僕の古い友だちだ。

「カメくんも神野くんも、おじさんになったやん」

恭子は二人の湿っぽさを軽くかわして「うちもおばさんやけど」と笑い、甲太くんの手をひいて先にたって歩きだした。

何歩か進んだところで、立ち止まって、振り向く。

「うち、場所知らんの。どう行けばええん?」

「Bの十五区じゃ」——ほとんど同時に、亀山と神野が言った。

恭子は傘の前を少し持ち上げて、笑った。嬉《うれ》しそうな笑顔だった。

ありがとう。

声は聞こえなかったが、そんなふうに口が動いたように見えた。

思い出話はない。近況報告もない。僕たちは、ただ黙って、オサムの墓に向き合った。街灯との距離がありすぎて、墓に刻んだ文字も読めない。だが、確かにここに、僕たちの仲間は眠っているのだった。

潮騒《しおさい》が聞こえる。港や造船所の灯が見える。晴れた昼間に訪れたら、護国神社に負けないくらいの眺めだろう。

「花も線香もありゃあせんけど、ええの、オサム、勘弁せえや」と神野がつぶやくように言う。

「恭子がおるんじゃけえ、ほかにはなんもいらんよ、のう、オサム」

亀山はそう言って恭子の背中を押し、墓の正面を恭子と甲太くんに譲った。

「ほれ、恭子じゃ。おばさんになってのう、もう息子も大きゅうなって……のう、幸せそうじゃろうが……」

恭子は「幸せ」の言葉に苦笑して、小首をかしげ、黙って手を合わせる。甲太くんもそれに倣《なら》った。なにも訊かず、なにも言わない。やはりトラックの中であらかたのことは聞かされているのだろう。いつもなら人見知りなどしない美奈子も、さっきから気《け》おされたように黙り込んで、小声で僕に話しかけてくることもない。

墓の様子はおおまかな輪郭しかわからない。オサムが死んだときにつくった墓だ。一周忌の法要で初めて見たときには真新しい御影石の光沢が不自然なほど美しかったが、あれから二十年ほどたって、雨と潮風にさらされた墓石は、それなりに古びているだろう。

三回忌までは参列した。七回忌は香典を神野に託しただけで、十三回忌はいつ営まれたかも知らない。その頃には、もう、神野とも亀山とも年賀状のやり取りは途絶えていた。

棺《ひつぎ》に納められたオサムはきれいな死に顔だった。野球部にいた頃より少し痩《や》せていたが、「ほら、起きんか、練習始まるど」と声をかけたら、「おう、悪い悪い」と起き出してきそうなほどだった。

オサムの両親は二人とも髪が真っ白になっていた。僕たちの最後の試合——県予選の準決勝のとき、二人は県営球場のスタンドにいた。サヨナラ勝ちのホームを踏んだ息子に誇らしげに拍手を送っていた二人は、葬儀の日は最初から最後まで、誰彼なく「すみません、すみません」と頭を下げどおしだった。

僕は思う。決勝戦の前日に病院に行ったということは、人工中絶のぎりぎり、だったのだろう。シュウコウがいつもの年のように一回戦や二回戦であっさり負けていれば、二人の秘密は、秘密のままで終わってくれたかもしれない。オサムが死んでしまうことも、恭子が町を出ていくことも、なかったはずだ。怖いほどのツキに恵まれていたあの年の夏、ほんとうは、僕たちはもっと大きなツキを失っていたのだろう。

それでも、僕は覚えている。最後の試合の最後の場面で、オサムは三塁コーチの制止を振り切ってホームに突っ込んだのだ。微妙なタイミングだったが、タッチにいくキャッチャーのミットをかいくぐるようにヘッドスライディングしたのだ。

おまえだって勝ちたかっただろう？　甲子園に行きたかったんだろう？

十八歳の顔のままのオサムに訊《き》いた。

オサムがなにか言う。

だが、僕はもう、オサムの声をほとんど思いだせなかった。

恭子は顔を上げて、合わせていた手を離した。

それを待っていたように、亀山がおどけて言った。

「のうのう、オサム、シュウコウの帽子かぶっとるみたいじゃのう」

言われてみれば、確かにそうだ。

墓石のてっぺんに積もった雪が、シュウコウの野球部と同じ、白い帽子のように見える。

「やだぁ」と恭子は笑った。

「ほんま、カメはアホなことしか考えとらんのう」と神野も笑って、洟《はな》を啜《すす》った。

僕は笑わない。なにも言わない。代わりに、美奈子の手を握った。美奈子も握り返す。毛糸の手袋のふわふわした手触りが心地よかった。

駐車場に戻る道すがら、しんがりを歩いていた神野が、すぐ前の僕の背中をつついて、小声で言った。

「こんなときに言う話じゃないんかもしれんけど……ちょっとええか？」

僕は足を止め、美奈子を先に行かせて、「どうした？」と神野に向き直った。

野球部のことだった。

「ちょっとのう、部員から、ヨージさんの練習が厳しすぎるいう声が出とるんじゃ」

神野は歯切れ悪く言う。「今日も練習したんじゃろ？」

思い出から現実に引き戻されてしまった。思い出と重なり合う部分が少なくないからこそ、違いがきわだってしまう、そんな現実に。

「あたりまえだろ。これくらいの雪で休んでたら、どうしようもないんだから」

「まあ……それはそうなんじゃけどのう……」

「部員総会って、なんだよ。おまえ、よくそんなの許してるな」

「わしらの頃とは時代が違うんよ。上から押さえつけてもだめなんじゃ。一つ一つ、納得させていかんと先に進まんのじゃけえ」

「OB会はどうなんだよ、それで黙ってるのか？」

「黙っとるわけじゃないけど、もう昔ほど本気にはなっとらんよ。甲子園、甲子園、言わんようになった。まぐれでも県立の普通科が出られるような時代とは違うけえの」

それは、僕にもわかる。春のセンバツも夏の選手権も、県の代表はこの十年ほど、すべて私立高校だった。名門の瀬戸学園と、新興の明倫大学付属が、二強。戦前からの古豪だった県立の大内商業は、学校じたいの男子生徒の数が減ったせいもあって、いまではベスト8がやっとのレベルに落ちたし、昭和三十年代にセンバツで準優勝した県立新川東高校は、その後は鳴かず飛ばずのまま、何年か前に廃部になった。

「わしらの年のシュウコウみたいなことは、もう起きんよ。中学でちょっとできる選手は、皆、瀬戸か明倫に引っ張られて、朝から晩まで野球漬けじゃ。明倫は去年から韓国やら台湾やらから留学生も入れてきとるし、瀬戸は専属のトレーニングコーチもつけとるんじゃけえ、もう県立の普通科がけたぐりをかます隙《すき》やら、どこにもありゃあせん」

「でも、夢は……甲子園なんだろ？」

すがるような言い方になった。

神野はすまなそうに首を横に振る。

「正直言うて、そんなことは考えとらんよ、部員は誰も」

「いや、だから、目標とかじゃなくて、遠い夢っていうか憧《あこが》れっていうか……やっぱり甲子園のことは、どこかにあるんじゃないのか？」

神野はすまなそうな顔のまま、「ない」と言った。

部員総会で決まった野球部のスローガンは──「野球を通じて、明るく楽しい高校生活を送ろう」だった。丸刈りの頭も「明るく楽しい高校生活」には反するので、中止。雨や雪の日の猛練習は「明るく楽しい高校生活」とは相容《あいい》れない。たまには野球部以外の友だちと遊んだり家族と過ごしたりしないと「明るく楽しい高校生活」を送れないので日曜日の練習は休むのが当然だし、「明るく楽しい高校生活」は勉強のことも忘れてはいけないから、定期試験の前の一週間は部室を閉める。

「要するに、高校生活の一部なんよ、野球は。それ以上のものにはならん。わしらの頃のように、ほかのことをぜんぶ犠牲にして野球に打ち込むいうのとは、根本的に違うんじゃ」

冗談じゃない、とは思う。

だが、心のどこかに、納得してうなずく自分がいる。編集者時代、若い世代との意識のギャップをテーマにした特集を何度も組んできたことを思いだした。学生時代、同じような雑誌の同じような記事の広告を目にするたびに、なにもわかってないくせに、とせせら笑っていたことも。

「みんな野球をしたいんよ。甲子園を夢見るんとは違う種類の野球を、の。瀬戸や明倫の野球とも違うし、わしやヨージの考える野球とも違うんじゃ。それをちょっとの、考えといてやってくれや」

神野は教え諭《さと》すように言って、「行こうや」と歩きだした。「オサムの墓参りの帰りに言う話じゃなかったの、やっぱり」

「なあ、ジンブー、おまえはいいのか？」

「しょうがなかろ。それが現実じゃけえの」

寂しそうな笑顔だったが、迷いはなかった。

言葉に詰まる僕に、もう一言。

「昔はよかった、いう思い出だけで生きていくわけにはいかんけえの」

「……わかってるよ、そんなの」

僕は神野を追い抜き、足を速めて美奈子たちを追いかける。

わかっているのだ、ほんとうに。神野も亀山も、それから恭子も、現実を生きている。どんなにキツくても先に進むしかない時間の中にいる。僕はこの町に帰ってきて、昔のことばかり振り返っている。この町に残した思い出を拾い上げることだけが、僕の毎日だった。

先に進まなければいけない。

それとも――逃げてもいいんだ、と恭子は言っていたのだった。

ため息をついて、通路の左右に広がる墓地をぼんやりと眺める。どの墓も、オサムの墓と同じように雪の帽子をかぶっていた。通路際《ぎわ》の墓石に積もった雪を右手ですくって傘を地面に置き、両手で握り込みながら雪玉をつくった。

ワインドアップで、墓地に向かって、雪玉を放る。

白い弧を描いた雪玉は、町なかよりずっと深い夜の闇《やみ》に吸い込まれるように消えた。

美奈子が寝てから、ひさしぶりに家で酒を飲んだ。一人でじっと押し黙って、ウイスキーをストレートのまま、酔うまで飲んだ。

恭子たちとは霊園の駐車場で別れた。亀山はそのまま『カメさん』で同窓会をしようと言いだしたが、恭子はトラックを会社に返さなければいけなかったし、神野も学校に戻って事務仕事をいくつも片づけなければならなかった。

「ほいたら、今度会う日を決めようや」と粘る亀山に、恭子は笑うだけでなにも答えなかった。

神野が「わしらと一緒じゃのうてもええけん、ザワ爺《じい》にはいっぺん見舞いに行ってやってくれんか」と言うと、そうやね、と笑いながらうなずいたが、いつ行く、とは言わなかった。

「甲太くん、今度おじさんたちと野球しようか」――僕が言うと、恭子は初めて「また電話するから」と返して、トラックに乗り込んだのだった。

亀山は僕と二人でも酒を飲みたがっていたが、断って正解だった。こんな日に誰かと差し向かいで飲んだら、きっとつまらない弱音ばかり吐いてしまっただろう。

日付が変わった頃、ノートパソコンのメールを確認した。着信ゼロ。新しいことを追いかけるのに夢中のマスコミの仲間たちは、古くなってしまったことを忘れるのも得意だ。それがうまくできる奴でないと、あの世界では生き抜いていけない。だから、僕はやはり、週刊誌の仕事には向いていなかったのだろう。

窓の外は、雪がしんしんと降り積もっている。十一時のニュースによると、朝までに十センチは積もりそうだ。起きたらすぐに雪かきをしなければならない。玄関に、父が物置から出したプラスチックの雪かきシャベルが置いてあった。いままでの冬がそうだったように、父は自分で雪かきをするつもりなのだろう。俺がやるからいいよ、と言っても、素直に息子に任せるようなひとではない。早起きの父が寝ているうちに起き出して、勝手に雪かきを始めるしかない。

恭子の家はどうだろう。市営住宅の団地にも、雪かき当番などはあるのだろうか。手伝いに行ってやりたい。美奈子の言う「友情」として。

けれど、それは「友情」のルール違反でもあるのだろう。

一時近くなって、携帯電話を手にとった。急に人恋しくなった。誰かと話したい。誰かの声を聞きたい。父ではなく、美奈子でもなく、ましてや和美でもない誰かと。恭子や亀山や神野とは違う誰かと。背負うものをなにも感じずに話せる誰かと。

ジョグダイヤルを適当に回して、表示された順に電話をかけていった。仕事仲間だった記者もいれば、所属歌手のゴシップ記事の処理をめぐって疎遠になった芸能プロダクションの部長もいる。会社の同期、カメラマン、代議士秘書、飲み仲間、大学時代のゼミの後輩……。

関係の深さはばらばらだったが、電話の相手はすべて、僕のことを忘れかけていた。「清水」だけでは通じない。「清水洋司」とフルネームを名乗って通じたのが三人、週刊誌の名前を頭に付けてようやく思いだしてくれたのが六人、残り三人はかたちだけ「ああ、どうもどうも」と返してきたが、たぶん僕の顔は思い浮かんでいないだろう。

僕は相手の反応などおかまいなしに、一方的にしゃべった。聞いてもらうためではなく、ただ口にするための言葉を繰り返した。

「俺、いま、母校の野球部のコーチやってるんですよ。甲子園、目指してるんですよ。絶対に出ますからね、テレビ観てくださいね。周防高校、シュウコウっていうんです。いい学校なんですよ、文武両道で。がんばりますよ、必死にがんばりますからね」

それはよかった、がんばってください——とは、誰も言ってくれなかった。

4

薄暗い通路を抜けてスタンドに出ると、視界がいっぺんに開けた。

二十一年ぶりに訪れる場所だった。

大内市の県営球場——最後の試合を戦うことができなかった場所。

出かける前に思っていたほどには、懐《なつ》かしさは感じない。スコアボードが電光掲示に変わり、スタンドの椅子《いす》もベンチシートから背もたれ付きの一人掛けに変わっていたが、それだけの理由ではなさそうな気がする。

ラストシーンの手前で終わってしまったテレビドラマや小説のようなものなのだろうか。ハッピーエンドではなかったが、試合に負けた悔し涙で幕を閉じたわけでもない。「終わり」を噛《か》みしめることすらなく終わった二十一年前の夏の、怒りにも悲しみにもまとまっていかない呆然《ぼうぜん》とした思いは、きっと、懐かしさの輪郭からもはみ出してしまうのだろう。

入場券を買って一塁側の内野席にまわった。最後の一つ前の試合——準決勝で、僕たちは一塁側ベンチに陣取った。戦えなかった決勝戦は、三塁側ベンチに座るはずだった。

こっちのほうがゲンがいいんだ、と決めた。今日はツイてるぞ、と自分に言い聞かせた。

暦の上ではまだ三月の終わりだったが、甲子園を目指す「夏」は、今日のシュウダイ戦から始まる。

「がら空きなんだね……」

美奈子はスタンドを見渡して言った。東京ドームのナイター中継を思い描いていたのだろう、声に軽い失望がにじむ。

「シュウコウもダイトウも弱いからな」と僕は苦笑する。

「でも、春休みなんだし、シュウコウにも応援団とかあるんじゃないの？」

「応援団は外野スタンド」

「そっちにもいないじゃん、だーれも」

「そのほうがいいんだよ、試合に集中できるから」

そうは言っても、やはりがら空きのスタンドは寂しい。二十年前にはシュウダイ戦でも応援団やブラスバンド部の連中だけは来てくれたものだが、こういうところが時代の違いなのだろうか。それとも、負けつづけの野球部は、ついに応援団からも見放されてしまったのだろうか。

選手はベンチ前でキャッチボールをしていた。左胸にエンジ色の大きなSのワッペンがついた、白というよりアイボリーに近い——美奈子に言わせれば「ハーゲンダッツのバニラみたい」な色の試合用のユニフォームを見るのはひさしぶりだ。

僕が初めて試合用のユニフォームに袖《そで》を通したのは二年生の夏だった。亀山と神野と三人、ベンチ入りメンバーに選ばれた。背番号は15。控え投手の二番手だった。監督には「大差がついたらいくぞ」と言われていたが、登板の機会はなかった。初戦で五回コールド負け。大差がつきすぎて、僕にまで順番が回ってこなかったのだ。

それでも、シュウコウのユニフォームを着るだけで、よかった。厳しい練習に耐えてきた甲斐《かい》があった。試合のあとはユニフォームを洗って返さなければいけない。洗濯機ではなく、たらいに水を張っててていねいに手洗いした。アイロン掛けも、恭子に手順を教わって自分でやった。恭子は15の背番号を指差して「秋の大会は、1やね」と笑っていたのだった。

「藤井くんたち、ここにいたらわかるかなあ」

「わかるわかる」

「お父さん、緊張してる?」

「なにが?」

「だから……藤井くんのお母さんとデートみたいなもんじゃん」

バカ、と笑って、頭をはたく真似《まね》をしてやった。美奈子も、きゃはっ、と肩をすぼめて笑う。

「でもさあ、高校時代は付き合ってなかったっていっても、いまからどうなるかはわかんないじゃん。藤井くんのお母さんはバツイチだし、お父さんは別居中なんだし」

「そういうこと軽く言うなよ。だいいち、ウチは別居じゃなくて、お母さんの単身赴任みたいなものだろ。変な言い方しちゃうと、そういうの、すぐに広まっちゃうんだからな」

「世間の目っての? なんか、それって、オバサンの台詞《せりふ》みたいだけど」

笑いながらの言葉だったが、微妙なトゲを感じた。「東京にいた頃だと、そんなのぜんぜん気にしてなかったでしょ、お父さんって」――今度は、はっきりと。

さらにつづける。

「ずーっと家にいるせいなのかなあ、なんか周防に来てから、お父さん、発想が小さくなってない？　ちまちましてるっていうか、びくびくしてるっていうか……周防のサイズに合わせてる気がするけど」

なるほどなあ、と思わずうなずいた。確かにサイズなのだ。器なのだ。この町は小さい。町としての規模も、ひとの心も。

昼間から家にいる僕のことを、近所のひとはどう見ているのだろう。「清水さんがたの嫁」が一緒に住んでいないことを、どう思っているのだろう。ろくな噂話《うわさばなし》は流れていないはずだ、きっと。母の仏壇に線香をあげるのを口実に訪ねてきて、好奇心を隠しきれないまなざしを部屋中に向け、かまをかけるように近況をあれこれ訊《き》いてくる、そんなひとは、男も女も、何人もいる。父があんなに無口で無愛想なのも、もしかしたら、それが父なりの、この町で生きていく知恵なのかもしれない。

「でも、遅いよね。時間、間違えてるんじゃないの？」

「だいじょうぶだって」

試合を観に行くと言いだしたのは、恭子なのだ。ゆうべ遅く電話をかけてきた。トラックがバックするときのアラームが聞こえていたから、まだ会社にいたのだろう。

「オサムくんの墓参りもしたんやし、これからどんどんけじめをつけていかんとね」と笑っていた。恭子は先に進もうとしている。ほっとする気持ちと寂しさとが、いまは半分ずつ、僕の胸の中にある。

「あ、神野さん出てきたよ」

神野はノックバットを手に、足首のストレッチをしながらホームベース付近に向かう。僕たちに気づくと、よお、と軽く手を振った。

「どうせなら亀山さんも来ればよかったのにね。そうしたら、また全員集合じゃん」

「ランチタイムに店を留守にするわけにはいかない、ってさ」

「どーせお客さんなんて来ないじゃん」

「……でも、絶対に来ないってわけじゃないだろ」

客商売というのもキツいだろうな、と思う。来るか来ないのかわからない客を、ただ待ちつづけて、待ちぼうけを食うだけの毎日だ。最近は酒に酔って電話をかけてくることはなくなったが、状況がよくなっているわけではないことは、僕にだってわかる。

ノックが始まった。選手の動きが固い。声はそこそこ出ているが、ゴロを追う足取りやグローブさばきに緊張が感じ取れる。

秋の県大会は初戦で大敗した。三試合組んだ練習試合は一勝二敗。秋の大会でベスト16に進んだ長門農林から挙げた貴重な一勝は、神野が長門農林の監督に頼み込んで、控えのバッテリーを先発させてもらったから、だった。甲子園は遥《はる》かに遠い。遥か彼方《かなた》ではあっても確かにあるんだ、という実感すら部員は持っていないのだろう。

「ねえ、藤井くんのお母さんって、昔はどんなひとだったの？」

美奈子が言った。ぽつりとした口調だったから、僕も冗談に紛らせずに答えた。

「元気よかったよ、すごく。気が強くて、一年生なんかがだらだらグラウンド整備してたら、メガホンで頭を叩《たた》いてまわってた」

「不良？」

「そういうところも、ちょっとあったかもな。スカートも長かったし」

「長いんならワルくないじゃん」

「昔は長いのがワルかったんだよ」

「でも、お父さんたち、みんな好きだったんでしょ？　どういうところがよかったの？」

少し考えて、「理由のある『好き』じゃないんだよな」と僕は言う。「恭子本人っていうより、恭子が俺たちのそばにいるっていう、そのことが好きだったんだ」

「よくあるじゃん、女子マネと選手が恋愛しちゃいけないとか。そんな感じ？」

「まあ、べつに規則で決まってたわけじゃないけど、そこはみんなわかってたと思うんだよな。付き合うとかデートとかしちゃうと、ぜんぶだめになっちゃうっていうか、恭子と俺たちの関係が壊れちゃうような気がしてたんだよ、みんな」

おまえだってそうだろう？　とオサムに訊いた。わかっていたはずだろう？　俺たちにとって恭子がどんな存在だったか――。

二年生の秋、先輩の片桐さんが「もう引退したんじゃけえ」と恭子を強引に映画に誘ったことがある。マネージャーを辞めさせて、もっと本格的に付き合おうとしているらしい、という噂を聞きつけた僕たちは、あとで先輩みんなに殴られるのを覚悟して、片桐さんを帰り道で待ち伏せた。二年生部員九人全員で片桐さんを取り囲み、「恭子にちょっかい出さんといてください」と頼んだ。「自分らから恭子を奪わんでください」と深々と頭を下げた。言い出しっぺの亀山はその場に土下座までして、神野は膝《ひざ》を震わせながらも片桐さんを正面からにらみつけた。僕も、もしも片桐さんが「嫌だ」と言い張ったら、胸ぐらをつかむ肚《はら》はくくっていた。考えてみれば、ずいぶん身勝手な話だ。それでも僕たちは真剣だった。恭子のいないグラウンドの風景は考えられなかったし、恭子が誰かと付き合って野球部を捨てるなど、想像するだけで胸が痛くなった。

けっきょく片桐さんは僕たちの迫力に気おされて、恭子と付き合うことをあきらめてくれた。あとで片桐さん本人から聞いた話だが、恭子から手を引いたいちばんの理由は、あの日オサムが血走った目で「恭子を野球部に残してくれんと、自分ら、甲子園に行けません！」と訴えたから、だった。僕たちが忘れていた言葉を片桐さんは懐かしそうに口にして、「アホじゃの、あそこでわしが恭子と付き合うとったほうが甲子園に行けたかもしれんのに……」と寂しそうに笑ったのだった。

だから、オサム――俺たちにはなにも話せなかったんだろうな。自分のことを裏切り者だと責めながら恭子と付き合っていたんだろうな、おまえは。恭子の妊娠を知ったとき、おまえはなにを思った？　人工中絶のタイムリミットを気にしながら、おまえはどんな気持ちで県予選を戦いつづけたんだ？

ノックが終わって、両チームはいったんベンチにひきあげた。簡単なグラウンド整備がすめば、試合開始だ。先攻はシュウコウ。ダイトウは秋の大会で三回戦まで進んだ。強豪校から見れば「それがどうした」という話でも、「勝ち」の味を知っているのと知らないのとでは大きく違うのだと――弱小校だからこそ、よくわかる。

「遅いなあ……なにやってんだろうね」

美奈子は出入り口を何度も振り返って、「間に合わないじゃん」と不安げに言う。

「午前中に配達しなきゃいけない荷物があるって言ってたから、遅れてるのかもな」

「やっぱ、藤井くんだけでもウチの車に乗せてあげればよかったね」

「まあな……」

「藤井くん、今度はお父さんにバッティングも見てほしいって言ってた。あと、ノックも、ソフトボールじゃなくて軟球で、もっと本気で打っていいから、って」

野球部の連中に聞かせてやりたいような台詞だ。

実際、何度かキャッチボールやノックに付き合ってやってわかった、甲太くんはほんとうに野球の好きな男の子だ。突き指しても、イレギュラーバウンドしたボールを顎《あご》に受けても、目に涙を溜《た》めながら、次の球にくらいついてくる。僕が甲太くんと野球をするのは神野がシュウコウの練習に顔を出す日にかぎられているが、本音では、シュウコウの部員の相手をするよりずっとやり甲斐がある。

「ほんとは、お父さんから誘われるときだけじゃなくて、自分からも電話したいんだって」

「……そんなこと言ったら、毎日になっちゃうだろ」

美奈子は知らない。甲太くんも、知らないはずだ。僕が甲太くんを誘うときは、前もって恭子から電話を受けている。帰りの遅くなりそうな日に「都合がつくんやったら、ちょっと甲太の相手してやってほしいんよ」と頼まれるのだ。僕のほうから知らん顔をして甲太くんに電話をするというのも、恭子が決めた。「ヨージくんとうちがくっついとる感じがしたら、やっぱり、美奈子ちゃんにも、いけんやろ?」——そういう気づかいをしなければならない立場ということなのだろう、僕も恭子も。

「で、お父さんから見てどうなの? 藤井くんの将来性っての」

「ちょっと体が小さいんだけど、いますぐ中学の野球部に入っても、練習にはついていけるんじゃないかな」

「いきなりエースで四番とかじゃないの?」

「そこまで甘くないって。でも、五年生の終わりでここまでやれるんだから、学校によったら一年生でベンチ入り、いけるかもな」

美奈子は「マジぃ?」と声をはずませた。最近少しずつ、僕に教えてくれる学校の話に、友だちの名前が出てくるようになってきた。いじめは、すべて解決したとは言わないが、一時のひどさからは抜け出せたようだ。甲太くんは美奈子の話にしょっちゅう登場する。「ほら、あいつ、お父さんのファンだから」と妙に言い訳がましく言うところが、父親として少し不安にはなるけれど。

審判がホームベース前に集まった。両チームの選手も、野太い声とともにベンチから駆け出した。僕たちの頃より背丈と脚の長さは確実に勝るシュウコウの選手たちの背中を見つめていたら、瞼《まぶた》の裏が熱くなった。背番号1の小林の隣に、背番号8の三好がいる。夏の県予選の前に背番号8のユニフォームを受け取ったときの、オサムの嬉《うれ》しそうな顔が浮かぶ。

挨拶《あいさつ》を交わして、選手たちが戻ってくる。僕は椅子《いす》から腰を浮かせ、両手をメガホンにして「気合い入れていけよ！」と声をかけた。

選手たちは照れくさそうに——まいっちゃうな、という顔を見合わせて、にやにや笑うだけだった。

僕はため息を呑《の》み込んで座り直す。二十年の時の流れを、黙って嚙《か》みしめるしかなかった。神野の言う、これが現実なのだ。

恭子と甲太くんが球場に着いたのは三回裏の途中だった。〇対六。予想外の点差をつけられた。通路からスタンドに出てすぐにスコアボードを確かめたのだろう、僕の隣に来た恭子は「全然だめやね」とあきらめ顔で言った。

「ピッチャーが荒れすぎなんだよ」とグラウンドに顎をしゃくったそばから、小林の放った球は外角に大きくはずれた。満塁で押し出しの四球。三塁ランナーがホームインして、七点差がついた。高野連の規定では、地方大会では五回で十点差、七回で七点差がついたらコールドゲームになる。シュウダイ戦でもそのルールが適用される。試合の流れは、確実に、無惨《むざん》に、五回コールドに向かっていた。

「コウちゃん、どないする？　シュウコウに行っても甲子園無理みたいよ」

からかって言う恭子に、甲太くんはむっとして「俺のときには、もっと強くなる！」と言い返す。隣で美奈子も、そうそう、がんばって、というふうに大きく何度もうなずいた。

神野はようやくピッチャー交代を命じた。だが、控え投手の二宮は、小林にもましてコントロールが悪い。冬場の走り込みもろくにしていない。ウォーミングアップの最中に、一球放るたびに帽子をとって長い髪の乱れを整える、そういうピッチャーなのだ。

「なに、あの子」恭子は気色《けしき》ばんで言う。「ケツバットかましとうなるわ、うち」

「ケツバットって？」と美奈子が訊くと、「お尻をバットで叩くんよ、こないして」とバットを振る真似《まね》をして答える。

「えーっ、それって体罰じゃないんですか?」――いまどきの子どもなのだ、美奈子も。

苦笑いで美奈子の言葉をいなした恭子は、「ちょっと、ええ?」と僕をうながして数列後ろのシートに移って、ザワ爺《じい》のことを訊いてきた。

「やっぱり無理やったん?」

「さすがにな、外はまだ寒いし……昨日もジンブーが見舞いに行ったんだけど、なんていうか、もう気力がないって感じだった、って」

先週あたりまでは寝たきりの体を起こそうとがんばりながら、シュウコウの応援に行くんだと言い張って、長男の太郎さんになだめられていた。だが、昨日のザワ爺の目には、もう光がほとんどなかった、と神野は言っていた。惚《ぼ》けも進んで、まともな受け答えのできることのほうが珍しくなったらしい。

「家族も大変だからな、そろそろ入院させるかもしれない、って」

「……もう、ほんまにいけんのやね」

「お見舞い、まだ行ってないんだろ?」

「なんかね、元気な頃やったらええんやけど、そういうザワ爺と会うんは、なんか怖いっていうか、つらいっていうか……」

僕も同じだった。いっそ、いまのザワ爺とはもう会わずに、昔のザワ爺の記憶をそのまま残しておきたい、とも思う。

秋の大会までは、ザワ爺は車椅子に乗ったままスタンドから試合を見ていた。試合の細かいところまではわかっていないようだった、と神野は言う。万が一の事態に備えて、ベンチ入りしない部員は全員ザワ爺のまわりに陣取り、ビーチパラソルで風や陽射《ひざ》しをさえぎっていたらしい。

去年の公式戦は一回戦負けばかりだった。しかも春、夏、秋とコールド負け。「正直言うて……」と神野は苦笑交じりに打ち明けてくれた。「わし、試合のことよりも、ザワ爺が倒れりゃせんかいうんが心配で心配で、コールドで試合が早う終わってくれたけん、ほっとしたんよ」

監督としては間違っているかもしれないが、シュウコウのOBとしては正しい。僕たちはそういう野球を二十年前にやっていたのだ。

鋭い打球音が響いた。白球がライナーで三遊間を割る。〇対九。二宮はバックアップに回っていたホームベースの後ろからマウンドに戻る途中、また帽子をとって髪を整えた。

恭子はため息をついて、「でも、よかったん違う?」と言った。「こんな試合やったら、ザワ爺に見てもらわんほうがええわ」

「俺も、そう思う」

「こんなん、シュウコウと違うわ。無理して仕事抜けてきて、アホらし」

「だよな……」

「新入生も来とらんね」

「練習にも来てないんだ、誰も」

恭子は「なに、それ」と、また気色ばんだ。

僕たちの頃は、野球部志望の一年生は入学前から練習に参加するのが習わしになっていた。正式な部員ではないのでシュウダイ戦に出場することはできないし、練習といっても球拾いやトスバッティングがせいぜいだったが、一日でも早く練習に参加すれば、それだけ硬球にも早く慣れる。体力もつく。監督や先輩にも自分のプレーを見てもらえる。いや、損得勘定などしなくても、野球ができる、ただそれだけでよかったのだ。

僕は合格発表の日の午後に部室を訪ねた。当然一番乗りだと思っていたら、三番目だった。僕より一足早く入部していたのは、神野。トップの亀山は、入試が終わったその日から「わし、絶対に受かっとりますけん」と言い張って、シュウコウのグラウンドを駆け回っていたのだった。

神野が赴任した頃には、そんな習わしはもうなくなっていた。今年の春休みも、新入生は一人も姿を見せていない。「入学前の春休みはいちばん遊べる時期じゃけえの、しかたないんよ」と神野は端《はな》からあきらめていた。「ヨージの気持ちもわかるけどの、時代が違うんよ、わしらの頃とは」

同じ言葉を恭子に言うのは、やめた。

代わりに、「甲太くん、野球上手《うま》くなったぞ」と言ってやった。

「ほんま?」と恭子は母親の顔になって、「あの子、お風呂の中でも手首のスナップの練習しよるんよ、ヨージのおじさんに言われたけん、って」と嬉しそうに言った。

「あとは勉強ができれば、シュウコウのエースだな」

「プロ野球は?」

苦笑して、首をひねった。甲太くんの夢は、広島カープかダイエーホークスでプロになることだった。

「これからの努力しだいだけど……俺、甲太くんには『野球選手』じゃなくて『高校球児』になってほしいんだよな」

駆け抜けたほうが速いと理屈ではわかっていても、一塁にヘッドスライディングしてほしい。守備位置とベンチの往復は全力疾走してほしい。真夏の炎天下を走ることや雨の中でボールを追うことの「意味」など問わないでほしい。真っ黒に日焼けしてくれ。家に帰ったら泥のように眠ってくれ。勝ったら仲間と抱き合ってくれ。負けたら、子どものように泣きじゃくってくれ。それが、僕の考える「高校球児」だった。

「そうやね」と恭子はうなずいてくれた。「ほんまに、甲太にはそうなってほしいなあ」と、美奈子と微妙な間隔を置いて座る甲太くんの背中を見つめて、付け加えた。

試合は四回の裏まで進んだ。〇対十三──五回コールドは、ほぼ確実になってしまった。ダイトウの攻撃が長いぶん時間がむだにかかって、恭子は四回の表のシュウコウの攻撃が三者凡退に終わると、「うち、もう会社に戻るわ。いまから出れば晩ごはんまでに仕事が終わるけん」と甲太くんを連れて帰ってしまった。美奈子も試合に飽きてゲームボーイで遊んでいる。僕だって、もう気を入れてボールの行方を見ているわけではなかった。

ザワ爺がいたら、と思う。

覇気のない選手たちを一つだけかばうとすれば、彼らはザワ爺の応援を受けずに試合をしている、ということだった。

ザワ爺がシュウダイ戦のスタンドにいないのは今年が初めてだ。去年までは、シュウダイ戦はもちろん、春季大会から夏の県予選、秋季大会まで、すべての公式戦を見届けた。

試合中は、最初から最後までザワ爺の応援の声は途切れなかった。ピンチを招いて動揺して、応援団のブラスバンドの音さえ聞こえなくなったときでも、ザワ爺の声だけは耳に突き刺さる。「こりゃあ！ ヨージ、気合い入れんかい！」――その声で我に返ってピンチを切り抜けたことは何度もある。

どんな試合展開でも、ザワ爺はゲームセットの瞬間まで席を立たない。試合が夕立で中断しても、ベンチ入りできない部員やOB会の下っ端に傘を差させて、決してスタンドから立ち去らない。試合が終わると、スタンドの最前列まで来る。勝っても負けても、怒鳴りつづけて嗄《しゃが》れきった声で、「よっしゃ、ようがんばった」としか言わない。負けを責めることもなければ、勝ちを褒《ほ》めることもなく、ただ「ようがんばった」の一言で、選手を迎えるのだ。

過去にそれができなかったのは、僕たちの、戦うことすらかなわなかった決勝戦だけだ。

最後の試合をザワ爺に見てもらえなかった。その悔いが、いま、あらためて胸を締めつける。

勝つか負けるかはどうでもいい、声を嗄《か》らして応援するザワ爺の姿をマウンドから見たかった。「ようがんばった」と言ってもらいたかった。ザワ爺と向き合って、深々と頭を下げて、高校野球に別れを告げたかった。

五回表のシュウコウの攻撃が終わった。けっきょく、〇対十三のまま、コールド負け。

挨拶を終えてベンチに引き揚げてくる選手たちは、誰も涙を流してはいなかった。白い歯を見せる選手も何人かいた。

よっしゃ、ようがんばった——。

ザワ爺の声がどこかから聞こえたような気がして、悔しかった。

第五章

1

亀山は起死回生の勝負に出た。大袈裟《おおげさ》だな、と笑えないほど真剣な——せっぱつまった顔で、「これでだめなら、『カメさん』はたたむ」とまで言う。

四月の第一日曜日に城址《じょうし》公園で開かれる桜祭りに、テント張りの店を出す。すでに出店の申し込みもすませ、祭りの三日前の今日、三百円の『桜祭り限定・特製ハンバーグ弁当』の試作品ができあがったのだった。

「ハンバーグじゃろ、付け合わせがポテトにニンジンで、あとはポテトサラダじゃろ、ゆで卵じゃろ、プチトマトも付けて、それに飯とお新香にトン汁まで付けとるんじゃけえ、店で出すんなら六百円は取らんと引き合わん」

採算は度外視。売り上げはすべて社会福祉協議会に寄付するチャリティーなので、百食限定といっても出費はばかにならない。その金がどこから出ているかは、亀山は言わないし、試食に呼び出された僕や神野も訊《き》かない。

「ほいでも、これは儲《もう》けと違うんよ。PRじゃ。周防に『カメさん』あり、いうのを知ってもらわんことには始まらんけえの」

花見に来てハンバーグを食べたいひとがいるだろうか、という根本的な疑問を呑《の》み込んで、あいかわらず肉がぱさついた試作品のハンバーグを頬張《ほおば》る。当日はテントに鉄板を持ち込んで、注文を受けてからハンバーグを焼くのだという。鉄板のレンタル代もどう工面したのか、僕は知らないし、訊かない。

「店が持ち直したら、わし、ザワ爺《じい》の見舞いに行くよ。店でも出さんような最高級の材料使うたハンバーグ焼いて、ザワ爺に食うてもらうんじゃ。一口の、半分でもええ、においを嗅《か》いでもらうだけでもええけん、それが夢よ」

力んで言う声とは裏腹に、表情には疲れが貼《は》りついている。秋に再会した頃より痩《や》せた。鼻髭《はなひげ》にも白いものが増えて、ちょっと体を動かすときにも「よっこらしょ」とつぶやくようにもなった。

神野もさっきから口数が少なく、腰に何度も手をあてている。腰痛が悪化しているのかもしれない。

僕だって、ハンバーグにはトン汁を付けるより、あっさりとした豆腐とワカメの味《み》噌《そ》汁のほうがいいんじゃないか、と最近は思うようになった。

年老いている、とは言いたくない。だが、僕たちは皆、少しずつ、確かに、若さを失っている。一晩寝てもとれない疲れが、体の芯《しん》にまとわりつく。心の芯はどうだろう。八十歳まで生きるとすれば、いまはまだ折り返し点の手前なのに、将来の夢を描く余地は、もうあまり残されていないような気がする。

ふと、父のことを思った。六十七歳。長年働いてきた造船所の、定年後もつづけていた嘱託の仕事が、この三月で終わった。昔ふうに言うなら、悠々自適の毎日、楽隠居の身分なのに、ちっとも楽しそうに見えないのは、なぜだろう。

父には、いま、どんな夢があるのか。いままでの父は、どんな夢を持っていたのか。そんな話を一度もしてこなかったことに気づいて、悔やんで、いまさら話せるわけないだろ、と苦笑する。

「のう、ヨージ、恭子は桜祭りに行くって言いよったか?」

フライパンを洗いながら、亀山がカウンター越しに訊いてきた。

まあな、と僕はトン汁を啜《すす》ってうなずく。ぎごちない答え方はしなかったつもりだが、亀山は「一緒に行くんか」と言った。

僕はもう一度うなずいた。「子ども同士が約束しちゃったから、しょうがないんだ」

――弁解めいた言い方だったな、と口にしたあとで思う。

亀山は納得しない表情を一瞬浮かべたが、それをため息で紛らせて、笑いながら言った。

「城址公園の桜はきれいじゃけえ、美奈子ちゃんも喜ぶわ」

「楽しみにしてたよ、すごく」

「初めてか？」

「ああ。周防に来るのって、いつもお盆か正月だからな。桜の季節に来たことなんて、一度もなかった」

「で……今年が最初で最後になるんか？」

「え？」

亀山は水道の水を止めて、「どないするんじゃ、おまえ」と少し強い声で言った。

「夏には嫁さんも日本に帰ってくるんじゃろ？」

僕は煙草《たばこ》をくわえ、火を点《つ》ける。「どっちつかずも、ええかげんにせえや」と亀山はなじる声で追い討ちをかける。いつもは「まあ、カメ、それはええがな」と話をそらしてくれる神野も、今日は僕の視線から逃げるようにうつむいて、ポテトサラダを黙々と食べている。

「のう、ヨージ。わしが言うとるんは、おまえのことだけじゃないんよ。腰掛けで周防に帰っとるだけじゃったら、恭子と会うのをやめたほうがええん違うか、言いよるんじゃ」

僕は黙って、吐き出した煙の行方をぼんやりと目で追った。亀山の言いたいことはわかる。僕自身、恭子との距離をつかみかねてもいた。

「おまえらがまさか変なふうになるとは思わんけどの、やっぱりの、背負いきれんものは、最初から背負うちゃいけんのよ。わかるじゃろ?」

「わかってるよ、それくらい」——思わず、声がとがった。

「わかっとるんなら、べたべたするなや」

亀山も怒気をはらんだ顔と声で言う。

僕は煙草のフィルターを嚙《か》みしめた。亀山の言いたいことはわかるのだ、ほんとうに。

甲太くんとは週に一度は会っている。市営住宅の近くの公園でキャッチボールやノックをして、時間のある日には車でバッティングセンターにも連れていってやる。甲太くんはすっかり僕になついて、僕もシュウコウの野球部の練習に付き合うより甲太くんを鍛えるほうがずっと楽しい。空が暗くなってから市営住宅に甲太くんを送り届ける。恭子が仕事から帰ってくるまで、甲太くんは一人きりの時間を過ごす。寂しいのだろう、甲太くんは帰り道に学校で流行《はや》っているトレーディングカードやマンガの話をして、「おじさんにも見せてあげようか？」と言う。だが、部屋には入らない、と決めている。それだけはだめだぞ、と自分に命じている。数人で立ち話をしている団地の主婦の、遠慮がちなぶん逆に露骨な視線を払いのけて、甲太くんと別れたあとの僕はいつも足早になってしまう。

亀山は感情を抑えて、ゆっくりと、教え諭《さと》すようにつづけた。

「恭子が周防に帰ってきてくれて、わしも嬉《うれ》しかったよ。わしらと会うて、オサムの墓参りもして……ほんまに嬉しかった。ほいでも、そこまで、よ。ヨージにはヨージの、恭子には恭子の、家族もおるし、人生もある。おせっかいじゃ思うけどの、それを忘れたらいけん」

「……忘れてない」

「そしたら、のう、ジンブー、おまえも一緒に桜祭りに行けばええん違うか？」

話を振られた神野は、うつむいたまま「わしは行けん」と言った。

「なしてや。おまえ、毎年カミさんと二人で桜祭りに行っとったじゃろうが」

亀山は意外そうに返し、僕を振り向いて「子どもがおらんぶん、ええ歳《とし》になっても新婚気分で仲がええんじゃけえ」と笑って、同じ笑顔を神野にも向けた。だが、神野はポテトサラダを箸《はし》の先でつつきながら、「今年は行かん」と言う。そっけない、吐き捨てるような口調だった。

「なんな、おまえ」と亀山も鼻白んでしまった。

しかたなく僕が間をとりもって「忙しいのか？」と訊くと、神野はやっと顔を上げた。気を取り直そうとして、しくじった、そんな苦笑いで「そういうわけじゃないけど、ちょっとの……」と言う。

「ジンブー、おまえ具合悪いん違うか？　今日、なんか元気ないじゃろ」

確かに、いつもの神野とは違う。『カメさん』に来てからほとんどしゃべっていない。顔色も冴《さ》えない。なにより、吐き出す息がすべてため息になっている。

「体はべつに、どうもないけどの……ちょっと、家のほうがごたついとるけん」

「夫婦喧嘩《げんか》かぁ？」

からかうように言った亀山にかまわず、神野は、またため息をついて、僕にとも亀山にともつかず――ポテトサラダに向けて、言葉を継いだ。

「いまは喧嘩もできん」

「はあ？」

「日曜日は、女房の実家に行かんといけんのじゃ。話が長うなりそうじゃけえ、桜祭りには行けんよ」

奥さんが先週から広島の実家に帰ってしまったのだという。夫婦喧嘩ではなく、舅《しゅうと》や姑《しゅうとめ》との関係がこじれた。原因は、神野の夫婦に子どもができないこと――。

「わしがいけんのよ」と神野は話の継ぎ目継ぎ目に、自分を責める。七十歳近い両親と九十を過ぎた祖母を悪者にはできない、神野はそういう奴《やつ》だ。

跡継ぎが生まれる日を待ちわびる祖母と両親は、もう何年も前から、ことあるごとに遠回しに不妊治療の話をしていた。すでに妊娠はできないと診断を受けている奥さんのいたたまれなさは、神野にもわかる。ずっと黙っていた。せめて祖母の生きているうちは、ほんとうのことを話して絶望させたくはない、と思っていた。

なのに、三月に入って間もない頃、すべてを打ち明けた。「二月に、恭子がオサムの墓参りしてけじめをつけたろ。それを見て、わしも、いつまでもごまかしとったらいけん、思うたんよ」――それが裏目に出た、と神野は言う。表面上は奥さんの体のことを理解して、納得した祖母と両親だったが、やはり心の奥の本音は捨てきれない。一人息子の嫁なのだ。跡継ぎを産むことを期待され、というよりそれを第一の務めとして家に入ってきた嫁なのだ。

「カミさんと離婚せえ言われたんか?」と亀山が訊く。

神野は、アホ、とつまらなそうに笑い、「それじゃったら話は簡単なんよ。わしが女房と二人で家を出てしまえば終わりなんじゃけえ」と言った。

祖母と両親は、養子をとったらどうだ、と持ちかけたのだった。大内市に住む神野の従妹《いとこ》が、年末に三人目の赤ちゃんを産んだ。男の子ばかりの末っ子。祖母と父は、育てるのは従妹に任せて、その子が大きくなってから戸籍に入れればいい、と言った。母は、それでは情が移らないから、いますぐ引き取って赤ちゃんを早く抱いてみたい、と言った。

「従妹の気持ちも聞かんと、自分勝手に話を決めとるんよ。わしは正直言うて頭に来たんじゃけど……」

奥さんは違った。非常識なまでの姑たちの言葉に、跡継ぎを望んでもかなわない年老いた親の悲しさと寂しさとを感じ取った。だから、先週、実家に帰ってしまった。家には、置き手紙の代わりに、署名捺印《なついん》をした離婚届があった。

「電話で話しとっても埒《らち》が明かんけえ、この週末に広島に行ってくる。話がどげん転ぶかはわからんけど、とにかく女房と会わんことには、どないしようもないけん」

僕は黙ってうなずいたが、亀山はおさまらなかった。

「ジンブー、おまえ、なしてそげん大事なことをわしらに黙っとったんじゃ」

「……ひとに話すようなことじゃなかろうが」

「なに言うとるんな、一人で背負うてどげんかなることでもなかろうが。愚痴でもええけえ、わしらに……」

「愚痴ってすむような話と違うんじゃ！」

テーブルに掌を叩《たた》きつけて、神野は怒鳴った。

そのまま席を立って、別れの挨拶《あいさつ》もなく『カメさん』を出て行った。

怒鳴り返すことも引き留めることもできずに店に残された亀山と僕は、唖然《あぜん》とした顔を見合わせるだけで、照れ隠しの苦笑いを浮かべることすらできなかった。


その夜、〈鬼コーチやってるんだって？〉という件名のメールが和美から届いた。

〈美奈子から聞きましたが、ずいぶんカリカリしているとか。胃潰瘍《いかいよう》になっちゃうんじゃないかと美奈子は心配していました。OBとして張り切るのはわかるけど、もともと野球の名門校っていうわけじゃないんだし、世代も違うんだから、あんまり張り切りすぎないほうがいいんじゃない？／もっとも、私も東京にいた頃はゼミの学生さ

ん相手に（ついでに助手や院生にも）カリカリしどおしだったから、ひとのことは言えませんが……〉

そういえば和美もよく愚痴ってたよな、と思いだす。学生が飲み物を机の上に置いて講義を受けることまではぎりぎり許せても、フライドポテトをつまんでいるのを見たときには、テキストを放り投げて帰りたくなったのだという。僕だってそうだ。編集部のバイトの女の子の語尾上げのイントネーションまではあきらめていても、三十近い男の編集部員の「みたいな？」は聞き流せず、何度となく説教して、たぶんそのたびに、うっとうしいオヤジだと若手に陰口をたたかれていたのだろう。

メールはつづく。

〈ところで、再就職の件はどうなりましたか？（まさか無給のコーチを一生つづけるなんて言わないよね）／具体的な仕事はともかくとしても、このまま田舎暮らしをつづけるのか東京に戻るのかの基本線はそろそろ固めておく時期だと思うのですが。／美奈子のためにも。／プレッシャーをかけるつもりはありませんが、私のほうは、「あと一年ボストンで」という声もかけてもらいましたが、やはり最初の予定どおり八月には留学を切り上げます。後期の授業から大学に復帰します。／さて、あなたは？〉

美奈子のためにも――の言葉が、痛い。

和美のメールは、母の一周忌の話で締めくくられていた。

〈いよいよ来月ですね。私も親戚《しんせき》の皆さんの集中攻撃は覚悟して帰国しますが、あなたにも「これからどうするんだ」の声が飛ぶことは覚悟したほうがいいよね〉

返信メールのウィンドウを開き、キーボードに指を置いて、しかし、なにをどう返せばいいかわからない。

「もうちょっと返事の書きやすいメールにしろよなあ……」

つぶやいて、ウィンドウを閉じた。

最近、和美に伝える言葉を探しあぐねるようになった。

メールだから、というのではないような気がする。

東京で暮らしていた頃だって、僕たちはいつも、遠く離れた場所から会話をつづけていた。iモードのサービスが始まるまではショートメールで、その前はパソコンのインターネット、さらにその前は電子メール、携帯電話の留守番伝言、ポケットベル、ファックス……留守録をセットした自宅の電話機をお互いに仕事先からリモート操作して、録音されたメッセージを聞いていた時期もある。

連絡ばかりしてきた。伝言ばかりやり取りしてきた。いつもお互いの居場所と予定を確かめあって、言葉を送ったり受け取ったりしてきた。夫婦で別々の仕事を持ちながら子どもを育てるというのは、つまり、そういうことなのだ。

本州の西端近くの周防市とボストンの距離を、僕たちの言葉はマウスのクリック一つで軽々と越えていく。結婚して十三年もたてば、考えていることも――内角か外角かぐらいのずれはあっても、ストライクゾーンでわかりあえるつもりだ。

だが、いま、パソコンの画面の明かりだけの寝室で、僕は思う。

連絡事項を伝えあうだけで、僕たちはほんとうにうまくやっていたのだろうか。どこかで大きな間違いを犯していたんじゃないか、と少し不安にもなる。

電話で話すのでは埒が明かない、と神野は言っていた。

恭子には恭子の人生があり、ヨージにはヨージの人生がある、と亀山は言っていた。

若い頃には照れくさくてつかえなかった「人生」という言葉も、他に呼びようがないんだものな、と受け容《い》れられるようになった。

和美が生きようとしている人生がこの町の暮らしと相容れないことは、僕にもわかる。美奈子が夢見ている人生も、たぶん、この町のおとなが娘に期待するような「気立てがよくて働き者の嫁になること」ではないだろう。

じゃあ、俺の人生は――？

どんな人生を、俺は生きたいんだ――？

僕がほんとうに見つけられずにいるのは、和美に伝える言葉ではなく、僕自身を納得させる言葉なのかもしれない。

町がさびれると、祭りも寂しくなる。汗ばむほどの晴天の下、ソメイヨシノが二百本近く植えられた城址公園は、「会場って、ここだけなの？」と美奈子が拍子抜けしてつぶやくほど閑散としていた。

「先週、大内でも似たようなお祭りがあったばかりだからなあ……」

「知ってる、ウチの学校でもけっこう行ってたもん」

人気のピークを過ぎたアイドル歌手のステージもあったらしい。「藤井くんのクラスもみんな行ってたでしょ？」と美奈子に訊《き》かれた。甲太くんは、いつものようにダイエーホークスの帽子を目深にかぶって、ぶっきらぼうに「おう」と答える。後ろから恭子が「コウちゃん、あんたなにすかしとるん」とからかうと、耳たぶまで真っ赤になった。

女の子と並んで歩くことも、母親と一緒にいることも、恥ずかしくてしょうがない年頃だ。「こんなに空いてるんだったら、キャッチボールできたよね？」と僕を振り向いて言うときの顔が、いちばん素直だった。

それにしても、ほんとうに客が少ない。高校時代は日曜日もグラウンドで走りまわっていたから、桜祭りに出かけるのは中学三年生以来ということになる。あの頃は弁当を広げる場所を探すのにも苦労するほどにぎわっていた。周防駅から城址公園行きの臨時バスも出ていたし、駅前商店街でもお祭りに合わせたセールが開かれていたはずだ。満開のピークを少し過ぎた桜だって、昔は空が見えないぐらい濃密なピンク色のトンネルが……それは子ども時代の思い出を自然と美化しているだけなのかもしれないが。

遊歩道をぶらぶら歩いた。まだ知り合いには出くわしていないが、ひとが少ないぶん、すれ違う一組一組がはっきりと見分けられる。恭子もそのあたりはわかっているのだろう、公園の入り口で待ち合わせてからずっと、僕に直接話しかけることはない。

知らないひとの目には、僕たちはどんなふうに見えるのだろう。

四人家族——？

まさか、と笑い飛ばすことはできない。

恭子は甲太くんと並んで、僕と美奈子の少し先を歩く。黒いベストの肩に桜の花びらが、いま、舞い落ちた。

「ねえ、お父さん、あそこの桜ってきれいっぽくない？」

美奈子は石垣の角に咲く桜を指差して、肩に掛けたポシェットから、六年生の進級祝いに買ってやったデジタルカメラを取り出した。

「写真撮って、お母さんにメールで送ってあげない？」

不意を衝《つ》かれて戸惑っているうちに、美奈子は恭子と甲太くんに駆け寄って、「記念撮影しませんか？」と誘った。

振り向く恭子の顔にも困惑が浮かぶ。目が合うと、僕も恭子も、お互い逃げるようにうつむいてしまった。

「じゃあ、藤井くんのお母さん、カメラマンお願いしまーす」

美奈子はカメラを恭子に渡す。あ、そういうことか、と恭子が安堵《あんど》するのが見て取れた。屈託のない美奈子の言葉としぐさには、どこまでの深さがあるのだろう。恭子のことを「藤井くんのお母さんで、お父さんの野球部の友だち」だけで見てくれているのだろうか。

僕と美奈子は並んで桜の木の下に立った。恭子のそばにいた甲太くんも、美奈子に「早くおいでよ」と手招かれて、照れくさそうにこっちに近づいてきた、そのとき──カメラの液晶モニターを見ていた恭子が、「コウちゃんは、いけんよ」と言った。

「あんたは写真に入ったらいけん」

美奈子は「えーっ？」と不満そうに声をあげて、助け舟を求めるように僕を見た。

僕はなにも言わない。帽子のつばを下げて、いかにも決まり悪そうに引き返す甲太くんの背中を、ただ黙って見つめる。

さすがに美奈子も察したのだろう、一枚写真を撮って、今度は僕がカメラをかまえて恭子と甲太くんを写したときには、二人と並んで写真に収まろうとはしなかった。

撮影のあと、「プリントアウトしたのをあげるからね」と甲太くんに声をかけて、ぽつりと僕に言う。

「……お母さんにメールするファイル、間違えたらヤバいよね」

笑いながら。僕の顔を見ずに。カメラをポシェットにしまうと、それきり、写真を撮ろうとは言いださなかった。

昼食は『カメさん』のテントの下で、『桜祭り限定・特製ハンバーグ弁当』を食べた。三百円の定価が二百円に値下げしてあったが、積み上げた弁当の容器はほとんど減っていない。

「今日は暑いけん、ハンバーグいう気分にならんのよ、みんな」と慰める恭子には強がった笑顔を返していた亀山だが、食後の一服をする僕に付き合ってテントの外に出たときには、こわばった顔で「いよいよ、わしも引導を渡されたんかもしれん」と言った。

だいじょうぶだよ、とは言えないし、言いたくもない。ほんとうにキツかったら逃げればいい——いつか恭子の言っていたとおりだ。致命的な深手を負う前に逃げるのは、決してずるいことではない。

「ジンブー、いまごろ話し合いしよるんかのう……」

「土下座してるよ、あいつの性格なら」

「どないなると思う？　カミさん、帰ってくる思うか？」

わからない。

亀山に「奥さんとか子どもさんは？　一緒じゃないのか？」と逆に訊くと、「親父の道楽に付き合うんは恥ずかしいんじゃと」と寂しそうに笑う。

「そうか……いろいろ大変だよな、お互い」

「ヨージに言われる筋はありゃせんわい」

そっぽを向いて、今度は亀山から僕へ——「どないするんじゃ、おまえ、わしがこないだ言うたこと忘れたんか？」

「忘れてないよ」

「じゃったら、なんで恭子とまだ一緒に歩きよるんか。なんべんも言わせるなや、のう、単身赴任のサラリーマンがオンナをつくるんと同じになってしまうど」

ムッとしたが、言い返すことはできなかった。

亀山も「まあ、いまのは言いすぎじゃけどの……」と謝って、「難しいのう、どこの家も」と空を仰いだ。

風が吹く。桜が散る。亀山はテントに戻って、「はい、らっしゃい、らっしゃい、特製弁当いかがっすかあ！　トン汁付きで二百円のチャリティー弁当ですよお！」と手を叩きながら、花見客に声をかける。足を止めるひとは誰もいない。「美味《おい》しい美味しい『カメさん』のハンバーグ、いかがっすかあ！」の声だけ、霞《かす》んだ春の青空に響き渡る。

2

新学期が始まって、野球部にも一年生部員が十数人加わった。代わりに、レギュラーだった三年生が二人、大学受験のために退部届けを神野に出した。最初は僕がコーチでいることが不満なのだろうかと思ったが、神野によると、二人は去年のうちに「部活は春休みまで」と決めていたのだという。

僕の言いたいことを先回りして、神野は「現役で国立の大学に受からんと、二人ともキツいんよ、親が造船所に勤めとるけん」と言う。数年前から段階的にリストラ策をとっていた造船所は、去年の秋、従業員の賃金を一律に二割カットしたのだ。

「わしらの頃のように平気で一浪も二浪もできたような余裕は、どこの家にもないし、大学に進めるだけでも幸せじゃ思うよ、あいつら」

造船所のリストラ策はまだつづいている。嘱託で勤めていた父も、本人はなにも言わないが、お払い箱同然に、小遣い稼ぎのささやかな仕事を失ったのだった。この秋には、さらに従業員の一割を解雇するという噂《うわさ》も流れている。

「進学どころか、高校に通えんようになる生徒も出てくるじゃろうの、このままじゃと」

神野はいま、何人かの県会議員や同じ問題意識を持つ教師たちとともに、奨学金制度や授業料の支払猶予《ゆうよ》制度をつくろうとして、会合を重ねている。校長や教育委員会には疎《うと》まれているらしいが、「教え子が金のせいで学校をやめてしまうんを、黙って見過ごせるか」と、退く気配はない。

奥さんとは、まだ別居がつづいている。奥さん本人というより、実家の両親やきょうだいが怒ってしまって、「親をとるか、女房をとるか」と神野に迫っているのだという。

「女房とよりを戻しても、もう親父やおふくろと同居はできんかもしれん」と神野はため息交じりに言って、それ以上のことは話さなかった。僕も訊かない。神野には神野の人生があり、先に進まなければならない道があって、そこに僕が足を踏み入れるわけにはいかないのだ。

一言だけ、「おまえは優しいよな」と言った。

神野は照れ笑いを浮かべて、もしかしたらわざと勘違いして話をそらしたのかもしれない、「わし、高校生が好きなんよ」と言った。

「わしらの頃から比べたら、屁《へ》理《り》屈《くつ》ばっかりこねて、根性のないくせにすぐにキレるような連中じゃけどの、やっぱり、好きなんよ。甲子園を夢見る野球もええけど、あいつらが、せめて練習のときは楽しい思いをしたい言うんなら、わし、認めてやりたいんよ。ほんまに、こげな不景気で、先を見てもなーんもええことない世の中で、おとなにならんといけんのじゃけえ……」

優しい奴なのだ、ほんとうに。

亀山のほうも、桜祭りで特製弁当が八割以上も売れ残ってしまったことで、いよいよ店をたたむ覚悟を決めたらしい。「カミさんの親に無条件降伏じゃ」と、サラリーマン生活への復帰の準備なのか、きれいに剃《そ》り落とした鼻髭《はなひげ》の跡を指で撫《な》でながら、力なく笑う。

神野も亀山もいい奴だ。僕の、たいせつな古い友だちだ。二人に再会できなかったら、僕の帰郷の日々はずっと味気ないものになっていただろう。

だが、僕たちはもう、思い出話ばかりをつづけてはいられない。

夢の話だけを語り合うこともできない。

甘酸《あまず》っぱくもなければバラ色でもない現実を、たとえ重い足取りであっても一歩ずつ進んでいかなければならないのだ。

〈東京はスギ花粉が吹雪状態で、死にそうです〉

四月半ば、出版社に勤めていた頃の先輩――桑原さんから、そんな書き出しのメールが届いた。

〈ひさびさのメールです。履歴を見たら、君が田舎に帰った日にケータイに送って以来でした。／便りのないのはよい便り、と勝手に御無沙汰《ごぶさた》していましたが、清水くんも小生と同じ流儀だと信じています。どうだ？　元気なんだよな？／こちらは君に一足遅れで退職・独立して、約半年。出版不況の嵐《あらし》のなか、覚悟していた以上の苦戦がつづきましたが、ようやく「先」が見えてきました。／ベストセラー連発の某出版社と組んで、ムックのシリーズを立ち上げます。（くれぐれもオフレコでよろしく）団塊の世代をターゲットにした介護・健康情報誌です。来年春の創刊で、年に四冊。版元サイドは最低でも二年はつづけるハラで、将来的には介護ビジネスにも乗り出すつもりのようです。／で、ここからが本題。／清水くん、田舎暮らしはいかがですか？／退屈してませんか？／……本題というわりには回りくどくて、すまん。／こっちの用件は一つだけです。／東京に帰ってくる可能性はありますか？　もし多少なりとも「あり」なら、いまの話を胸の片隅に留め置いてください。君とまたコンビを組んで面白いことをやりたいなあ、というのが小生の身勝手な希望です。／では、またメールします〉

三度読み返した。途中から「団塊の世代向けの介護・健康雑誌」が成功するかどうか考えている自分に気づき、さらに途中から、自分ならどんな目次を立てるだろうか、とも考えている自分に気づいた。

返信のメールは書かなかった。便りのないのはよい便り——少なくとも断っているわけではないんだ、と勝手に決めた。

数日後、夕方に出かけようとしたら、父が「洋司、ちょっとええか」と声をかけてきた。無愛想な顔はいつもと変わらなかったが、なにか意を決したように、僕を見つめて目をそらさない。

居間のコタツに入った。父の正面ではなく右側に座る。そのほうが話しやすいし、聞きやすいし、なにより父の正面は、母の席と決まっていたから。

父はぼそぼそとした声で「五月の連休前にはコタツをしまわんといけん」とつぶやき、老眼が進んだのか、太い指を不器用そうに動かして新しい煙草《たばこ》の封を切った。一つ一つの動作に時間がかかるようになった。母が生きていた頃は、ひとときも黙っていられない母のおしゃべりに付き合っていれば沈黙の間を埋めることは簡単だったが、いまはただ、ぎごちない静けさが流れるだけだ。

ようやく煙草を一本抜き取った父は、それだけのことでひどく疲れたように息をついた。僕の差し出すライターを「いや、ええけん」と断って、マッチで煙草に火を点《つ》ける。歳《とし》をとった。周防に帰ってきてから半年ほどの間にも、老いの目盛りがいくつも進んだように見える。この冬は何度も風邪をひいた。鼻をぐずぐずさせ、明け方に苦しそうに咳《せ》き込み、熱を出して布団《ふとん》から出られなかった日もあったのに、けっきょく一度も医者にはかからなかった。僕や美奈子がいるから、万が一のときはだいじょうぶだ、とタカをくっているのだろうか。たとえ一人暮らしになっても、医者嫌いは変わらないのだろうか。

父は、来月の半ばに営まれる母の一周忌の法要のことを話した。案内状を出す親戚《しんせき》はどこまでにするか、母の友人関係は誰かにまとめて出欠を訊《き》いてもらおうか、法要のあとの食事はどこの店にする……それが本題ではないことはわかっていた。

「細かいことは、いま決めなくてもいいんじゃない？」

話をさえぎると、父は少し気《け》おされたように目を伏せて、煙草の煙をゆっくりと吐き出した。

「洋司、いまからどこか行くんか」

「うん、ちょっと」

シュウコウではなかった。今日はひさしぶりに神野が練習に顔を出せるし、ゆうべ遅く、恭子から「明日、甲太に付き合うてやってくれん？」と電話があった。また急に遠距離の仕事が入ってしまい、今日の帰りは夜九時をまわりそうだという。

「急がんと、約束の時間に間に合わんのか？」

「……まだ、そうでもないけど」

「のう、洋司」――口調が変わった。

僕も黙って父を見つめる。

「田舎は、ひとの噂《うわさ》が好きじゃけえのう。親切づらして、よけいなことを耳に入れてくる」

「……なにが？」

「桜祭りに、誰と行ったんな」

背筋がひやっとした。見られていたのだ、やはり、誰かに。

「美奈子の同級生と一緒になったんだ」声が揺れないよう気をつけて、言う。「その子のお母さんと、ちょっと話しただけだよ」

父は煙草の煙に目をしばたたいて、そうか、と口を小さく動かした。百パーセント納得しているわけではないだろうが、それ以上僕を問いただす気もなさそうだった。

ほっとすると、今度はむかむかと腹が立ってきた。この町は嫌いだ。もう、なにがあっても好きになることはないだろう。

「誰がそんなこと言ってたの？」と訊いても、父は「ちょっとの、お母さんの友だちが電話して言うてきたんよ」としか教えてくれない。名前を知ってもどうしようもないことだ。誰と名付けても意味のない、この町にはおせっかいなひとが多すぎる。

父はまだ長い煙草を灰皿に捨てて、「ここは狭い町じゃけん……」とひとりごちるように言った。「美奈子にも変な迷惑がかかったら、かわいそうじゃろ」

「同級生のお母さんなんだって言っただろ」

「……そのひと、市営住宅で洋司くんをよう見かける、言いよった」

「関係ないだろ！」

思わず腰を浮かせ、声を荒らげた。父の表情はほとんど変わらない。黙って、二本目の煙草を箱から取り出した。

父が悪いわけではない。電話をかけてきたひとも、ほんとうは悪くないのだろう。恭子が悪い、とは言いたくない。僕が悪い、とも思いたくない。悪者はどこにもいないのに、すべてが悪いほうへ転がっていってしまう。

僕は立ち上がる。

「どっちにしたって、夏には東京に帰るんだから」――捨て台詞《ぜりふ》になってしまった。

父は黙ったまま、マッチを擦《す》った。硫黄のにおいが鼻をつき、目に滲《し》みて、仏壇に母の好物だった桜餅《さくらもち》が供えてあることに気づくと、もう、逃げるように部屋を出て行くしかなかった。

市営住宅の近くの公園で、甲太くんは壁を相手にピッチング練習をしながら僕を待っていた。車を降りてドアを閉めると、その音でこっちを振り向いて、はにかんだ笑みを浮かべる。

「今日は、練習は休みにしよう」

つとめて明るい声で、僕は言った。

甲太くんはきょとんとして、「忙しいの?」と訊いてくる。

「そうじゃないんだ。たまには遠くに行こう」

「遠くって?」

「海までドライブするか。砂浜を歩くだけでも足腰が鍛えられるんだからな」

ほら、行こう、と甲太くんの背中を押して、車に引き返した。

途中で、ベンチに座っておしゃべりする買い物帰りのおばさんたちの前を通りかかった。笑い声が聞こえる。「かなわんねえ」と誰かが言って、「ほんまにねえ、いまの若いひとらはねえ」と別の誰かがつづけた。胸が一瞬どきんとして、テレビの話だと知って、ふう、と息をつく。オサムのことをふと思った。事件を起こしてから亡《な》くなるまでの半年間、あいつもこんなふうにびくびくしながら暮らしていたんだと思うと、いますぐオサムの手を取って、この町から引きずり出してやりたくなった。

車の中では甲太くんと野球の話ばかりした。カーブを覚えたがっている甲太くんを「小学生のうちから変化球をたくさん投げてると肘《ひじ》を壊しちゃうぞ」とたしなめ、開幕したばかりのプロ野球の順位を二人で予想して、日本シリーズはジャイアンツとホークスの対決になるという甲太くんの予想が当たればスパイクをプレゼントする、と約束させられた。

海沿いの国道をしばらく走って、海岸へ出る細い道に曲がる。家並みはほどなく途切れ、道の両側が松林になった。道路にはうっすらと砂が積もって、運転席の窓を開けると湿っぽい空気が車内に流れ込んできて……車を停めた。

砂浜に落ちていた流木に並んで座って、オレンジ色に染まる夕暮れの海を眺めた。海は凪《な》いでいた。遠くで、島や船の明かりが瞬《また》いている。海岸線の端のほうには造船所を中心に工場や倉庫が建ち並んでいるが、活気が失《う》せているのは、ここからでもわかる。子どもの頃は真夜中でも造船所には煌々《こうこう》と明かりが灯《とも》り、風向きによっては僕の家にも鉄のぶつかる音やウインチのモーターの響きが聞こえていた。だが、もうそんな日々は訪れないだろう。永遠に。

終わってしまった町だ。年老いていくだけの、ふるさとだ。

町に記憶があるのなら、いま、この町は、いつのどんな風景を振り返っているのだろう。あの年の夏を、町はまだ覚えているだろうか。覚えているとしたら、遥《はる》か彼方《かなた》の夢だった甲子園が一戦ごとに近づいていた頃のお祭り騒ぎだろうか。それとも、出場辞退が決まったあとの、ぽっかりと穴が空いたような静寂のほうだろうか。

「なあ、甲太くん……」

声をかけてみたものの、つづく言葉を言い淀《よど》んでしまった。小学六年生になったばかりの子どもに訊いていいのかどうかわからない——たぶん訊くべきではない言葉だ。

「どうしたの？」とうながされても、喉《のど》がすぼまって声が出ない。

「僕、ランニングしてきていい？」

甲太くんが立ち上がって、それでやっと「いや、ちょっと座っててくれ」と声が出た。甲太くんは怪訝《けげん》な顔で、また腰を下ろす。

海のずっと向こうのほうを見て、僕は言った。

「お父さんには、たまに会ったりしてるのか？」

甲太くんは無言で、小さくうなずいた。

「キャッチボールとかも、してるのか？」

今度は、首を横に振る。

「してもらえばいいのに」笑いながら言いたかったが、頬はうまくゆるまなかった。

「お父さん、野球は好きじゃないのか？」

「……お父さんは、サッカーのほうが好きだから」

「そっか、じゃあ、ほんとは甲太くんにもサッカー選手になってほしかったのかな」

「……わかんない」

「でも、甲太くんがキャッチボールしようって言ったら、お父さんも付き合ってくれると思うけどな。そんな気しないか？」

「しない」

初めて、きっぱりと返した。受け答えそのものを断ち切るような強い口調だった。

「頼んで、断られちゃったこと、あるのか？」

「頼んだことない」――これも、きっぱりと。

僕は胸に溜《た》め込んだ息を、ゆっくりと少しずつ吐き出した。間をとって、そういうことなんだな、と訊くつもりだった質問をいくつか消した。恭子の別れた夫のことを知りたかったわけではない。ただ確かめたかっただけだ。答えはもう、わかった。それを言葉にして甲太くんに話させるほど、僕も無神経な男ではない。

沖のほうから船の汽笛がかすかに聞こえた。打ち寄せる波が、夕陽の色を浜辺に運んでは、また連れ去っていく。ふるさとの静かな時間が、僕を包み込む。まとわりつく。じわじわと、重みをかけてくる。

「今度頼んでみろよ」

返事はなかったが、かまわずつづけた。

「おじさんもさ、ずうっと甲太くんのコーチをできればいいんだけど……それは、無理だと思うんだ」

「どうして？」

「どうしても、だよ」

「東京に帰っちゃうの？」

「……そうなる可能性だってあるし、周防で会社に入ったら、もうこんな時間に甲太くんと会うのは無理だろ？」

甲太くんは消え入りそうな声で「そうだね」と言った。

「それに、もうすぐおじさんのコーチなんかじゃ物足りなくなるよ。公園じゃなくて、もっと本格的に、広いグラウンドで、思いっきり野球をやりたくなるんだ」

僕だってそうだった。ときどき父と庭でキャッチボールするのが楽しみだったのは、小学何年生頃までだったろう。全力投球した僕のボールを捕りそこねた父が突き指してしまったのは、はっきりと覚えている、六年生の夏だ。中学生になると、もう父にキャッチボールをせがむことはなくなった。父も誘ってはこなくなった。あの頃はなんとも感じなかったが、親父も寂しかったのかもしれないな、と甲太くんをコーチするようになってから、思う。

「甲太くんはこれからどんどん体も大きくなって、野球も上手くなっていくんだし、おじさんはもう歳とるだけだからなあ」

「まだ三十八でしょ?」

「もう三十八なんだよ。それに、七月には三十九歳になっちゃうんだ」

「お母さんと同じだ。お母さんも、誕生日、七月だから」

「……まあ、偶然だよな」

勝手に先回りして頬をこわばらせた僕を、甲太くんは「そんなの偶然に決まっとるじゃろ」と、方言で笑った。それで少しだけ気が楽になった。

「甲太くんが甲子園に出たら、おじさん、絶対に応援に行くからな。テレビなんかじゃなくて、甲子園のアルプススタンドから応援してやるからな」

肩を抱いてやると、甲太くんはくすぐったそうに背中を縮めて、「なんか、お別れの挨拶《あいさつ》みたい」と笑う。

お別れなんだよ、だからさっきから言ってるだろう——念を押すほどのことじゃないな、と言いかけた言葉を呑《の》み込んだ。

「どんなに野球が上手くなっても、瀬戸学園なんかに行くなよ。シュウコウだぞ、勉強のほうもがんばって、シュウコウでエースになれよ」

「シュウコウで甲子園に行けるの？」

「行けるさ」

「ほんとぉ？」

「甲子園までは死ぬほど遠いけどな、でも、ちゃんと道はあるんだ。どの学校にも甲子園につづく道はあるんだ。近いか遠いかの違いだけなんだ。その道をさ、それぞれ進んでいくしかないんだ、みんな」

途中から、僕の言葉は僕自身に向いた。

そうだよな、ほんとにそうなんだよな、と小さく何度もうなずいた。

沖から汽笛がまた聞こえた。陽が暮れるにしたがって工場の明かりも少しずつ増えてきた。

「ランニングしてこいよ。おじさん、見ててやるから」

「……うん」

甲太くんは立ち上がる。僕は「ああ、ちょっと待てよ」と呼び止めて、ダイエーホークスの帽子のつばを後ろに回してやった。

「ランニングのときは逆さにかぶったほうがいいんだ。風で帽子が飛んでっちゃうと困るからな」

「おじさんもそうしてたの？」

「してたぞ、シュウコウの伝統なんだ、このかぶり方は」

甲太くんは、へへへっ、と嬉《うれ》しそうに笑って、走りだした。

一つぐらい伝統を勝手につくったって、いい。

帽子のつばで顔を隠さずに走ったほうが、いい。

「胸張っていけよ！」

声をかけると、甲太くんは「オーッス！」と声変わりのすんでいないかん高い声で、元気いっぱいに答えた。

3

飛行機は、音から先にやって来た。雲の厚く垂れ込めた空に、キン、とジェットエンジンの音が響き、「そろそろだぞ」と美奈子に声をかける間もなく、機影が雲を割って現れた。

「下に降りようか」

「うん……でも、まだ、いいんじゃない？」

美奈子は展望デッキのフェンスに手をかけたまま、着陸態勢に入った飛行機をじっと見つめる。羽田からの便——ボストンから一時帰国した和美が乗っている。美奈子にとっては、約十カ月ぶりの母親との対面になる。

「緊張してるのか？」

からかうと、「なに言ってんの」とあっさりかわされた。「お父さんこそ、声が震えてない？」

笑ってごまかした。確かに、緊張しているのは僕のほうだった。ゆうべは寝付かれなかった。照れくささとは微妙に違う。譬《たと》えるなら、試験の答案が返される前のような気分だった。それも、自信のない科目の。

「春の大会のこと、お母さんになんて言うの？」

「……もうメールで教えたよ」

一回戦負けだった。コールドゲームは免れたものの、途中で一度も追いつけなかった完敗――後輩たちは「勝ち」の味をまた覚えそこねてしまい、スタンドにザワ爺《じい》の姿はなかった。

「お母さん、なんだって？」

「夏に期待ですね、って」

「前向きじゃん。こういうのって性格だよね」

美奈子は、わかるわかる、と笑った。ほんとうは、ちょっと嘘《うそ》をついた。敗戦にも淡々としていた選手の態度を愚痴った僕に、和美はこんな返事をよこしたのだ。

〈野球部が勝つことを自分の「勝ち」にしないほうがいいんじゃない？　そうしないと、野球部が負けるたびにあなた自身まで負けつづけるような気がします。自分の勝ち負けは、自分がマウンドに立たないとわからないでしょう（早朝野球をやれっていう意味じゃないですよ）〉

俺のマウンド――？　そんなこと言われたってなあ、とメールを読んだあとはため息をつくしかなかった。

飛行機が着陸した。展望デッキからだと豆粒のようなサイズの窓のどこかから、和美も僕たちを見ているはずだ。

「行こうか」

もう一度うながすと、今度は美奈子もうなずいてフェンスから離れた。

家族で過ごすのは二泊三日。今日——土曜日の午後の便で和美が帰ってきて、明日の日曜日は朝からお寺で母の一周忌の法要をすする。長男一家の務めをすませると、月曜日は美奈子に学校を休ませて、夕方の最終便で和美が帰るまで、ひさしぶりの家族水入らずの休日だ。

「あさって、どこに行くか決めたか?」

美奈子はあいまいに首をかしげる。「どこでもいいよ」とつぶやくように言って、「お父さんとお母さんに任せるから」と、ため息をつく。

「なんだよ、ゆうべはあんなに盛り上がってたのに」

「……盛り上がってるけど、いまでも」

「下に行こう。お母さん、どうせソッコーで出てくるぞ」

僕は苦笑交じりに美奈子の肩をポンと叩《たた》いた。なにごとにも物怖《ものお》じしない子なのに、意外とこういうところで気後れしてしまうのだと知った。東京にいた頃も、仕事の合間を縫ってできるだけ親子のコミュニケーションはとってきたつもりだが、周防に来てから「へえ、そうだったんだ」と発見したことは数多い。「仕事の合間」なんていう発想がそもそもよくないんだよな、とも自分を振り返って、思う。世の中のすべての父親が無職になってしまえばいい――とまでは言わないけれど。

空港ビルの中に戻りながら、美奈子が言った。

「お母さんとおじいちゃん……喧嘩《けんか》なんかしないよね？」

「しないしない、するわけないだろ」

「でも、おじいちゃん、さっき誘ったのに迎えに来てくれなかったじゃん」

「……車が狭くなるからだよ」

「おじいちゃん入れても四人なのに？」

「明日の打ち合わせとか、いろいろ忙しいんだ、おじいちゃんも」

「あーあ、法事、かったるいよお」

「そう言うなって。すぐ終わるよ、すぐ」

「だといいけど……」

昼食はお寺の近くの料理屋の座敷を予約している。三十人近い親戚《しんせき》が集まる。僕と美奈子が帰郷した夜にさんざんからんできた正雄叔父も――もちろん、来る。「お父さんも酔ったふりしてボコっちゃいなよ」と美奈子は真顔で言っている。

手荷物を受け取ってゲートから出てきた和美は、僕たちを見つけると少しはにかんだ微笑《ほほえ》みを浮かべた。

駆け寄って抱きつくだろうかと思っていた美奈子は、僕の隣にたたずんだまま、細い声で「お帰り」と言うだけだった。和美もなんとなく拍子抜けしたふうに、ショルダーバッグを肩に掛け直しながら「いい天気だね」と言った。

「……ここのところずっと、晴れてるんだ」

僕の声はうわずってしまい、まなざしも逃げるように横に流れた。

去年の七月に和美がボストンに発《た》って、いまは五月。季節が三つぶん。こんなに長く会わなかったのは結婚以来初めてだ。

「どう？　元気にしてた？」和美は美奈子に声をかけた。「また背が伸びたんじゃない？」

「うん……ちょっとだけど」

美奈子はうつむいて、ポシェットの紐《ひも》を指に巻き付けたりほどいたりする。「なに照れてるんだよ」と笑う僕の声も、またうわずった。どうも調子が出ない。体も心も思うように動かない。なのに、さっきからずっとすべてが空回りしているような気もする。

和美が加わっただけで――それが家族のあたりまえの姿なのに、僕も美奈子もバランスがくずれてしまったのだろうか。昔、夜勤の多かった父がたまに夕食時に家にいると、僕はなにをしゃべっていいかわからず、母もふだんよりこまめにテレビのチャンネルを替えた。そんな夜のぎごちなさに似ている。僕たちは、和美のいない毎日に慣れすぎてしまったのかもしれない。

和美も僕と美奈子を交互に見て、苦笑交じりに言った。

「リハビリしなくちゃね」

二泊三日。短すぎるのは、最初からわかっている。

空港から周防に向かう車の中で、和美は帰国の旅の様子を問わず語りに話していった。機内食のメニューや、キャビン・アテンダントの顔立ちや、英文の機内誌に載っていたエッセイのあらすじ……。どれも急いで話さなければならないような内容ではなかったが、そういうとりとめのない話をすることが、和美なりのリハビリなのかもしれない。

ボストンから成田まで、約十七時間。偏西風に乗ってスピードを稼げる往路に比べると、一時間ほどよけいにかかる。成田に着いたのはゆうべの九時過ぎで、そこからリムジンで東京に向かい、新宿のホテルに一泊した。

時差ボケの調整はあまりうまくいかなかったようで、結局ほとんど一晩中、ボストンの研究室のスタッフとメールのやりとりをしていたのだという。

「向こうに帰ったら、またすぐにフィールドワークでコロラドのほうに出かけなきゃいけないのよ」

帰ったら――という言い方を、ごく自然に口にしていた。

「忙しいんだな」

「まあね。遊びに行ってるわけじゃないんだし」

和美の専攻は、アメリカ移民文化史――特に、ネイティブ・アメリカンとの文化的衝突と融合。資料の散逸や風化が進むなか、五年後ではもう遅い、というのが今回の留学の話を受け容《い》れた最大の理由だった。

「なーんてことを法事の前に言ってると、お義母《かあ》さんに叱《しか》られちゃうね」

「……もうあきらめてるよ」

「草葉の陰で泣いてる、ってやつ？」

知らないよ、と聞き流した。テンポの速い和美のおしゃべりに付き合うのに、少し疲れた。亀山も神野も、それから恭子も、比べる相手が目の前にいなければ気づかないが、たぶん田舎のテンポというものなのだろう、ずいぶんのんびり話す。

和美は今朝、早朝のうちにホテルを出た。もともとの勤務先の女子大を訪ね、学部長と学科主任に挨拶だけすませると、すぐに羽田空港に向かい、昼過ぎの便に飛び乗った、という。

あいかわらずタフだ。体つきは小柄なのに、全身、バイタリティとエネルギーの塊のようなものだ。ボストンでも、フィールドワークに出かける仲間から「シェルパ並みだ」と言われているらしい。

田舎の「長男の嫁」なんて、やっぱり無理だよなあ――。

東京にいた頃からわかっていたことを、あらためて嚙《か》みしめる。

じゃあ、俺は田舎の「長男」は無理なのか――？

東京にいた頃にもわからなかったことが、周防に帰ってから、逆にますますわからなくなった。

「でも、ほんと、お義母さんが生きてたら、こんな別居生活、絶対に怒ってるよね」

「……おふくろが死んだから、こうなったんだろ」

母は和美が仕事を持つことを快く思っていなかった。仕事では旧姓をつかいつづけていることも。「なして、日本人がよその国の歴史を調べんといけんのじゃろうねえ」と僕にこぼしたときの憮然《ぶぜん》とした顔を、まだくっきりと覚えている。だが、その不満の根っこをたどっていけば、けっきょくは、「なして長男が東京で就職せんといけんのん」に至ってしまう。

似たようなことを、明日は正雄叔父に言われるだろう。そういう家系なのだろうか、母と正雄叔父は姉弟そろっておしゃべりで、よく言えば世話好き、正直な印象では、ただのおせっかい。教訓話と説教が好きで、冗談のように考え方が古くさく、しかも酒癖が悪い。

もう二十五年近く前、僕がシュウコウに合格したときも、酒に酔った正雄叔父にこんなことを言われた。

「ええか、洋司。シュウコウに受かったんは、ようやった。叔父ちゃんも褒《ほ》めちゃる。ほいでも、おまえは本家の長男なんじゃけえ、シュウコウに受かったぐらいで親孝行ができた思うなよ」

正雄叔父に言わせると、親孝行にはいくつもの段階があるらしい。じょうぶで健康に育つことから始まって、シュウコウに入ること、旧制高商の流れをくむ地元の国立大学の経済学部に入ること、県庁か市役所に就職すること、家によく尽くす嫁をもらって跡取りの男の子を産ませること、そして年老いた親を看取ること……。

僕ができたのは、最初の二つだけだった。最後の一つも、母のときにはなにもしてやれなかった。父のときは、どうなるのか、まだなにもわからない。

「親父、ずいぶん歳とったぞ。ほんと、じいさんになったよ」

ぽつりと言うと、「そう……」と返す和美の相槌《あいづち》も初めて声が沈んだ。

美奈子は黙って窓の外を見つめている。ルームミラーに映るその横顔は驚くほどおとなびて、そして、寂しげだった。

その夜遅く、桑原さんから二度目のメールが来た。

ムックの企画に正式にGOサインが出た、という。

〈ただ、版元サイドでは、創刊ゼロ号の感触を見ないことには、広告や営業の人員増強は確約できない、とのセコい姿勢（笑）。来年春の創刊に向けて、とりあえず年内に単発のゼロ号を出すことで話がまとまりました。／そうなると、小生、ひたすら広告取りに追われそうです。楽しみにしていた誌面づくりは、信頼のおける副編集長に任せるしかありません。／急募！　雑誌編集のノウハウを知り尽くした副編集長！／というわけで……清水くん、先日のメールのご返答はいかがですか？／ふるさとに帰って自分を見つめ直すのは、人生にとって、とてもたいせつな機会だと思います。小生も、心の片隅では君をうらやましく思っています（マジだぞ）。／瀬戸内地方は気候も温暖で暮らしやすいと聞いています。清水くんの家の事情もわかっているつもりです。それでも、もしも君がチラッとでも東京に戻る気があるのなら、ワガママを一

つだけ言わせてください。／清水、助けてくれ！〉

美奈子の部屋からは、ぼそぼそと話し声が聞こえている。和美も美奈子もまだ起きているのだろう。ときどき笑い声もあがるから、深刻な話ではない。リハビリはうまく進んでいるようだ。

いま、二人に桑原さんのメールを見せたらどうなるだろう。

そんなことをふと思い、腰も浮かせかけたが、なに言ってるんだ、と自分を叱って座り直した。桑原さんの誘いに、応《こた》えるのではなく、すがろうとしている。「どう思う？」と、僕自身が決めなければならないことを和美と美奈子にゆだねようとしている。優柔不断の、ずるい男だ。

桑原さんにメールを打ち返そうとした。東京に帰るかどうかではなく、とりあえずメールを受け取ったということだけ。〈ふるさとで見つめ直した自分は、けっこうセコい奴でした〉と書き出しの一文も浮かんだが、桑原さんに愚痴ってどうするんだ、と思い直して、やめた。

床に寝転がって、鴨居《かもい》に掛けた喪服をぼんやり見つめた。もう一周忌なんだなあ、とあらためて思う。明日は地味めの背広でいいだろうと思っていたら、和美に「こういうのは大袈裟すぎるぐらいでちょうどいいのよ」と言われ、衣類ケースにしまい込んだままだったダブルの礼服をあわてて出した。和美は、母の着物を仕立て直した喪服を着るのだという。「そこまで親戚に気をつかわなくてもいいんだぞ」と僕が言うと、和美も「われながらケナゲな嫁だよねえ」と苦笑して、「でも、お義母さん、喜んでくれると思うから」と、これは真顔で言った。

母が生きていたら、我が家はいま、どうなっているだろう。

無断で家を二世帯住宅に建て替えたことを、もちろん僕は怒る。母も負けずに言い返してくるはずだ。長男なんだから、一人息子なんだから、お父さんもお母さんも年老いたんだから……。どんなに激しく親子喧嘩《げんか》をしても、僕には両親を捨てることはできない。それだけは、はっきりとわかる。真新しい二世帯住宅の前にたたずんで途方に暮れる自分の姿も想像できる。

だが、たぶん僕はつぶやくだろう。

「いまはまだ、親父もオフクロも元気なんだし……」

ため息交じりに踵《きびす》を返し、ふるさとの我が家に背を向けるだろう。和美がボストンに発ったあとは東京で美奈子と二人暮らしをして、思いどおりに進まない仕事に愚痴ったり、家事の負担が増えたことをぼやいたりしながら、ときどきふるさとのことを思いだしては「まあ、いまはまだだいじょうぶなんだから」と自分に言い聞かせて、たいせつな問題を先送りしているだけなんだということをつい忘れてしまったまま、毎日を過ごしていただろう。そして父か母が亡《な》くなったり倒れたりしたときに、またふるさとの我が家の前で途方に暮れるはずなのだ。

できれば兄貴か姉貴、せめて弟や妹がいてくれたら、僕の背負うものも少しは軽くなったかもしれない。僕はひどい難産で生まれた。帝王切開で僕を出産した母は、よほどキツかったのか、二人目の子どもを産もうとはしなかった。

わがままなひとだったからな、と喪服を見つめて笑う。こっちの迷惑も考えてくれよな、と声に出さずにつぶやく。

ひとのせいにするな——怒るとおっかなかった母の声が、どこかから聞こえてきたような気がした。


法要は五月晴れの下、静かに、淡々と営まれた。

去年の葬儀は、思いがけない急死ということもあって泣きくずれるひとが何人もいた。そうでないひとは——僕も含めて、悲しむ余裕すらなく、ただ呆然《ぼうぜん》とするだけだった。四十九日の法要でも読経《どきょう》のときに洟《はな》を啜《すす》る音があちこちから聞こえていたし、初盆でも、母の思い出話をしているうちに数人が涙ぐんだ。

だが、今日は、感情をあらわにするひとは誰もいない。本堂で読経と焼香をしているときも、お寺の裏にある墓地に回って花と線香を供え、卒塔婆《そとば》を立てるときも、もうそれはすべて型どおりの儀式をこなしているだけだった。ひとはこんなふうにして忘れられていくのかもしれない。

近くの料理屋の広間に場所を移して、昼食になった。

父の短い挨拶《あいさつ》が終わると、献杯のビールを一息に飲み干した正雄叔父が大きな声で「まあ、義兄《にい》さんも姉貴が亡くなって寂しいけど、その代わり洋司らが帰ってきたんじゃけえ、これで安心して隠居できるわい」と言った。

まわりの親戚《しんせき》も納得顔でうなずいて、僕に「ほんまに、よう帰ってきてくれたなあ」と拝むような手つきをするひとまでいた。詳しい事情を知らないひとは和美にも「田舎暮らしは大変なことも多いけど、すぐに慣れるけん」と声をかけて、和美は困惑と気まずさを顔に出さずに愛想笑いを返した。

父は、なにも言わない。ほんとうに無口なひとだ。たんに口数が少ないのではなく、自分のまわりのことに対してほとんど関心がないんじゃないか、とも思う。

こういうときに場持ちのする母は、いない。親戚の相手は「長男」と「嫁」が引き受けなければならない。いや、僕と和美だけでなく、「座ってごはん食べてればいいんだからな」と言っておいた美奈子まで――広間をぐるぐる回って、初対面に近い親戚に自分から「ごぶさたしてまーす」と挨拶して、ビールの酌までする。和美もそれを見て戸惑った様子だったから、あらかじめ「そうしなさいよ」と言われていたわけではないのだろう。

親戚は美奈子のおとなびた振る舞いを面白がって、しきりに話しかけたり、「美奈子ちゃん、こっちに来んさいや」と呼びつけたりする。おかげで僕や和美はよけいな質問やおせっかいな忠告を受けずにすんだが、座敷に笑い声が響くたびに、僕の顔はこわばってしまう。まだ小学六年生の娘にこんなに気をつかわせている自分が歯がゆかった。

酒の酔いがひとめぐりした頃、誰かが美奈子に声をかけた。

「どげな、美奈子ちゃん、周防は。人情の篤《あつ》い土地じゃけえ、すぐ馴染《なじ》んだろうが」

美奈子は一瞬口ごもったが、すぐに満面の笑みを浮かべた。

「はい、あたし、周防が大好きです」

「東京とどっちがええん？」

「周防です」

そばで聞いていた親戚が、どっと沸いた。美奈子も嬉《うれ》しそうに、ビール瓶を手にとって、「もっと飲んでくださーい」と酌をする。

いたたまれなかった。そんなことはしなくてもいいし、あんなことも言わなくてもいい。もっと子どもらしく、親をはらはらさせて、ときにはおとなから顰蹙《ひんしゅく》を買うような本音を素直に口にしていればいい。昔の——東京にいた頃の美奈子は、そういう女の子だったのだ。

今度は、正雄叔父のだみ声が広間に響き渡った。

「のう、和美さん、ちょっとこっちに来て座りんさいや」

別の親戚のおしゃべりに付き合っていた和美は、しかたなく正雄叔父の前に座った。

「叔父さま、お酒ですか？」

お銚子を取ると、正雄叔父は「『さま』いうて、気取ったもんじゃのう、大学の先生は」と冷ややかに笑った。目が据わっている。隣の春恵叔母がとりなすように「お父ちゃん、お茶もらおうか？」と一声かけたが、正雄叔父はかまわずつづけた。

「のう、和美さんよ、あんたぁ、いまはアメリカにおるんじゃろう？　いつまで向こうにおるんな」

「……夏までです」

「そのあとは、どげんするんな。周防に帰ってくるんか、どげな、教えてくれんか。

あんたぁ、跡取りの嫁なんじゃけえ」

「ええ……」

「自分の立場は、ようわかっとるんじゃろうの、あんたぁ、頭がよさげなけん」

とりなそうとした春恵叔母の言葉は、「そげなこと、いま言わんでも……」で止まった。

父が不意に立ち上がったのだ。

広間が静まり返るなか、父は黙って、正雄叔父のほうに向かって歩きだした。体は決して大柄ではなく、歳《とし》もとっていても、四十年以上も造船所の力仕事をつづけてきた父の身のこなしには、ホワイトカラーのひとにはない威圧感が漂っている。正雄叔父も気圧《けお》されたように、決まり悪そうな顔になった。

「和美さん、ここはええけん、あっちに行っとりんさい」

父はぼそっと言って、和美に代わって正雄叔父の前に座り込んだ。

「おう、まあ一杯いけや」

父はお銚子をとって、正雄叔父のお猪口《ちょこ》に酒を注いだ。正雄叔父はこわばったしぐさで、それを受ける。

「のう、正雄、ひさしぶりに昔ばなしでもするか」

けんじゃろ」

「わしらもええ歳になったんじゃけえ、惚《ぼ》けんうちに、若い頃の話でもしとかんとい

「はあ？」

冗談など言わないひと——なのだ。場を盛り上げることなど考えないひと——だったのだ。

父は「のう、正雄、覚えとるか？」と、僕がまだ生まれる前の頃の思い出話をはじめた。春恵叔母がうまく空気を読んで「ほんま？」「うわぁ、そげなことあったんですかぁ」とオーバーな合いの手を入れてくれたので、ようやく広間にも話し声や笑い声が戻った。

父はその後も正雄叔父の前から離れなかった。よくしゃべった。よく笑った。正雄叔父も、考え方が古く酒癖は悪いものの、決して悪いひとではない。最後は、「懐《なつ》かしいのう、懐かしいのう」と呂律《ろれつ》のまわらない声で繰り返し、「姉貴も苦労したんじゃけえ、もうちいと長生きしてくれりゃあよかったのにのう……」と涙ぐんだ。

そろそろお開きの時間になった頃、父はこんなことも言った。

「正雄、おまえ顔が広いんじゃけえ、ちいと教えてほしいんじゃがのう」

「おう、どないしたん」と軽くうなずいてお猪口を口に運んだ正雄叔父は、つづく父

の言葉にむせ返ってしまった。

地区の老人クラブに入りたい——と、父は言ったのだ。

「わしは釣りと碁が好きじゃけえ、そういう集まりがあるんなら行ってみたいんじゃが、どげんして申し込んでええもんやら、連絡する先がどこになっとるんやら、なんもわからんのじゃ」

正雄叔父も、春恵叔母も、まわりの親戚も、きょとんとしていた。

「のう、正雄の知り合いに世話役のひとやらおらんのか?」

「いや、そりゃあなんぼでもおるけど……」

「そしたら、今度紹介してくれや」

「……紹介はいつでもするけど、義兄《にい》さん、ほんまにええんか?」

「なんがや」

「いや、じゃけえ……義兄さん、そげな集まりやら好かんのと違うんか?」

のう、と同意を求められた春恵叔母は「ああいうクラブも、意外と面倒くさいところありますけんねえ」と応《こた》え、まわりの親戚も、そうそう、とうなずいた。

だが、父は短く笑って、「好きも嫌いも、入ってみんとわからんじゃろうが」と言った。

「おう、まあ、そりゃあそうじゃけどのう……」

「ひょっとしたら、再婚相手も見つかるかもしれんしのう」

そう言って、お猪口に残った酒を一気に、美味《うま》そうに、飲んだ。

冗談など言わない——言えないひとだったのだ、ほんとうに。

4

月曜日のドライブには、父も付き合った。

出がけに、かたちだけのつもりで「おじいちゃんも行かない？」と美奈子に誘わせたら、父は読みかけの朝刊を閉じて「そうじゃの、行ってみるか」と言った。予想外の、本音を言えばあまり嬉しくない返答だった。

昨日は法要が終わってから寝るまで、美奈子は和美にべったりくっついて離れなかった。和美と今後のことを話し合うチャンスがなかった。もしかしたら、美奈子はそれをさせまいとして和美を独り占めしていたのだろうか。そんなことまで穿《うが》ってしまうほど、とにかく美奈子はしゃべりどおしだったのだ。

ドライブ中にゆっくりと、このさい美奈子も交えて話し合うつもりだった。桑原さんのメールもプリントアウトしてジャケットの内ポケットに入れてある。だが、父がいたら、僕は——和美や美奈子もきっと、自分のほんとうの気持ちを口に出す自信がない。

目的地は、海沿いの国道を二時間ほど走ったところにある国民休暇村にした。七十歳近い父には長丁場のドライブだし、夕方には空港に着いていなければならないので、向こうに着いても遊ぶ時間はほとんどない。それでも、片道一時間圏内で行き先を探すと、山の中の鍾乳洞《しょうにゅうどう》と、縄文時代の遺跡と、イノシシ村ぐらいしか見つからない。

二時間あれば東京まで飛行機で楽に行けたんだな——と気づいたのは、美奈子の「出発しんこーう！」の声とともに家を出て三十分ほど走ってからだった。和美を送りがてら、僕と美奈子も東京へ行く、という手もあった。日帰りの強行軍でも、渋谷で買い物をする時間くらいは取れる。そのほうが美奈子も喜んだかもしれない。

美奈子と和美はリアシートに並んで座り、家を出てからずっと美奈子が一人でおしゃべりしている。交差点を通り過ぎるたびに、ここを左に曲がるとどこそこに行き、右に曲がればどこそこに着く、と説明する。ずいぶん町に詳しくなった。しゃべる言葉は標準語のままでも、その気になれば方言もつかえるらしい。「こんなふうに言うんだよ、あのね……『なにしよるーん、うち、そんなん好かんもん』ってね」——微妙にイントネーションが違っていたが、まあ、合格だ。

車が海岸線に出ると、話題は、いかに周防の魚が美味《おい》しいかになった。

「はっきり言って、東京で売ってるお魚なんて、マグロとイカとアジしかないじゃん。煮付けにして美味しいお魚って、ある？　あたし、お魚の美味しさに目覚めちゃったもんね。瀬戸内海のお魚って、ちっちゃいの。小骨もたくさんあるの。それをね、薄味のお醤油でささっと煮付けて、活《い》きがいいから身が盛り上がるのね、で、その身を箸《はし》の先っちょでほじほじして食べるのが、いーんだよねえ、マジ」

魚だけではない。地元の小さな乳業会社が宅配する牛乳もコクがあると言ってよく飲むし、東京にいた頃は苦手だった生野菜も、父が家の庭でつくったトマトやキュウリなどは、マヨネーズやドレッシングを付けずに丸かじりするほどだ。少なくとも食べ物にかんしては、美奈子は周防の暮らしにすんなり馴染《なじ》んでいる。

「あとねえ、空気、うん、空気が違うよね、東京とは。においがするの。朝は山のにおいね、緑と土と夜露の交じった、苦いっぽいんだけど、甘いにおいなの。昼間は、葉っぱがどんどん乾いて、陽にあたって、なんていうか、光合成の深呼吸っていうか、酸素が濃厚って感じのにおい。雨が降る前にはちゃーんと雨のにおいがするし、風向きが変わると海のにおいがうっすら漂ってくるわけ。海のにおいってさあ、サザエのにおいに似てるんだよね」

町のことは、よく褒めてくれる。駅前商店街のさびれ具合やショッピングセンターの品揃えの貧弱さも、おじいちゃんに気をつかってくれたのだろうか、たまたまなのだろうか、おしゃべりの話題にはのぼらなかった。

父は助手席で、じっと黙っている。シートに体を預けてゆったりと座ればいいのに、背筋を妙にピンと伸ばし、窓の上のグリップを左手で握って、まっすぐ前を見つめる。「缶ビールでも買おうか?」と声をかけても「いらんけん」、「トイレに行きたくなったら、いつでも言ってよ」と言っても「わかっとる」……ほんとうに無口で愛想のないひとだ。

そんなので老人クラブに入って、やっていけるの?——喉元《のどもと》まで出ている言葉を、こらえた。僕はもう十七、八歳の少年ではない。父が急にあんなことを言いだした理由は、なんとなく、わかる。和美もきっと察しているだろうし、美奈子だって勘の鋭い子どもだ。

だから——今日のドライブには、父に来てほしくなかったのだ。

昼前に、国民休暇村に着いた。夏は海水浴客でにぎわう海岸だが、この時季は駐車場に車はほとんどなく、平日なので釣り客やウインドサーフィンを愉《たの》しむ若者もいない。昼食をとるつもりだった海辺のリゾートホテルは休業中かと見まがうほど閑散として、バブル時代のオープンからまだ十年そこそこしかたっていないのに建物ぜんたいがずいぶん古びてしまっていた。

ホテルの前庭から海岸につづくボードウォークを四人で散歩した。美奈子はあいかわらずよくしゃべったが、僕も和美も、相槌《あいづち》がくぐもってしまう。時間はもうあまり残っていない。和美と次に顔を合わせるのは夏——彼女が留学を終えて帰国するときで、そこから今後の話をするのでは遅すぎる。

父と美奈子に気づかれないよう、和美はそっと僕を振り向き、小声で「詳しいことは、またメールで相談しようよ」と言った。「ここで揉《も》めちゃうと、空港までの帰り道がキツいから」

僕もしかたなくうなずいて、さらにしばらくボードウォークを進んだ。

「のう」

父が不意に声をあげた。少し先を歩いていた美奈子を「ちょっと、美奈子ちゃんよ」と呼び止めて、「おじいちゃんと磯《いそ》のほうまで行ってみんか」

「磯って、あっちの岩場のこと?」

「そうじゃ、いまは潮が引いとるけん、カニやら小魚やらがおるかもしれん」

「ほんと?」

美奈子は声をはずませて、僕と和美を振り向いた。

「行ってこいよ」と僕は言う。

「海に落っこちないように気をつけなさいよ」と和美は笑う。

「あれぇ? 一緒に行かないの?」

「お父さんはいいや、そのへんのベンチで休憩してるから」

「お母さんも、ほら、靴がスニーカーじゃないから、ここで待ってるね」

父はなにも言わない。僕たちと目も合わせず、そっぽを向いて、昨日よりは雲が少し増えた空を見上げている。

最初は物足りなそうな顔をしていた美奈子も、なるほどね、というふうに笑いながらうなずいて、「じゃあ、おじいちゃん、ツーショットで行こっ」と父の腕に抱きついた。父は一瞬困惑して腕を縮め、それから、ひどく照れくさそうな顔になった。それでも手を振りほどこうとはせず、「早く早く」と美奈子にせかされて、砂浜に下りる階段へ向かう。

二人の後ろ姿を見送りながら、和美は言った。

「おじいちゃんにすっかりなついてるね」

「人なつっこい子だからな、相手が誰でも同じだよ」

「でも、やっぱりおじいちゃんだから気が合うんじゃない？」

「そんなことないって」

短いやり取りのあと、僕たちは顔を見合わせて、どちらからともなく苦笑した。皮肉なものだ。東京に帰ることしか考えていない和美が父を立てて、周防に残ることを心の片隅から捨てきれない僕のほうが父にそっけない。僕たちはお互い、変なぐあいに優しいのだろう。

近くにあったベンチに並んで座った。砂浜をゆっくり歩く父と美奈子を眺める格好になった。和美はちらりと腕時計に目を落とし、僕は煙草《たばこ》に火を点《つ》ける。

先に口を開いたのは和美のほうだった。

「……決めなきゃね」

僕は煙草の煙を吐き出して、「昨日の親父の話、どう思う？」と訊いた。

「お義父《とう》さん、もう覚悟決めてるよね。一人暮らしでこれからやっていくんだ、って」

「……だよな」

「正直言って、嬉《うれ》しかった。周防に帰らなくてもいいからっていうんじゃなくて、お義父さんが自分で自分の暮らしっていうか、老後っていうか、そういうのを背負おうとしてるんだな、って。見直したなあ、昨日は。格好良かったと思う、すごく」

「背負える、のかな」

「背負わなきゃしょうがないでしょ？　身勝手な言い方に聞こえるかもしれないけど、私だけじゃなくて、あなたや美奈子の人生だってあるのよ。お義父さんの面倒を見るためになにかをあきらめたり捨てたりするのって、やっぱりおかしいと思うの。お義父さんだって、そんなのかえって嫌がると思わない？　お義母さんが二世帯住宅に建て替えた気持ちもわからないわけじゃないけど、家族の形をとりあえずつくるために息子や嫁や孫の人生を変えちゃうなんて、そんなの変だもん、すがりすぎてるよ、甘えてるし、親のエゴだと思うの」

一息に言った和美の言葉が——「身勝手な言い方」に聞こえてしまった。なぜだろう。わからない。理屈では和美の言うとおりだと思うし、はっきりと言ってもらってほっとしたのも確かなのに、正しいはずの言葉にうなずけない。

話が途切れた。僕は波打ち際《ぎわ》に目を移し、昔のことを思いだす。小学生の頃、あれは何年生だっただろう、家族でこの海岸に海水浴に来たことがあった。いまホテルの建っている場所には、民宿が何軒か並んでいた。ボードウォークはなかった。掘っ立て小屋に毛の生えたような海の家があって、板張りの広間でかき氷を食べた。海の家は込み合っていた。子ども会かなにかの団体客もいたし、家族連れも多かった。両親に子ども一人の三人家族はいなかった。はっきりと覚えている。きょうだいで追いかけっこをしたり浮き輪を交換したりしている子どもたちがうらやましかった。団体客の騒がしさに気おされるように、僕たちは広間の隅の四人掛けのテーブルで黙々とかき氷を食べた。途中で店員がやってきて、一脚余った椅子《いす》を別のテーブルに持っていった。そのとき、ウチは小さな家族なんだな、と思ったのだ。四人掛けの席を埋めることさえできない家族なんだな、と思ったのだ。

「一人っ子ってのは、やっぱり損だよなあ……」

「そんなの、いまさら言ってもしょうがないじゃない」

「親父やおふくろにとって、子どもは俺しかいないんだよな」

和美がいらだった顔になったのが、気配でわかった。

「でもね、私にとっての夫だって、あなたしかいないのよ。美奈子にとっての父親だって、あなただけよ。子どもが大きくなって家を出て、結婚して家庭を持つっていうのは、そういうことなんじゃないの？」

「……わかってるよ」

「お義父さんに東京に来てもらう？　私は、それがいちばん合理的だと思うけど」

合理的——また、「身勝手な言い方」に聞こえてしまう。

和美の実家は横浜のニュータウンにある。ほどほどに自然が残り、生活にも便利な街だ。両親は健在で、二人いる兄のうち一人は同じ横浜市内、もう一人は東京に住んでいて、一時間もあれば両親のもとに駆けつけられる。合理的なふるさと、なのだろう。義父は山梨の農家の三男坊だった。非合理的なふるさとを捨て、両親を長兄に任せて、上京したひとだ。もの静かで穏やかな人柄の義父のことを、いま、ほんの一瞬、嫌いになった。

僕はベンチに座ったまま伸びをして、無理に笑って気を取り直した。

「親父のことは、まあ、いいや。やっぱり美奈子のことを最優先で考えないとな」

「私のことは？」

「わかってるから、いいよ」

和美はなにも言わない。僕の「わかってる」ことは、正解なのだろう。

「俺は、美奈子は東京に帰らせたほうがいいと思う」

「そう？」

「ああ……絶対に、そのほうがいい」

いじめのことを話した。最近は解決したようだけど、と前置きして、話を聞いたことは美奈子には黙っててくれ、と念を押して、「こんな田舎だと、中学に入ってもやっぱりあいつは浮いちゃうと思うんだ」と話を締めくくった。

和美は「やっぱりね」とため息をついた。

「わかってたのか？」

「細かいところはいま初めて聞いたけど、『指輪物語』のリクエストがあったでしょ、その頃から感じてたし……あの子、おとといから学校の友だちの話、ほとんどしないんだもん。東京にいた頃だったら、三日あったらクラス全員の名前が登場してるはずなのよね……」

それから——と、和美はつづけた。

「やっぱりっていうのは、そういう意味じゃないの。あなたのこと。美奈子に口止めされたら素直に聞いちゃう、理解のありすぎるお父さんのこと」

「……しょうがないだろ、美奈子にもプライドがあるんだから」

「隠すことがプライド？」

「あいつは、おまえに心配かけたくなかったんだよ」

「美奈子の気持ちはいいのよ、私にもわかるから。私が言いたいのは、あなたが、なにをしたかってこと。美奈子のプライドを守る？　それがいちばん大切なこと？」

返す言葉に詰まった。砂浜から美奈子がこっちを向いて、やっほー、と手を振った。

和美は頭上で手を振り返して、その手をため息交じりに膝《ひざ》の上に戻すと、「なにもできなかったんでしょ」と言った。尋ねるというより、確かめる口調だった。

「お父さんはよけいなことをしないで、とか言われたんじゃない？　心配しなくていいから、だいじょうぶだから、って。そうでしょう？　で、あなたは、子どもにも子どもなりの意地やプライドがあるんだから……って納得して、本音では少しほっとしてたんじゃない？　こういうのは本人同士で解決するしかないんだから、とかなんとか理屈つけて」

言葉に、はっきりとトゲがあった。感情が一瞬でとがってできたトゲではなく、時間をかけて研ぎ澄ました、逃れようのないトゲだった。

「おととい帰ってきたばかりでこんなこと言うのって、いやなんだけど……東京にいた頃は、あなた、もっと強かったと思う。べつに腕力とか、ぐいぐい引っ張っていくとかじゃないんだけど、もっとね、心の芯《しん》みたいなものがしっかりしてたと思うの」

「……優柔不断だって言いたいのか？」

和美は少し考えて、「悪いけど」とうなずいた。

「もともと俺はそうだったんだよ。優柔不断で、すぐにくよくよして、悩むくせに先に一歩も進めなくて……それが俺の性格なんだよ」

「違う、そんなことなかった、東京にいた頃は」

「隠してたんだ。仕事が忙しいし、いろんなことが忙しかったから、ごまかしてただけなんだよ。わからなかったのか？　おまえ、ずっと俺と一緒にいたのに」

「そういう言い方しないでくれる？」

「どんな言い方だって同じだろ」

和美はまた少し考えて、聞き分けのない子どもを諭すように、言った。

「ねえ、そんなふうに逃げないでほしいの」

肩が思わず揺れた。

逃げてもいい――と言ってくれたひとが、いたのだ。

二十年前に逃げて、だから生きて、いま、ふるさとに帰ってきたひとが、いたのだ。

「ここまで言っちゃったから、もうひとつだけ、いい？」

「ああ……」

「あなたは、お義父さんのことを考えて迷ってるよね。私や美奈子のことも考えて、どうしようかって悩んでるよね。さっきから、ずっとそういう話をしてるわけでしょ。じゃあ、あなたはどうなの？　あなた自身の気持ちは？　一言も聞いてないんだけど、まだ」

なにも返せない。

「『誰かのために』っていうのは、『誰かのせいで』と根っこは同じだと思うの」

僕は黙ってベンチから立ち上がる。

ジャケットの内ポケットの中には、桑原さんのメールをプリントアウトした紙がある。なにもしゃべらなくていい、それを和美に見せれば……僕はまた、自分で決めなければならないことを別の誰かにゆだねようとしている。

リゾートホテルの展望レストランに入って、窓際《まどぎわ》の席についた。岩場でイソギンチャクを見つけた美奈子は「あんなの見ちゃうと食欲なくなっちゃうね」と言いながら、メニューを開くとスパゲティナポリタンとフルーツパフェを迷わず注文した。僕と和美は、せっかく海まで来たんだから、とメニューの中でいちばん高かった潮騒御膳《しおさいごぜん》を頼み、「わしゃあ、うどんでええわ」と言う父にも同じものを注文した。父のために日本酒も一本付けた。

ウェイターが席から立ち去ると、ふと話が途切れた。最初はたまたまぽっかり空いただけの沈黙だったが、話を継ぐタイミングを逃しているうちに、少しずつ静けさが重くなってきた。僕の向かい側に座った和美が、なにか言いたげな顔になって、しかし声の代わりに出てくるのはため息だけだった。僕の隣の父も、痰《たん》のからんだような咳《せき》を、思いだしたように繰り返す。斜め前の美奈子まで、おとな三人のぎごちなさを察したのだろう、水の入ったグラスをぼんやりと見つめる。

和美は水を一口飲んだ。ためらいを振り切るように顔を上げ、「あのね、美奈子……」と声をかけた。

「美奈子ちゃん、東京に帰りとうないか？」

声をねじ込んだのは、父だった。

「え？」——声をあげたのは美奈子一人だったが、僕と和美も驚いて父を見た。

「もう周防にも飽きたじゃろう」

美奈子は困惑して、なにも言えない。口があわあわと動いたのは、無理して笑おうとしたのかもしれない。

父はそんな美奈子を、目を細めて見つめる。問いただしているのではなかった。

微笑んでいた。優しい——ほんとうに、いままで見たことがないほど優しい顔をしていた。

美奈子は、父から逃げるように目をそらした。うつむいて、肩をすぼめて、瞬《まばた》きの回数が急に増えた。

父は微笑みを浮かべたまま、今度は僕のほうを見た。

「わしは、一人でもだいじょうぶじゃけん」

「……ちょっと待ってよ」

次に、和美を見る。

「どうものう、洋司と美奈子ちゃんがおってくれるとにぎやかでええんじゃが、年寄りにはちいと疲れる。一人でおったほうが気楽でええわ」

また、僕に視線が戻る。

「半年もおってくれたんじゃ、お母さんも喜んどるわい。ほいでも、死んだ者を喜ばせてもしょうがない。お母さんがぐじぐじ文句言うんなら、わしが向こうに行ってから謝っといちゃるけえ、心配するな」

そして、再び美奈子に——さっきよりもっと優しい顔になって、言う。

「ありがとうな、美奈子ちゃん。おじいちゃん、この半年、ほんまに楽しかった。美奈子ちゃんが大きゅうなるのをそばで見れて、ほんまにの、ほんまに幸せじゃった。じゃけえ、もう、おじいちゃんのことはええんじゃ。またお盆やらお正月やらに遊びに来てくれれば、それでええ」

美奈子はうつむいたままだった。

父は張り詰めていたものをふっとゆるめて、「こげなところで言うような話じゃなかったの」と笑う。

僕も、和美も、笑い返すことができなかった。

ウェイターが料理を運んできた。父は潮騒御膳についていたデザートのイチゴを美奈子のナポリタンの皿に載せて、手酌で注いだ酒を一口啜《すす》った。

「べつに、いますぐ決めんでもええんじゃけどの……」

つぶやくように言って、ふう、と息をつく。

美奈子が顔を上げた。

「おじいちゃん……」か細い、泣きだしそうな声だった。「一人のほうがいいの？ あたしとかお父さんがいないほうがいいの？」

父は小さくかぶりを振って、酒を啜る。

「……あんなに広い家で、ひとりぼっちで、いいの？」

父は黙って酒を注ぐ。

「なあ、美奈子」

僕は言った。思うより先に、声が出た。

「ひとりぼっちと、一人暮らしは違うんだよ」——これも、思うより先に。

美奈子は、どんなふうに？　とは聞き返さなかった。

「おじいちゃんは、一人暮らしになっても、ひとりぼっちにはならない。東京と周防は遠いけど、お父さんはちゃんといるし、お母さんもいるし、美奈子もいるんだ。おじいちゃんは、ひとりぼっちなんかじゃないんだよ」

父は黙って、酒を啜る。

お猪口《ちょこ》が空いた。お銚子に手を伸ばしかける和美を制して、僕が、酌をした。

「夏になったら、東京に帰る」

「おう……」

「やりたい仕事が、あるんだ」

父はうなずいた。なにも言わずに、何度も、嚙《か》みしめるようにうなずいた。

第六章

1

六月に入ってすぐ、ザワ爺《じい》は大学病院に入院した。病名は本人には詳しくは知らされなかったが、我が家に戻ることはないだろう、と医者は家族に告げていた。

ＯＢ会のメンバーが——こういうところが「シュウコウらしさ」というのだろうか、卒業年度の古い順に、毎日数人ずつ見舞いに出かけた。最初の予定では、僕たちの代が病院に行くのは六月の終わり頃のはずだったが、月半ばを過ぎた頃、順番が繰り上がったという連絡が入った。

ザワ爺の衰弱は予想以上に速く、モルヒネなどを使った終末医療を施したほうがいい、という段階に来ていた。惚《ぼ》けも進んで、もう家族もほとんど見分けられない。

だから——僕たち、だったのだ。

「ザワ爺の頭の中では、わしらは甲子園に出とるんじゃ。開会式の入場行進のことやら、ほんま、見てきたようにしゃべるんじゃと」

神野は病院に向かう車の中で言った。助手席の僕も、リアシートの亀山も、深々とため息をつく。ひとの記憶というものは悲しくて、そして優しいものなんだな、と思う。

「ザワ爺、甲子園のアルプススタンドにいたんだろうな」

僕が言うと、ランチボックスを膝《ひざ》に抱いた亀山も「おう、おったおった、紋付き袴《はかま》で、日の丸の扇子振っとったわい」と半べその声で応《こた》える。ランチボックスの中には、『カメさん』の特製ハンバーグが入っている。焼きたてだ。店に迎えに来た僕たちを待たせて、時間ぎりぎりまで厨房《ちゆうぼう》でドミグラスソースを仕上げていた。味見をさせてもらうと、いままででいちばん美味《うま》かった。お世辞ではない。だが、皮肉な話では、あった。今月いっぱいで、亀山は店を閉じる。

「OB会のひとが見舞いに行くと、甲子園の話ばっかりするんじゃと。よっぽど嬉《うれ》しかったんじゃろうのう、ザワ爺」

「じゃけん……よっぽど悔しかったんよ」

洟《はな》を啜《すす》りながら言った亀山は、助手席に身を乗り出して、店を出る前にも言っていた言葉を、また口にする。

「のう、ヨージ。ほんまに恭子は来んのか？」

「ああ、行かない、って」

「ほいでも、今日は遠出はしとらんのじゃろ？　ここからじゃったら、恭子の会社にすぐに寄れるけん、もういっぺん電話してみんか？」

「……変わらないって、何度言っても」

神野からの連絡を受けて、すぐに恭子に電話を入れたのだ。ザワ爺に会うのなら、今日が最後のチャンスになる。何度も言ったのだ。しつこいほど繰り返したのだ。それでも、恭子は、行かないと言った。元気だった頃のザワ爺の姿だけ思い出に残しておきたい、と。

「わし、恭子の気持ちもわかるよ」と神野が言った。

「オサムもザワ爺も、恭子の記憶の中ではあの頃のままなんだよな。それでいいのかな、やっぱり」と僕も言う。

亀山は舌打ち交じりにシートに背を預けた。

「それじゃったら、わしも恭子と会わんほうがよかった。高校時代の、カッコ良かったカメくんのままで覚えといてもらったほうがよかったのう……つぶれた洋食屋のオヤジじゃもんのう、いまは……」

「わしもよ」神野は苦笑した。「こげん髪が薄うなったんを見られてしもうて、あー、恥ずかしいのう」

僕は、どうだろう。シュウコウのエースのまま恭子の記憶に残してもらったほうがよかった——だろうか。

「カメもジンブーも恭子と会ったのを後悔してるのか？」

返事はなかった。

「俺は、やっぱり、会えて嬉しかったけどな」

少し間をおいて、神野が「そんなん、あたりまえじゃろうが、わしも嬉しいわい」と怒った声で言った。「嬉しゅうないわけがなかろうが、ボケ」と亀山には後ろから頭をはたかれた。

恭子に会えて嬉しかった。

オサムに、もう会えないのが悔しかった。

元気だった頃のザワ爺に会えないのが寂しかった。

だが、オサムもザワ爺も、恭子の思い出の中に、ちゃんといる。あの頃の僕たちの姿だって、記憶はパソコンのデータの上書き更新とは違うのだ、恭子は決して忘れていないはずだ。

「そろそろ、甲子園のことを決めとかんといけんのう……」

神野の一言をきっかけに、僕たちは、ささやかな嘘《うそ》つきになるための準備にとりかかった。

あの年の夏、僕たちは甲子園でどんなふうに戦ったのか——。

「一回戦負けでええんか？　ほんまに」

「おう、太郎さんもそげんしてくれえ言いよりんさったけえ」

ザワ爺は、甲子園の試合を覚えていない。勝ったか負けたかも、よくわかっていない。ただ、「ヨージはよう投げた」「神野らはようがんばった」とひとりごとを繰り返すだけだという。

「どうせじゃったら、優勝とまではいかんでも、ベスト8ぐらいまで話をつくりゃええのに。ほんま、お人好しいうか、遠慮深いもんじゃのう」

ぶつくさ言っていた亀山が、けっきょく、試合の筋書きをほとんど一人で考えた。

一対二の惜敗。

「惜しかったのう、ヨージ。最初の一点はしょうがないけど、決勝点はイレギュラーのヒットで取られたんじゃけえ。のう、これならおまえのメンツも立つじゃろ」

シュウコウ唯一《ゆいいつ》の得点は、こんなふうにして生まれた。

「まず、わしがヒットで出るわけじゃ。それをジンブーがバントで二塁に送る、と。ええバントじゃったぞ、ジンブー」

「……おまえ、打順がぜんぜん合うとらんじゃろうが」

「細かいこと言うなや、のう。昔の話じゃろうが。それで、オサムが打つわけよ。一、二塁間をライナーで割るクリーンヒットじゃ。当たりがよすぎてホームは難しそうじゃったけど、わしが気合い入れて走るんよ、頭から滑り込むんよ、ほいで、セーフ！　シュウコウ、待望の一点！　同点に追いつきました！　いうての……オサムは一塁ベースの上でガッツポーズじゃ、嬉しそうな顔しとるわい、ほんま、よう打ったで、オサム……ザワ爺は、もう、スタンドで踊りまわりよる、見えるよ、わし、ほんまにそれ、見えるよ……」

ザワ爺の目は、もうなにも見てはいなかった。点滴の針と排泄《はいせつ》用のチューブを差し込まれ、酸素吸入のマスクをつけて、灰色に濁った目をゆっくりと瞬く。

「おじいちゃん、神野くんらが来てくれたんで。亀山くんと清水くんも一緒に、お見舞いに来てくれんさったよ」

太郎さんが耳元で言うと、皺《しわ》と染《し》みに埋め尽くされたザワ爺の顔がほんのわずか動いて、喉《のど》がごろごろと鳴った。

「喉がいけんのう、痰《たん》がからむんよのう、おじいちゃん、ようシュウコウの応援で大声出しとったけえ、喉も疲れたんじゃ、のう……」

太郎さんは白湯《さゆ》を入れた吸い飲みをザワ爺の唇にあてがって、湿す程度に白湯を滴《したた》り落とした。

「神野くん、せっかく来てくれたんじゃけえ、甲子園の話を聞かせてやってくれえや。おじいちゃん、もうしゃべれんようになってしもうたけど、耳は聞こえるんじゃけえ、あんたらがようがんばった甲子園の話、聞かせちゃってくれえや」

僕たちはかわるがわる、甲子園の話を聞かせた。

僕は甲子園のマウンドで最後まで一人で投げ抜き、神野は盗塁を二回刺した。亀山は三安打を放ち、オサムがタイムリーヒットを打った。

みんな、がんばった。遠い憧《あこが》れだった甲子園で、シュウコウは、せいいっぱいがんばった。試合が終わったあと、ザワ爺も言ってくれたのだ、「ようがんばった、ようがんばった」と——がんばる機会さえ奪われてしまった僕たちに、何度もねぎらいの言葉を贈ってくれたのだった。

途中からザワ爺はうつらうつらしていたが、僕たちは、僕たち自身のために、幻の甲子園の熱闘を語りつづけた。ザワ爺が記憶に刻みつけたまま、逝《い》ってくれればいい。

僕たちはいまの話を、もう、誰にも語りはしない。

話し終えたときには、僕も神野も亀山も目を潤《うる》ませていた。

太郎さんは、寝入ってしまったザワ爺の掛け布団を整え、「ちょっと待っとってや、おじいちゃんからのことづけものがあるけえ」と戸棚を開けた。

取り出したのは、真新しい硬球だった。

「これな、おじいちゃんが入院する前に、シュウコウの野球部に、ってな……もう応援に行けんけえ、せめて、これくらいは、いうて……」

ボールには、細く震えたサインペンの文字で〈熱球〉と書いてあった。

「神野くん、このボールな、野球部のお守りにしてやってくれえや。おじいちゃんが、どげんしても書くんじゃあ言うてな……わし、ボール買いに行かされたんじゃけえ……かなわんで、のう、ほんま……」

神野は〈熱球〉の文字を食い入るように見つめてから、亀山に渡した。

亀山はボールにこぼれ落ちた涙を指先でそっと拭《ぬぐ》い取って、僕に回した。

じっと〈熱球〉と向き合う。ボールを握りしめる。〈熱球〉の文字が——ザワ爺の思いが、ゆらゆらと揺れる。

あと一カ月で、県予選が始まる。

グラウンドに立てずに高校野球を終えた僕たちの、それが二十一年ぶりの最後の試合なんだ、と決めた。

2

〈東京は空梅雨の予報で、夏の水不足が心配です〉

桑原さんからのメールの書き出しを読んだとき、「ほんとかよ……」とため息交じりのつぶやきが漏れた。目を窓のほうに向けて、もう一度、ため息をつく。

東京から西に九百キロ近く離れたこの町は――ずっと、雨だ。鉛色《なまりいろ》の雲が垂れ込める空を東にたどっていけば、ぽっかりと抜けたような青空が広がっているというのが、なんだか嘘のように思える。

激しくはないが、そのぶん湿り気をまとわりつかせる、じっとりとした雨が、朝から降りつづいている。昨日もそうだった。おとといもそうだったし、さきおとといも。

たぶん、明日もあさっても、こんな空模様がつづくだろう。

このあたりの梅雨入りは、東京より一週間は早い。気温も湿度も高い。蒸し暑く寝苦しい夜がつづく。美奈子が「ねえ、周防って、亜熱帯だっけ？」とこぼしたのは、数日前のことだ。

実際、本州の西端に近いこの地方は、九州と四国が楯《たて》のようにたちはだかっているせいで台風の被害を受けることはめったにないが、かわりに梅雨前線が居座ると、立ち去るまでが長い。何年かに一度の割合で六月や七月に集中豪雨に見舞われ、僕たちが小学四年生のときには土砂崩れで鉄道がしばらく不通になったほどだ。今年は、もしかしたら、ひさしぶりにそんな被害が出るかもしれない。

パソコンの画面に目を戻し、桑原さんのメールを読み進めた。

〈先日のメール、すごく嬉しかった。孤軍奮闘の苦戦がつづいていただけに、百人力を得た思いです。／……と、不安にさせちゃダメだな（笑）。／だいじょうぶ、創刊ゼロ号に向けて万事順調に進んでいます。収入その他のことは「俺を信じてくれ」としか言えませんが、清水を呼び戻すのにふさわしいものは用意します。／正式なGOのために詳しいレクチャーが必要なら、そちらにうかがうことも可能です。あるいは清水が上京する機会があるのなら、一度ゆっくり飯でも食いましょう〉

受信トレイから、保存用のフォルダに移した。

リスト表示されたフォルダには、この一週間で十通以上届いた和美からのメールも保存されている。こちらからの送信済みフォルダには、もっと数多くのメールが入っている。

近況報告ではなく思い出話でもない、これから先のことが、やっと僕たちのやり取りするメールの話題になった。

和美が留学を終えて帰国するのは、美奈子の夏休みが始まる頃。それに合わせて周防の暮らしを切り上げたとしても、東京でマンションを探すのにぼやぼやしていたら、すぐに二学期が始まってしまう。インターネットを使って物件を検索しても、条件に合うものはなかなか見つからない。

「やっぱりさあ、お父さんだけでも二、三日東京に行って、じっくり探したほうがいいんじゃないの？」と美奈子に言われ、桑原さんとの仕事のことも、やはり上京して話を詰めておきたいとも思う。

それでも——僕は東京には行かない。

階下で、父が居間のドアを開ける音が聞こえた。居間からトイレまで、それほど長くはない廊下を歩くスリッパ履きの足音は、いかにもぎごちないリズムだった。造船所の力仕事を長年つづけていたせいで、雨が長くつづくと膝《ひざ》が痛むのだという。水が溜《た》まっているのかもしれない。一度医者に診てもらえとしょっちゅう言っているのに、父は「かまわん、かまわん」と答えるだけで、しつこく言うと「膝が痛うて死んだ者はおらんわい」と怒りだす。

東京の晴れ渡った空を思いながら、僕は、窓の外の、あいかわらずの雨を見つめる。一日でも多く、父と一つ屋根の下で過ごしてやりたい、と思う。

雨が降る。

今日も、朝から雨。

シュウコウのグラウンドは、もう水たまりを見分けられるような状態ではない。浅い、巨大な池が広がっているようなものだ。晴天がつづいて地面の水がひいても、野球のボールがまともに弾み、まともに転がるようになるまでには、何日もかかるだろう。いや、それ以前に、いつ空が晴れるのかさえ、わからない。

県予選まで三週間を切った。せめてボールに対する勘をなくさないよう、体育館の裏でキャッチボールぐらいさせたいのだが、雨の日は練習が休み――部員総会の決議は、絶対、らしい。

雨、雨、雨……曇りのち雨、雨、雨、雨のち曇り……曇りのち雨、雨、雨、曇りのち雨……。

降りつづく雨のなか、いくつかの出来事が僕の前を通り過ぎていった。

亀山は『カメさん』をたたんだ。最後の日には昔の仲間を集めて飲み放題のやけくそパーティーを開くんだ、と亀山は言っていたが、直前になって「やっぱり、そげなことしてもむなしいだけじゃけえ……」と中止を伝えてきた。僕も、たぶん神野も、そのほうがいいよな、と思った。青春ドラマの最終回ならそんなドンチャン騒ぎも似合うかもしれないが、僕たちはもう「青春」という言葉で飾ることのできない日々を生きているのだ。

神野の奥さんは、なんとか家に帰ってきてくれた。

「いっぺん実力行使したぶん女房のほうが肚《はら》をくっとるけんの、ばあさんやら親父《おやじ》やらおふくろも、もう、言いたい放題できんわい」

神野はおかしそうに笑っていた。

そうなると、おまえが間に立たされて大変だろう——とは、僕は言わない。

奥さんが家を出ていた間に髪はひときわ薄くなり、残り少ない髪もだいぶ白くなったように見える。それでも、僕はなにも言わない。

和美から、ひさしぶりに急ぎの用ではないメールが来た。

〈アパートを引き払う準備をしていたら、ふと思いついたことがあったので、メールしました。／五月に帰国したとき、ひどいことをあなたに言ってしまいました。／いまになって、すごく後悔して、反省しています。／あなたは周防に帰って優柔不断になったわけじゃないんだな、と気づきました。／優しくなったんだと思います。／照れるでしょ。／でも、優しくなったから、つらくなるってあるような気がします。優しいひとほど途方に暮れてたたずむことが多いんじゃないかな、って。／だって、「優しい」という字は、ひとが憂うって書くんだものね。／かく言う私も、引っ越しの荷造りをしながら、なんだか優しい気持ちで日本のことを思っています。日本に帰って、去年の夏までの生活に戻っても、たぶんいろいろなことに対して優しくなれるような気がするのです。／不思議です。ボストンに来たばかりの頃は、こっちの生活と比べるたびに日本の嫌なところを思いだしてムカムカしていたのに。／「帰る」せいなのかもしれません。／家でもなんでもそうだけど、ひとは「帰ってくる」と優しくなるのでしょうか。／「帰る」ためには、いったん「出て行く」ことが必要です。／あなたは、周防から出て行ったから、帰ることができた。私も、ボストンへ出て行ったから、日本に帰ることができる。／そして、みんなで、東京に帰りましょう。／周防にも「帰る」、東京にも「帰る」。これ、矛盾なんかじゃないよね。／自分でもだんだん、なにを言ってるのかわからなくなりましたが。／とにかく、先日の暴言は取り消します。／ところでマンションは決まりましたか？　贅沢《ぜいたく》を言ってると、ほんとに夏のうちに決まらなくなりますよ。こういうところでは、「優柔不断」という言葉をつかわせてもらいます。／なんてね〉

小首をかしげ、照れ笑いを浮かべながら、何度も読み返した。

和美なら「出て行く」と「逃げる」の違いについてもうまく説明してくれそうな気がしたが、それは俺が考えなくちゃいけないんだろうな、と思い直した。

そして——雨の朝、携帯電話が鳴る。

着信音で目が覚めた。枕元《まくらもと》の時計を見ると、まだ七時になったばかりだった。

「もしもし？　ごめん、寝てた？」

ひさしぶりに聞く恭子の声が、起き抜けの耳をまっすぐに突き抜けて、胸に届く。

恭子は大阪から電話をかけてきた。荷下ろしをすませ、いまから仮眠をとるところだという。「大阪の夜行便はピンチヒッターのつもりやったのに、いつのまにやらレギュラーなんやもん、もうかなわんわ」——言葉ほど嫌がってはいない声で言って、

「泊まりの手当で甲太にスパイク買うたろかなあ」と笑う。

「スパイクは俺が買うよ。春に、それ、約束してたし」

「……お別れのプレゼント？」

知ってるんだな、と僕は黙って苦笑する。

甲太くんから聞いたらしい。美奈子が転校するというので、ひそかにしょげている、らしい。

「そのこと言うてからかうと、あの子すぐに怒るんやけどね……美奈子ちゃんのこと、好きやったん思うわ」

「美奈子もそうだよ」

「ほんま？」

「たぶんな……あいつも、そんなこと言ったら怒ると思うけど」

初恋の相手になるのだろうか。東京に帰って、これからたくさんの男の子と出会い、恋をして、いくつも「さよなら」を言ったり言われたりして、この町でまた甲太くんに会ったら、そのとき美奈子はなにを思うだろう。

「甲太が中学に入ったら、オサムくんのお墓参りに連れていこう思うとるんよ。息子に話すようなことと違うんかもしれんけど、オサムくんのこともぜんぶ話すし」

「お母さんは野球部みんなのアイドルだったんだ、って教えてやれよ」

恭子は笑ってそれをいなし、「東京に引っ越す前に、いっぺんぐらいは甲太のコーチしてやってくれる？」と訊《き》いた。

「ああ……梅雨が明けたら、な」

「バッティングを見てくれるいうて、そのままやろ。ヨージのおじさんの投げる球、ホームランする、って張り切っとるんよ」

「打たれちゃうかもな、ほんとに」

「なに言うとるん、シュウコウのエースやろ？　もっとしっかりしてくれんと」

「俺がいなくなったあとは、カメがコーチするって言ってるぜ。ＯＢみんなで将来のエースを育てるんだってさ」

勉強のわからないところは、わしが教えちゃろうかのう——と神野も言っていたのだ。

「甲太くんがエースになったら、今度こそ、甲子園だ」

「もしそうなったら、ヨージくんも東京から応援に来てくれる？」

「会社をクビになっても行く」

「甲子園なんやもんね」

「そうだよ……甲子園なんだから」

遥《はる》か彼方《かなた》の憧《あこが》れでいい。実際には行けなくたって、かまわない。甲子園がある。確かに、そこにある。それを信じていられるだけで、よかった。

電話を切ると、美奈子の部屋から目覚まし時計のアラームが聞こえ、すぐに止まった。僕は立ち上がり、窓を開ける。あいかわらずの雨音と、湿り気をたっぷり含んだ緑と土のにおいが部屋に流れ込む。

廊下に出たら、美奈子の部屋のドアもゆっくりと開いた。

パジャマ姿の美奈子が「おはよう」と眠そうな顔と声で言う。

「おう、おはよう。すぐに朝ごはんにするからな」

「張り切ってんじゃーん」と美奈子は笑った。


七月に入るのを待っていたように、ひさしぶりに雨が上がった。

だが、野球部の練習は休みだ。グラウンドが使えないときは練習中止——部員総会で、そう決まっている。

曇りの日が二日つづいて、もうそろそろだいじょうぶだろう、とシュウコウに向かった三日目も、グラウンドは野球のできる状態ではなかった。砂は雨に流され、黒い土も穿《うが》たれて、その下の赤茶けた色の土が剝《む》き出しになっている。

「グラウンド整備の差が、こういうところに出るんだよな……」

部室の前にたたずんで、つぶやいた。聞かせるつもりはない言葉だったが、部室の掃除をしていたマネージャーの双葉は「そうなんですか？」と聞き返してきた。

「一日や二日の問題じゃないんだ。毎日毎日、冬場でもサボらずにグラウンド整備をつづけてれば、土のキメが細かくなって、水はけもよくなって、ちょっとぐらいの雨だと平気なんだ」

「そういうものなんですか？」

「まあ……理屈でどうなのかはわかんないけどな」

また時代遅れの精神論になってしまったかもしれない。双葉も、ロッカーの上にハタキをかけながら、「それって、部員の悪口ですか？」と笑う。

「そんなことないけどな」

「でも、やっぱり、ヨージさん的には不満でしょ？」

「……それより、加藤や矢口はどうした？　今日は来てないのか？」

加藤は二年生、矢口は一年生の女子マネージャーだ。

「だめなんですよねえ、あの子たち。練習が休みの日はマネージャーの仕事も休みだと思ってるんだから。やらなきゃいけないことはいくらでもあるし、マネージャーって、そういうものじゃないと思うんですけど、なんか、若いコって、ちょっと感覚が違うみたい」

ほら、おまえだって精神論を言ってるんだぜ——そんなことを口に出すほど僕は意地悪ではないし、唇をとがらせる双葉を見て、少し嬉しかった。双葉も「高校球児」だ。ずっと昔、恭子がそうだったように。

「ちょっと悪いけど、バケツと雑巾《ぞうきん》、ありったけ出してくれ」

「なにに使うんですか？」

「マウンドとバッターボックスのところだけでもな、ちょっと、このままじゃ明日から晴れても使いものにならないから」

むだなことだとはわかっていても、なにもしないではいられない。県予選まであと少し。今週中には組み合わせ抽選もある。ほんとうに、もう、時間がないのだ。

部室からバケツと雑巾をありったけ出した。体育用具室に石灰といっしょにしまってある砂を、二十キロ入りの袋ごと荷物運び用の一輪車に載せた。スコップもいる。

ひさしぶりの力仕事になる。

雑巾はぜんぶで二十枚あった。それを半分ずつ、ホームベース付近とマウンドに並べた。雑巾に水を吸わせて、バケツに絞り出す。

気の長い作業だ。雨が降りはじめた頃にビニールシートを掛けておけばだいぶ違うのだが、神野の奴、職員室ではあまり発言力を持っていないのだろう、シートを買う予算もとれないんだと愚痴っていた。ＯＢ会もそれくらい寄付してくれればいいのだが、へたに切り出すと、逆に、雑巾で水を吸わせるところからグラウンドへの感謝の気持ちが生まれるんだ、と説教されかねない。精神論だ。古くさい、気合いと根性の世界の話だ。不合理で、無駄な汗ばかり流させる。

でもな――。

中腰になって雑巾の水を絞り出しながら、僕はつぶやく。

そこがいいんだよ、シュウコウの野球部は。

バケツが泥水で一杯になると部室脇《わき》の側溝に捨てに行き、水といっしょに砂や土もたっぷり吸った雑巾をすすいで、固く絞って、またグラウンドに広げる。それを何度繰り返しても、ぬかるんだ土はなかなか乾かない。Ｔシャツの胸や背中は汗でじっとりと濡《ぬ》れた。腰や膝《ひざ》も痛い。雑巾を絞るのは意外と重労働で、きっと明日になると、手首や二の腕が筋肉痛で悲鳴をあげるだろう。いや、その前に、雲行きがまた怪しくなってきた。今夜雨が降ってしまえば、なんのことはない、一からやり直しだ。それでも、僕はこうやって高校野球の日々を過ごしてきて、それ以外の過ごし方を知らない。

背中で、雑巾の水をバケツに絞り出す音が聞こえた。

「……どうした？」

振り向くと、双葉は絞った雑巾を広げながら、「なんか、罰ゲームやらせてるみた
いだから」と笑う。僕も「サンキュー」と笑い返した。

「でも、さっきケータイで天気予報チェックしたんですけど、今夜また雨になるみた
いですよ」

「そうか……」

「どうせ明日になったら、ここも水たまりになっちゃいますよね」

「でも、いいんだよ。でこぼこになった土を均《なら》して、砂を入れとけば、この次に晴れ
たときに差が出るんだ」

「そういうものなんですか？」

「よくわかんないけどな」

双葉はちょっと困ったふうに小首をかしげて、雑巾を地面に広げながらつづけた。

「みんなも、練習サボりたいわけじゃないと思うんです。野球も好きなんですよ。で

も、雨の日とか、グラウンドの使えない日には、なにしていいかわかんないんですよ。練習方法を知ってるとか知らないとかの話じゃなくて……最初から、そういう発想が抜け落ちてるっていうか。だから、意外と、本人とかがいちばんキツいんだと思うんですよね……」

わかるような気がした。グラウンド整備を始めた最初から、べつにいまの部員たちを恨むつもりはなかったし、当てつけで雑巾を広げているわけでもなかった。僕はやはり、和美が言ってくれたように、少し優しくなったのかもしれない。

「双葉、あいつらに教えてやれよ。いいか、雨上がりの日は、こうやってグラウンド整備をすればいい。雨が降ってるときは、部室で、ボールに書いた〈熱球〉っていう字があるだろ、使ってるうちに薄くなってくるんだから、それをサインペンで書き直してればいいんだよ」

「それって、あんまり野球っぽくないと思うけど……」

「でも、高校野球っぽいだろ」

僕の言葉に、双葉が「ですね」と苦笑した、そのとき——校舎のほうから神野がこっちに歩いてくるのが見えた。

神野は僕の視線に気づくと足を止めて、ゆっくりと両手で×印をつくった。

ザワ爺《じい》が亡《な》くなった。

最期《さいご》は静かに、眠ったまま、息を引き取ったのだという。

3

天気予報どおりその夜から再び降りだした雨は、翌日も丸一日降りつづき、ザワ爺のお通夜《つや》が始まった頃にはどしゃ降りに近い勢いだった。それが、お通夜が終わって参列者が斎場をひきあげる頃には、嘘《うそ》のように止《や》んだ。空には雲の切れ間から星も覗《のぞ》いていた。

翌日の葬儀と告別式は、朝からきれいに晴れ渡った空の下、営まれた。

葬儀委員長を務めたOB会の会長が驚くほど、たくさんのひとがザワ爺のために集まった。地元の新聞やテレビ局に勤めるOBは、それぞれ地方面の囲み記事やローカルニュースのコーナーで、シュウコウを愛しつづけたザワ爺の生涯を思い入れたっぷりに紹介していた。OB会の出世頭と呼ばれる現職の参議院議員も、秘書ではなく本人がわざわざ東京から葬儀に駆けつけた。

誰もが、ザワ爺の応援を受けて野球をした。誰もが、試合に負けたあと、ザワ爺に

「ようがんばった」と声をかけてもらった。

シュウコウの現監督として弔辞を読んだ神野は、あえてザワ爺を「ザワ爺」のままで呼んで、こんなふうに言った。

「高校野球とは……シュウコウの野球とは、負けることに神髄があるんだと、わたくしたちはザワ爺から学びました。高校野球で勝ちつづけることのできる学校は、甲子園で優勝する一校しかありません。どこの学校も負けるのです。負けることが高校野球なのです。ザワ爺、あなたはわたくしたちに、負けても胸を張れ、と言いつづけてくださいました。ザワ爺、負けることの尊さと素晴らしさを、わたくしたちに教えてくださいました。わたくしたちは、おとなになっても負けることばかりです。勝ちつづけているひとなど、きっと、誰もいません。でも、そんなとき、ザワ爺の声が聞こえてきます。『ようがんばった、ようがんばった』と……。おとなになってから、ザワ爺、あなたの声が、高校時代以上にくっきりと聞こえてくるのです。その声に救われて、励まされて、わたくしたちは、人生という名のグラウンドに立って、幸せという名の白球を……いえ、熱球を追いつづけているのです。ありがとうございます。自分を応援してくれる誰かがいてくれるというのは、ほんとうに幸せなことなのだと、わたくしたちは、あなたに教わったのです……」

人垣の隅で、亀山は「ようもまあ、ジンブーも気取ったこと言うもんじゃの」と僕に耳打ちして、涙をぼろぼろ流した。

恭子はお通夜にも告別式にも来なかった。僕も亀山も、神野も、それからきっとザワ爺も、納得してそれを受け容《い》れた。仲間のうち一人ぐらいは、昔の思い出をそのまままきれいに持ちつづける奴がいてもいい。古いアルバムのようなものだ。ふるさとにも似ているかもしれない。

献花の代わりに、参列者が一人ずつ野球のボールを霊前に捧《ささ》げた。それぞれの字で、それぞれの思いを込めて、〈熱球〉と書いた。発案者はＯＢ会長。幹事会の満場一致で決まった。今年のＯＢ会予算をすべてつかってボールを買い揃《そろ》えたのだという。それを聞いて、ずっと嫌いだったＯＢ会のことが、少し好きになった。

ボールを捧げて斎場の外に出ると、先に出ていた神野が、葬儀には似つかわしくない嬉《うれ》しそうな顔で「おい、こっちじゃ」と僕を手招いた。

神野の隣には、制服姿の双葉がいた。

「こいつ、マネージャーとしてザワ爺の葬式に出んわけにはいかん、いうて……学校を抜けてきたんじゃと。かなわんで、ほんま、あとで担任の先生に謝っとかんといけん」

教師の顔と監督の顔とOBの顔とを微妙に入り交じらせて、神野は言う。

その隣で双葉は、「でも、さっきの監督のスピーチ、感動しました」と頬を上気させた。

「アホ、こういうときの挨拶は弔辞いうんじゃ。そげなことも知らんようじゃと、推薦もらえんぞ」

そうだよな、とあらためて気づく。この子も、来年の春には周防を出ていくのだ。東京の女子大に推薦入学ができなくても、とにかく東京に行くのだという。こんな田舎で青春送りたくないですよぉ、といつか笑っていた。

双葉が上京しても、僕たちは、東京で会うことはないだろう。僕から連絡するつもりはないし、双葉も連絡してこないような気がする。東京で就職して、東京で結婚するのだろうか。もしも東京の暮らしを引き払って周防に帰ってくることがあったら、ふるさとの風を胸一杯に吸い込んで、そのとき彼女はなにを思うだろう。

「グラウンド、どうだ？　まだ水たまり残ってるか？」

「びしょびしょです」

「そうか……」

「あ、でも、夕方までにはだいぶ乾くと思うから、練習できると思います。みんなも来ると思います」

そうだな、と笑ってうなずいた。期待はしていない。首根っこをつかまえてグラウンドに引きずり出す気もない。ただ、今日の晴れた空は、ザワ爺が野球部にプレゼントしてくれたんだろうな、とは思う。明日からも、しばらく雨は降らないだろう。ザワ爺とは、そういうひとだったのだ。

僕たちの前を通りかかった老夫婦――ちょうどウチの両親ぐらいの年格好の二人連れが、双葉の制服を見て、懐《なつ》かしそうな顔で足を止めた。

「あのう……」とおばあさんのほうが遠慮がちに僕たちに声をかけて、おじいさんが「あんたら、シュウコウのひとかな」と訊《き》く。

初めて見る顔だ。神野や双葉も、知り合いに会ったという様子ではなかった。

「ええ……」

僕が答えると、おじいさんは嬉しそうに笑いながらうなずいた。

「そうかな、あんたら、やっぱりシュウコウかな。今年はどげな、野球部は。何回戦ぐらいまでいけそうな」

「あの……OBの方、ですか？」

「いいやいいや、わしアホじゃけえ、シュウコウに入れるような頭はなかったけどの、周防の者じゃったら、高校野球いうたらシュウコウじゃろうが」

それを聞いて、おばあさんも「ほんまじゃねえ、シュウチュウの試合は、うちらも子どもの頃から応援に行っとったけんねえ」と言った。

シュウチュウ——周中——周防中学。旧制中学時代の話、なのだろう。

「応援団のおじいさんが亡くなったいうんを新聞で読んでのう、わしらも県営球場でよう見かけとったし、まあ、ここの近所じゃけえ、散歩がてら言うたらナンじゃけど、線香ぐらいはあげさせてもらおうか思うて」

おじいさんの言葉に、神野は感極まって「ありがとうございます！」と大声をあげた。驚くおじいさんの手を両手で握りしめて、「がんばりますけん、今年もシュウコウはがんばりますけん、応援してください」と頭を何度も下げた。

最初はきょとんとしていた双葉も、頰をまた赤くして、おばあさんを振り向いた。

「うち、野球部のマネージャーなんです！」

胸を張って、誇らしげに言った。

どうだ——。

誰でもない誰かに、言ってやりたかった。思いきり自慢してみたかった。

これが、シュウコウの野球部なのだ。

告別式が終わると、神野と亀山を僕の車に乗せて、三人でオサムの眠る霊園に向かった。ザワ爺が亡くなったことを報告しておきたかった。

オサムの墓には、真新しい花が供えられていた。

「……恭子じゃの」

神野がぽつりとつぶやくと、亀山は洟《はな》を啜《すす》って、「こら、オサム、天国でザワ爺に会うたら、よう謝っとけよ、ボケ」とすごんだ声をつくった。

亀山はずいぶん泣き虫になった。

「謝らんでええ、謝らんでええ、ザワ爺は怒っとりゃせんけえ」と墓石を撫《な》でてオサムに語りかける神野は、きっと、これからさらに生徒思いの教師になるだろう。

「また来るけん」――方言をつかって、僕はオサムに言った。

わしら、ずーっと仲間なんじゃけえのう。心の中で付け加えて、恭子の供えた花を見つめた。

青みがかった紫色の花びらがとてもきれいなアジサイだった。

すぐに大内市に戻って得意先を回らなければいけないという亀山を駅前で降ろして、

神野と一緒にシュウコウに向かった。神野も夕方から職員会議がある。助手席で会議の資料に読みふける横顔は、もう、百パーセントの高校教師だった。

神野は資料をひとわたり読み終えると、ふと思いだしたように財布から名刺を取り出した。別れ際《ぎわ》に亀山から渡された名刺だった。「取締役営業部長じゃと、出世したもんじゃのう」と名刺を表にしたり裏返したりしながら笑った。「なんぼ社長の娘婿《むすめむこ》じゃいうても、こげな話がまかりとおったら、わしが社員ならアホらしゅうて仕事やっとれんわ」と憎まれ口をたたいて、名刺を指先で軽く弾《はじ》く。

「でも……あいつは取締役なんかより、『カメさん』の店長のままでいたかったんだよな」

「わかっとるわい、そげなこと」

名刺を財布に戻して、ふーう、と長く尾をひくため息をつく。

「カメもこれから大内で働くようになるし、ヨージは東京に帰ってしまうし……寂しゅうなるのう……」

「ジンブーだって、定年までシュウコウにいられるわけじゃないんだろ？」

「そりゃそうよ、再来年には異動になるじゃろ。今度はどこの高校に行くんかのう、周防の学校は、もう無理じゃろうの」

けっきょく、ばらばらになるのだ、みんな。それでも、僕たちはまた会える。この町に帰って、また会えるはずだ。

「ジンブー」

「うん？」

「おまえ、今度行く学校でも野球部の監督になれよ。甲子園を夢見てさ、ずーっとがんばれよ」

「おう、まあ、そのつもりじゃけどの」

「それでな、今度の学校でも、練習用のボールに〈熱球〉って書かせるんだ。シュウコウの伝統をさ、いろんな学校でも広めていくんだ。そういうのって、いいと思わないか？」

神野はあいまいにうなずいて、少し照れくさそうに、「もう、やっとる」と言った。

「前の学校でも、〈熱球〉って書かせたけん……」

嬉しくなって、思わず神野の肩を叩《たた》いた。

片手ハンドルになって、車がセンターラインを越えそうになった。

「アホ、なにしよるんな、気ぃつけえや！」

怒る神野も、笑っていた。

シュウコウが近づいてくる。時刻はもう放課後になっていて、傾きかけた陽もまぶしく降りそそいでいたが、町に残った水たまりの様子からすると、グラウンドはまだ使いものにならないだろう。

「職員会議だったら、正門に行けばいいんだよな」

グラウンドの手前で車を左折させようとしたら、「ちょっと待てや、ヨージ」と言われた。

「どうした?」

「いま……ユニフォーム着とるんが、グラウンドにおったで」

「ほんとか?」

半信半疑で車をそのまま前に進めると、グラウンドが見渡せた。

「おう! ヨージ、見たか!」

神野は声を張り上げる。僕の左腕をつかんで、乱暴に揺する。

グラウンドには、部員たちが数人いた。バケツと雑巾を使って、グラウンド整備をしていた。部室から小走りに出てくる部員が、さらに数人。後ろからメガホンを持って、なにぐずぐずしてんのよお、というふうに追い立てているのは——双葉だった。

僕は車を停めた。神野と目を見交わして、大きくうなずきあった。ボンネットの角に当たる陽射《ひざ》しがまぶしい。もう夏の陽射しなんだな、と思った。

その日、周防は梅雨明けしたのだった。

4

「やったぁ！」

美奈子の歓声に振り向くと、父がちょうどウマヅラハギを釣り上げたところだった。父はいつもどおり仏頂面《ぶっちょうづら》で魚を針からはずし、クーラーボックスに入れる。愛想のない父のぶんも美奈子ははしゃいだ声としぐさで「すごいよねえ、おじいちゃん」とクーラーボックスを覗《のぞ》き込み、「漁師さんみたい」と笑う。

早朝の防波堤に着いて一時間足らずで、父はウマヅラハギやメバルやアイナメといった小魚を、もう十尾以上釣り上げている。潮がそれほどいい日ではないのだが、こういうところが長年の経験というやつなのだろうか。

「ねえねえ、お父さん、いくつ釣ってるんだっけ？」

とことこと僕のそばに近づいて、答えがわかっていることを、いたずらっぽい目で訊いてくる。

僕は黙って指を三本立てた。きゃははっ、と美奈子は笑う。日曜日なのに平日より一時間以上も早起きして、しかもゆうべは初めての海釣りが楽しみでなかなか眠れなかったと言っていたのに、さっきからあくびひとつしていない。

「親子なのに、ぜーんぜん違うよねえ。おじいちゃんと場所、代わってもらったら?」

「おまえだってゼロだろ、まだ」

「だってさあ、釣り竿《ざお》、長すぎて使いづらいんだもん」

言い訳半分だったが、確かにおとな用の竿は美奈子の体格には長すぎるし、グリップも太すぎる。

「今度の日曜日、子ども用のちっちゃな竿、買ってくれない?」

美奈子はなにげなくそう言って、僕が返事をする前に、はっとして肩をすくめ、「今度って……おめー、どこにいるんだよー」と自分で自分にツッコミを入れた。

今度の日曜日——僕たちは、もう、この町にはいない。

明日、シュウコウは県予選の一回戦を戦う。その日の午後の飛行機で僕は東京へ行き、インターネットでようやく見つけたマンションの賃貸契約を交わし、桑原さんと仕事の打ち合わせをする。時間を考えると、シュウコウの試合は、最初のほうのイニングしか見られないだろう。

一泊で周防に戻ると、木曜日には美奈子の学校の終業式。金曜日に引っ越し業者が荷物を取りに来て、土曜日に美奈子と二人で周防を発《た》つ。都心のホテルでは、僕たちより数時間早くチェックインした和美が、時差ボケの眠たげな顔で待っているはずだ。

父とこうして出かけるのは、これが最後になる。振り返ってみれば、周防に帰ってきて以来、父と釣りをするのは初めてのことでもあった。

「ねえ、お父さん」

「うん？」

「あたしってさあ、東京で生まれたじゃん？　ってことは、ふるさとも東京になるんだよね」

「ああ……」

「周防はお父さんのふるさとだけど、あたしのふるさとってわけじゃないんだよね」

理屈では、そうなる。

だが、離れることが寂しい町は、そのひとにとってのふるさとなのだとも思う。

「ふるさとは一つじゃなくてもいいんだぞ。二つあっても、三つあってもいいんだ。

べつに法律で決まってるわけじゃないんだし」

美奈子は「うわあっ、オヤジくさい屁理屈《へりくつ》ーっ」と笑ったが、その笑顔のまま、ゆっくりと何度もうなずいた。

「楽しかった思い出とキツかった思い出、美奈子はどっちがたくさんある？」

「いまは……キツかった思い出のほうかなあ、学校のコには悪いけど。お父さんは？」

「やっぱり、まだキツかった思い出のほうが多いよ」

でもな――とつづけようとしたら、それをさえぎって美奈子は言った。

「でも、何年かたって学校のコに会ったら、けっこう笑えるような気もするんだよね。懐《なつ》かしいとか、許すとか、そんなのじゃないんだけど……なんか、みんなも笑って会ってくれるような気がする」

僕の言いかけた言葉は、もう、よけいな一言になってしまいそうだった。

ふるさとだったら、逃げても帰ってくることができるんだぞ――美奈子にではなく、僕自身のために、心の中でつぶやいておいた。

陽が高くなって真夏の暑さに襲われる前に、防波堤からひきあげた。

父は小魚を二十尾釣り、僕は六尾。せっかく釣りに付き合ってくれたのに、いざ海に着くと、父は自分からはなにも話しかけてこなかった。釣った魚をクーラーボックスに入れるついでに「お父さん、老人クラブではもうちょっと愛想良くしたほうがいいよ」と言うと、そっけなく「わかっとる」と返された。会話らしい会話は、それくらいのものだった。

元気でいてね、僕らも東京でがんばるから、これからはこまめに周防に帰るようにするし、お父さんも体の具合が悪くなったりしたらすぐに連絡してよ、もしも、お父さんがもっと歳《とし》をとって、一人暮らしがどうしても難しくなったら、東京に来てよ、嫌かもしれないけど、東京に来てよ、周防の家を処分なんかしないから、どんなに大変でも、ちゃんと、ふるさとの、帰る場所は残しておくから、頼むよ、お父さん……。

話そうと思っていた言葉は喉《のど》の奥にとどまったままだった。

釣りの途中から、それでもいいか、という気になった。むすっと押し黙って海を見つめる父だって、もしかしたら僕と同じように、話そうと思っていた言葉を喉の奥に詰まらせているのかもしれない。

美奈子は帰る間際《まぎわ》になって、やっと初めての魚を釣り上げた。

小さな、小さな、カワハギだった。

跳ねる魚に「うわあっ、怖い怖い怖いっ」を連発する美奈子から「おじいちゃん！

パス！」と竿を受け取って、父は嬉しそうに笑った。悪くない笑顔だった。その笑顔を、これからもたまには見てみたいから——帰りに、美奈子のために小振りの釣り竿を買ってやった。

その夜は、釣った魚を薄味に煮付けて食べた。夕食のときにも父とはたいした話はしなかったが、父は珍しく酒に酔って、僕が子どもの頃の思い出話をいくつか美奈子に聞かせ、畳にごろんと横になって眠ってしまった。

「今夜は、お父さんもここで寝るよ」

父にタオルケットを掛けてやりながら言うと、美奈子は「っていうか、おじいちゃん、ちゃんと布団で寝させてあげたほうがいいんじゃないの？」と心配そうな顔になった。

「いいんだ、たまにはごろ寝ってのも。クーラーのない頃なんか、おじいちゃん、いつも縁側で寝てたんだから」

「……じゃあ、まあ、いいけどさ」

「明日はお父さん、早く家を出ちゃうからな。朝ごはん、残さずにちゃんと食べるんだぞ」

「藤井くんと、決戦？」

「ああ、そうだ、男と男の勝負だよ」

力んで言うと、「小学生相手にマジになんないでよお」と笑われた。

だが、本音だ。美奈子に「ね、ね、とーぜん、藤井くんに打たせてあげるんでしょう？」と言われても、全力投球することに決めている。いまごろ高速道路を大阪に向けて走っているはずの恭子も、きっとそう願っているだろう。

「でもさあ、わざわざ学校のある日にしなくてもいいじゃん、藤井くんだって早起きさせられてかわいそうだよ」

「明日じゃないとだめなんだよ」

「なんで？」

「なんでも、だ」

恭子が泊まりの日の翌朝──甲太くんが一人で夜を過ごした翌朝だから、意味がある。かつてのシュウコウのエースの速球を投げ込んでみせる。バットを思いきり振らせてやる。

「あたしも見に行きたいんだけど、やっぱりだめ？」

「だめだって言っただろ。これは男と男の勝負なんだから」

「コーチでしょ？」

「違うよ。お父さんが本気で投げて、あいつも本気で打ってきたら、もう立派なライバルになるんだぞ」

「おーげさだなあ……」

「なあ、美奈子。もしも甲太くんがシュウコウで甲子園に出たら、お父さんと一緒に応援に行こうな」

美奈子は端《はな》から本気にしていない様子で「はいはい」と軽く返し、二階に上がってしまった。

一階の居間に残された僕は、寝息に合わせて小さく上下する父の背中をしばらく見つめてから部屋の明かりを消し、畳の上に横になった。

父と同じ部屋で寝るのは何年ぶりだろう。三十年は超えているはずだ。仏壇には母の位牌《いはい》と写真もある。一家水入らず、ということになる。

暗やみにまだ目が慣れないうちに、眠っていたと思っていた父の、低く濁った声が聞こえた。

「……洋司」

寝言ではなく、はっきりと。

「なに？」と聞き返すと、ゆっくりと間をおいて、「東京に帰る前に、美奈子ちゃん連れて、お母さんの墓参りしてやってくれや」と言う。

「……わかった」

「わしのことは、心配せんでもええけん」

「……うん」

つづく言葉を待っていたが、父はもうそれきりなにも言わなかった。

僕も黙って、タオルケットを肩まで引き上げる。

やがて、父のいびきが聞こえてきた。子どもの頃は怪獣が吠《ほ》えてるみたいだと思っていたいびきの音に紛らせて、僕は、少しだけ泣いた。

県営球場の外野の芝は、春季大会のときより緑の色が濃くなっていた。さえぎるもののない強い陽射しを照り返すスタンドは、光の輪になってグラウンドを包み込んでいるように見える。

これだ。この芝の色と、この陽射しだったのだ、二十一年前に僕たちがいた場所は。

帰ってきた。

両手を広げて深呼吸しようとしたら、右の肩がズキンと痛んだ。あわてて腕を縮め、肩をゆっくり回す。

「……おっさんだよなあ、ほんと」

わざと声に出してつぶやき、やれやれ、と苦笑した。

甲太くんとの勝負は——僕の負けだった。

あっけなく負けた。

甲太くんは僕の投げた渾身《こんしん》のストレートを、みごとに打ち返した。公園の外の道路まで転がっていった打球はショートゴロかサードゴロといったところだが、小学六年生相手に空振りを取れなかったのだから、僕の負けだ。しかも、ウォーミングアップが足りなかったのか、一球投げただけで肩まで痛くなってしまった。

帰郷の日々の最後は、ずいぶん締まらないものになってしまった。だが、なんとなく、それが現実というもので、そういう格好悪さが、いかにもふるさとなんだよなあ、とも思う——言い訳だろうか？

「やったね！」とガッツポーズをつくる甲太くんは、僕と初めて会った頃に比べると、背がずいぶん伸びた。半パンを穿《は》いた脚も、膝小僧《ひざこぞう》の輪郭がくっきりとして、腿《もも》が一回り太くなった。

寝不足の赤い目をしていることに気づいて、「ゆうべ、一人でちゃんと寝られたか?」と訊くと、急にむきになって「マンガ本、ずーっと読んどったけん」と言い返す。美奈子には美奈子のプライドがあるように、甲太くんにも甲太くんのプライドがある。

そして、もちろん、誕生日を迎えて三十九歳になった元エースにも——。

「冬休みに、もう一回勝負だからな。おじさんも体を鍛え直して特訓してくるから」

「べつにええよ、僕はなんべん勝負しても」

甲太くんは余裕たっぷりに胸を張って、「秋からは亀山のおじさんがコーチしてくれるんじゃけえ」と言った。「亀山のおじさん、四番バッターやったんでしょ? ヨージのおじさんの百倍も強打者じゃ言いよったけん」

「あいつ、好き勝手なこと言ってるなあ」

「あだ名が、シュウコウの山本浩二じゃったって、ほんま?」

「……自分で言ってただけだって。甲太くんな、カメのコーチ受けるんだったら、外角低めの打ち方は自分で練習しないとだめだぞ。あいつ、外角低めがぜんぜん打てない奴だったんだから」

そうだよな、と話しながら思った。

俺たち、ほんとに、へっぽこチームだったんだよな。

「でも、亀山のおじさんから聞いたけど、ヨージのおじさんの全力投球って、瀬戸学園の補欠のピッチャーの投げるカーブより遅かった、って」

スピードガンで計ったわけではないが、たぶん、そのとおりだ。

お別れのプレゼントのスパイクを受け取ると、甲太くんはお礼もそこそこに、「早う朝ごはん食べんと学校に遅れるけん」と家に駆け戻っていった。

「ありがとう」ぐらい言ってくれればいいのにな、と後ろ姿を見送りながら思った。

だが、いま、県営球場のスタンドの通路を歩きながら、思う。

甲太くんは「ありがとう」ではなく、「さよなら」を言うのが恥ずかしかったのかもしれない。

スタンドには、春の大会とは違って、応援団もいた。僕たちの頃より全体の人数は減っていたが、女子生徒の割合は増えている。大太鼓の腹には墨で〈熱球〉の文字が躍り、そのすぐそばに、ザワ爺《じい》の写真も、あった。

スタンドの最前列まで行き、ノックを終えてベンチ前で汗を拭《ふ》いていた神野に声をかけた。

「おう、ヨージ。来てくれたんか」

「飛行機の時間があるから、試合が始まったらすぐに帰るけどな」

「そうか。カメも今日は博多のほうに出張じゃ言いよった。みんな、忙しいもんじゃ」

「どうだ？　調子は」

「おう、まあ、みんな緊張しとるけど、相手も同じぐらいのレベルじゃけえの、ええ試合になる思うで」

たとえ一回戦に勝っても、甲子園までの道は遥《はる》かに遠い。甲子園を目指して、負ける。負けたそれでも、合い言葉は――「甲子園」なのだ。甲子園を目指して、負ける。しっかり負けたときに気持ちよく泣きたいから、汗と泥にまみれて白球を追いかける。しっかり負けろよ、とグラウンドから戻ってくる後輩たちを見つめた。俺たちもしっかり負けつづけるからな、と約束した。

「ヨージ、これ、東京に持っていけや」

神野は足元のボールボックスから練習用の古いボールを一つ取り出して、僕に差し出した。

黒ずんで、糸のほつれかけたボールに、うっすらと〈熱球〉の文字が書いてある。いまの部員の誰が書いたのだろう、右肩上がりのへたくそな字だったが、僕たちの字だって似たようなものだった。

僕はボールを受け取って、握りしめた。

「まあ、元気でがんばれや」と神野は言って、ベンチに戻った。

僕もボールを右手に握ったまま、通路の階段を上る。

出入り口まで引き返したとき、試合開始のサイレンが鳴り響いた。僕はその場に立ち止まり、グラウンドに背を向けたまま、サイレンの余韻が消えるまで身じろぎもしなかった。

主審が甲高い声で「プレイボール！」と言った。

僕はまた歩きだす。後ろを振り返らずに、球場の外に向かう。出口のゲートの手前で足を止め、ボールをバッグにしまう。

スタンドから、ブラスバンドの演奏する『コンバット・マーチ』が聞こえてきた。

よし、ヨージ、行け！

誰ともつかない懐《なつ》かしい声に背中を押されて、僕は駆け出した。

夏の陽射しが目を灼《や》いた。アスファルトの照り返しを浴びて、汗がいっぺんに噴き出した。

『コンバット・マーチ』は、まだ高らかに鳴り響いている。

文庫版のためのあとがき

野球部の話を書いてみようと思ったのは、高校時代の同級生数人と十何年ぶりかに集まって酒を飲んだこと——その中に野球部の中心選手だったTくんもいたことが、きっかけだった。

ぼくたちの卒業した山口県のY高校は、物語の中のシュウコウと同じように旧制中学からの伝統を誇り、特に野球部には地元やOBの熱い視線が常に注がれていた（ちなみにぼくは「日曜日は練習が休みだから」という理由で未経験のハンドボール部に入り、ルールもろくに覚えきれないまま一年で退部した根性なしである）。

野球部の試合には全校生徒が応援に駆り出され、OBにとっては校歌以上に思い入れがあるという応援歌を歌う。その歌の題名が——『熱球』である。

Tくんは一年生の夏からクリーンアップを任され、新聞の地方版でも「有望選手」として紹介されていた。「その他大勢」のぼくとは違って、紛れもなく、あいつはスターだった。残念ながらぼくたちの在学中に（その後も、その前も、だけど）Y高校が甲子園に出ることはかなわなかったものの、炎天下の県営球場のスタンドからTくんたち野球部の面々に声援を送り、『熱球』を濁声でがなりたてたことは、なにかにつけて醒《さ》めてひねくれていた高校時代のぼくにとっては、数少ない「青春ど真ん中直球勝負じゃけん！」の思い出の一つである。

なんてことを言いながら、ぼくはもう『熱球』の歌詞をすっかり忘れてしまっている。みんなもそうだと思っていたら、甘かった。田舎の伝統校というのは、なんというか、OBにいつだって「オレだけの同窓会」を強いているようなもので、ぼく以外のみんなはいまだにきっちり歌えるのである。

Tくんは「情けないヤツじゃのう」とあきれ顔になって、他の連中も口々に「おまえはそれでもY高のOBか」「なめとるんかボケ」「作家になって偉そうな顔しとったら、しばくど」とぼくを責め立てて、しまいには『熱球』というタイトルでお話を一編書くことを約束させられてしまった（なんかオレ、いじめられっ子みたいだな）。

その約束を果たしたのが、本作である。Tくんをはじめ、あの夜に集まった古い友人たちに捧《ささ》げたお話になった。あいつらが気に入ってくれたらいいな、と思う。いや、もちろん、それは読んでくださったひとすべてに対する祈りでもあるのだけど。

＊

「問題小説」誌に隔月連載された本作を、単行本化にあたって改稿しているさなか、ふるさとの祖母が亡《な》くなり、父が倒れた。東京とふるさとを何度も往復して、父に代わって祖母の葬儀やその後始末を取り仕切りながら、改稿を進めた。基本的には「高校時代の古い友だちが集まってわいわいやるお話」にするつもりだった物語に、「ふるさと」や「帰郷」をめぐるモティーフが加わったのは、改稿時の家庭の事情というやつも影響していたのかもしれない。

作品が仕上がったあとも――現在に至るまで、ぼくは繰り返し「帰郷」を軸にしたお話を書くことになる。その意味では、『熱球』からなにかが始まったのかもな、とも思う。

＊

Tくんは高校卒業時にノンプロから誘いもあったらしいが、腰を故障していたせいもあって、結局野球はつづけなかった。いまはごくふつうのサラリーマンである。再会の酒に酔って「あそこでノンプロに行って腰を治しとったら、どげんなっとったかのう……」とつぶやいたときには少し寂しそうな顔をしていたTくんだったが、すぐに笑顔に戻って、近況を教えてくれた。

「わし、いま少年野球のコーチをやっとるんよ」

物語の中には出てこない。

けれど、その一言が、遠い、遠い、とおーくの果てのエピローグになってくれることを夢見ながら、ぼくは『熱球』を書き進めたのだった。

二〇〇四年十月

＊

……という文章を徳間文庫版のために書いてから三年、本作は装いをあらため、またいくつかの訂正をほどこして、新潮文庫のラインナップに加えていただくことになった。徳間書店のご理解とご厚情に感謝する。

新潮文庫版で担当編集の労をとっていただいたのは大島有美子さんである。装丁の大滝裕子さん、カバー撮影の菅野健児さんともども、ありがとうございました。また、撮影に協力してくださった埼玉県立川越高校の関係者、生徒の皆さんにも心からの感謝を。

後日談をひとつ。高校野球のOBたちを描いた本作が縁で、二〇〇六年から『マスターズ甲子園』のお手伝いをすることになった。かつて甲子園を夢見たオヤジたち

――元・高校球児が、もう一度甲子園を目指して地区予選を戦い、憧《あこが》れの聖地でプレイする、という大会である。実行委員長は神戸大学のセンセイで、運営スタッフは大学生を中心としたボランティアという、手作りの大会でもある。

腹が出て髪もずいぶん寂しくなったオヤジが、感無量の顔で、あるいは野球少年に戻った笑顔で、白球を追いかける（そしてたいがいコケる）姿は、決してカッコよくはない。けれど、たとえようもなく美しいんだ、と僕は思う。

ヨージ、カメ、ジンブー、きみたちもそこにいる。スタンドを見渡せば、ザワ爺《じい》のカクシャクとした姿だって、きっと。

そして、Tくん――。わが母校のＯＢたちをまとめあげて、予選に参加しなよ。「仕事が忙しいんよ、わしも」なんて言わずにさ。

めでたく甲子園出場を決めたあかつきには、僕も応援に行く。『熱球』は、やっぱりいまも途中までしか歌えないけれど。

二〇〇七年九月

重松清

この作品は平成十四年三月徳間書店より刊行され、
平成十六年十二月徳間文庫に収録された。

熱《ねつ》　球《きゅう》

新潮文庫　し‐43‐11

平成十九年十二月一日発行
平成二十二年七月二十日五刷

著者　重《しげ》松《まつ》清《きよし》

発行者　佐藤隆信

発行所　株式会社新潮社

郵便番号　一六二―八七一一
東京都新宿区矢来町七一
電話　編集部(〇三)三二六六―五四四〇
　　　読者係(〇三)三二六六―五一一一
http://www.shinchosha.co.jp

価格はカバーに表示してあります。

乱丁・落丁本は、ご面倒ですが小社読者係宛ご送付ください。送料小社負担にてお取替えいたします。

印刷・二光印刷株式会社　製本・株式会社植木製本所

ISBN978-4-10-134921-3 C0193